HAIE AUF BORKUM

AF217902

Ocke Aukes lebt seit ihrer Kindheit auf Borkum. Für den Strandsegelverein nahm sie an Welt- und Europameisterschaften teil, mit der Trachtengruppe tanzte sie vor Touristen, im Inselverein und Einzelhandelsverband kämpfte sie für insulare Interessen. Heute ist sie in der Touristikbranche tätig und hat mehrere Kriminalromane veröffentlicht.

OCKE AUKES

HAIE AUF BORKUM

Insel Krimi

emons:

Bibliografische Information der Deutschen Nationalbibliothek
Die Deutsche Nationalbibliothek verzeichnet diese Publikation
in der Deutschen Nationalbibliografie; detaillierte bibliografische
Daten sind im Internet über http://dnb.d-nb.de abrufbar.

© Emons Verlag GmbH
Alle Rechte vorbehalten
Umschlagmotiv: Stefan Liening/Pixabay.com
Umschlaggestaltung: Nina Schäfer, nach einem Konzept
von Leonardo Magrelli und Nina Schäfer
Umsetzung: Tobias Doetsch
Gestaltung Innenteil: DÜDE Satz und Grafik, Odenthal
Lektorat: Marit Obsen
Druck und Bindung: CPI – Clausen & Bosse, Leck
Printed in Germany 2022
ISBN 978-3-7408-1495-3
Insel Krimi
Originalausgabe

Unser Newsletter informiert Sie
regelmäßig über Neues von emons:
Kostenlos bestellen unter
www.emons-verlag.de

Seine Aufklärungsquote, was Tötungsdelikte anbelangt, liegt bei hundert Prozent. Mehr kann man nicht verlangen. Heute jedoch steckt Kriminalhauptkommissar Focko Busboom in einer Sackgasse. Das mag daran liegen, dass ihm Mord und Totschlag eher zusagen als gemeine Diebstähle. Für eine Ganzjahresauslastung gibt es in Ostfriesland allerdings nicht genug Kapitalverbrechen. Deswegen ermitteln Busboom und sein Team auch bei weniger gewaltbeladenen Verbrechen.

Es geht um die Diebstähle von Schiffen. Vorzugsweise Segelboote der gehobenen Klasse. Lustlos surft Busboom durch die Datenbank der Polizei in der Hoffnung, auf Hinweise zu stoßen.

Negativ.

Da erweckt eine Notiz, die gar nichts mit Schiffen zu tun hat, seine Aufmerksamkeit. Ein Mann namens Alfons Mai brachte in einer Polizeistation in Düsseldorf einen Betrug zur Anzeige. Mai hatte ein Haus in Neuharlingersiel kaufen wollen, quasi gleich hier um die Ecke, und ist dabei betrogen worden.

Busboom überfliegt den Text. Mai machte eine Anzahlung in bar. Zwei Wochen später stellte sich heraus, dass die Hauseigentümer gar nicht beabsichtigten, ihr Heim zu verkaufen. Und schon gar nicht hatten sie dessen Veräußerung in Auftrag gegeben.

Fünfundvierzigtausend Euro futsch. Und von den Maklern fehlt jede Spur.

Wie von den Booten, die gestohlen wurden.

Busboom seufzt und scrollt weiter durch die Anzeigen, auf der Suche nach ähnlich gelagerten Fällen. Doch was er liest, bringt ihn keinen Schritt weiter.

EINS

Sina Fuchs hat von Kindesbeinen an lernen müssen, sich auf besondere Merkmale ihrer Mitmenschen zu konzentrieren. Ihr fehlt die Fähigkeit, die Identität einer Person allein an deren Gesicht zu erkennen. Grund dafür ist eine Wahrnehmungsstörung im Gehirn, genannt »Prosopagnosie« oder auch »Gesichtsblindheit«. Für sie sehen alle Gesichter auf Anhieb gleich aus. Diese Wahrnehmungsstörung im Gehirn ist unheilbar und oftmals angeboren. Sina ist damit groß geworden und hielt es lange für vollkommen normal, denn sie kannte es ja nicht anders. Ihre Eltern bemerkten die Behinderung ihrer Tochter vergleichsweise früh. Eine Kindergartenmitarbeiterin, deren Vater das gleiche Problem hatte, wies sie darauf hin.

Was aber machen Gesichtsblinde, um dieses Manko auszugleichen? Sie entwickeln Ersatzstrategien. Indem Sina sich Besonderheiten merkt wie Stimme, Körperhaltung, Frisur oder auch einzelne Merkmale des Gesichts ihres Gegenübers, gelingt es ihr, diese bei einer neuerlichen Begegnung dieser bestimmten Person zuzuordnen. Eine spitze Nase, die ein wenig nach rechts driftet, in Kombination mit einem linken Ohr, das leicht absteht, dazu eine schmale Oberlippe, blaue Augen und eine Narbe über der rechten Augenbraue: Das ist Michael. Ein gebeugter Gang mit schlurfendem Schritt, eine Tätowierung in Form eines Ankers am Unterarm und ein weißer Vollbart unter einer übergroßen Nase: Das ist Opa Hinrich.

In der Schule galt Sina als arrogant. Sie war die blöde Zicke, die es nicht für nötig hielt, ihre Klassenkameraden und die Lehrkräfte außerhalb der Schulklasse zu grüßen. Im Klassenraum stellte ihre Prosopagnosie weniger ein Problem dar, Sina wusste ja, dass das Mädchen, das immer mit dem Kopf wackelte und in der ersten Reihe gleich neben Petra saß, Gisela war. Petra wiederum hatte als einzige Ohrstecker. Knut, eine Reihe dahinter, hatte ein rundes Gesicht und eine platte Nase. Er teilte seinen

Tisch mit Marcel: blonde Locken, kratzt sich ständig am Hals und hat O-Beine. Für alle vierundzwanzig Mitschüler besaß sie gedankliche Minilisten, auf denen sie diejenigen Merkmale »notierte«, die ihr ins Auge stachen. Ebenso für die Lehrkräfte. Knifflig wurde es in den Pausen oder wenn die Klassenkameraden sich umsetzten.

Im Laufe der Jahre sind Sinas Fähigkeiten, sich einzelne Details zu merken, immer besser geworden, weshalb ihr die Gesichtsblindheit im Erwachsenenleben nun seltener Schwierigkeiten bereitet. Jedenfalls in Bezug auf Menschen, mit denen sie häufig zu tun hat.

In Sinas Bekannten- und Freundeskreis wissen alle von der Gesichtsblindheit, vor Fremden verbirgt sie sie lieber. Mitleid kann Sina nicht ertragen, und den nervigen Fragen nach dem Verlauf einer Prosopagnosie geht sie gern aus dem Weg. Ihre Familie und Cloe, ihre beste Freundin, unterstützen sie darin.

Sina liest selten Gesellschaftsjournale. Die Gesichter der Prominenten auf den Fotos kann sie nur schwer auseinanderhalten, geschweige denn auf Anhieb wiedererkennen. Das ist anstrengend. Da schaut sie lieber in die »Ostfriesenzeitung«.

Ein Inserat hat es ihr heute Morgen angetan. Mit der Annonce, die sofort ein angenehmes Kibbeln in ihrem Magen entfacht, fängt alles an. Die Geschichte von Borkum, über die Cloe später einmal sagen wird: »Hättest du die Anzeige doch nie gelesen.«

Liebhaberobjekt. Ferienpension auf Borkum aus Gesundheitsgründen zu verkaufen.

»Liebhaberobjekt? Was bedeutet das?« Sina schaut ihre Schwester Lucie fragend an.

Lucie ist leicht wiederzuerkennen. Ständig ist sie am Essen oder Trinken. Und das bei Kleidergröße achtunddreißig. Gelegentlich schaut sie auf ein zweites Frühstück bei ihrer Schwester vorbei, wenn ihr Mann bei der Arbeit ist und die Tochter, Paula, in der Schule. »Ich habe vermutlich einen Bandwurm«, erklärt Lucie jedem, dieser verhindere, dass sie zunehme. Gelegentlich erkennt Sina Lucie auch daran, dass sie im wahrsten Sinne des Wortes einen Scherbenhaufen hinterlässt. In Lucies Gegenwart ist man besser darauf bedacht, alles Zerbrechliche in Sicherheit zu bringen. Gegenstände, die sie anfasst, könnten jeden Augenblick kaputtgehen. Wenn Getränke verschüttet werden, hat meist Lucie ihre Hand im Spiel. Wie viele Reinigungen fremder Hosen sie schon bezahlen musste, weiß vermutlich nur sie selbst. Sina kann Lucies Stimme aus Hunderten heraushören, so wie auch die Stimmen vieler anderer Menschen in ihrem direkten Umfeld.

»Bestimmt ist die Bude total runtergekommen und dabei sauteuer. Für kleines Geld bekommst du auf den Inseln nur Bruch und Dalles. Und ›Pension‹ hört sich altmodisch, billig und vor allem renovierungsbedürftig an.«

»Von billig steht da nichts.«

»Natürlich nicht. Die wollen schließlich etwas verkaufen.«

»Interessieren tut es mich aber schon.«

»Sina, was willst du auf Borkum?« Lucie beißt einen Happen von einem Schokocroissant ab.

»Eine Pension betreiben!«

»Aber du warst noch nie dort.«

»Stimmt. Warum eigentlich nicht? Borkum liegt doch direkt vor unserer Haustür.«

Lucie legt das Croissant beiseite und nimmt Sina die »Ostfriesenzeitung« aus der Hand. »Lass mal sehen.«

Sie studiert die Anzeige, in der außer dem, was Sina eben vorgelesen hat, nur noch eine Firmenadresse und eine Telefonnummer angegeben sind, und runzelt die Stirn. Wenn sie so weitermacht, wird Sina für sie in Zukunft mit den vielen Stirnfalten ein zusätzliches Erkennungsmerkmal haben.

Lucies Stirn glättet sich wieder, sie greift zu ihrem Handy und wischt darauf herum.

»Willst du da etwa anrufen?«

»Nein. Ich sehe nur was im Internet nach. Ah, da ist es ja. Das scheint mir ein renommiertes Immobilienbüro zu sein.« Sie tippt auf die Telefonnummer.

»Was machst du?«

»Nachfragen, was sonst? – Guten Tag, mein Name ist Lucie Fischer. Ich rufe wegen Ihrer Anzeige an. – Ja, richtig. Die Frühstückspension auf Borkum. Wo liegt die denn genau?«

Lucie lauscht eine Weile, sagt »Ja« und »Oh« und »Unglaublich«. Dann nickt sie. »Das hört sich sehr gut an. Und der Preis? – Aha. Und der Rest? – Klar, ein Bankkredit. – Renditeobjekt, sehr schön. – Gesundheitsgründe. Ja, ich verstehe. So steht es ja auch in der Anzeige. – Auswandern auch noch. Ja, wer's mag. – Wie lautet die Adresse? – Warum nicht? – Verständlich. – Kann ich das Haus besichtigen?«

Erneut lauscht sie. »So bald? – Ach so, okay. Ja, dann machen wir das doch so. – Vielen Dank. Auf Wiederhören.«

Sina kann ihrer Schwester ansehen, dass sie Feuer gefangen hat. »Nun sag schon.«

»Es ist eine Frühstückspension mit zwölf Fremdenzimmern. Zwei Einzel-, zehn Doppelzimmer. Großer Garten. Das Haus liegt im südlichen Bereich der Insel Borkum. Strand und Nationalpark sind in unmittelbarer Nähe, Einkaufsmöglichkeiten ebenfalls. Die kann man in wenigen Minuten mit dem Fahrrad erreichen. Die Einliegerwohnung unter dem Dach hat drei Zimmer und eine Küche, die ist voll eingerichtet und fast neu. Dazu ein Bad mit Regenwalddusche und ein Balkon. Die genaue Adresse wollte die Dame mir nicht verraten. Sie sagte, es wäre ein Schnäppchen, da die Eigentümer nach Neuseeland auswandern wollen. Sie haben auch gesundheitliche Probleme. Deswegen gibt es die Pension zum Liebhaberpreis.«

»Was soll denn das Schnäppchen kosten?«

»Achthunderttausend.«

»Das ist viel Geld. Was hat sie noch gesagt?«

»Wir könnten kommen und es uns anschauen. Alle weiteren Informationen gibt es vor Ort. Morgen Nachmittag hat sie Zeit für uns.«

»Morgen schon?«

»Klar. Die Frau sagt, es gibt einige Interessenten, da wird nicht lange gefackelt.«

»Aber ich wollte erst in Ruhe darüber nachdenken.«

»Das kannst du immer noch. Du redest schon lange davon, dich selbstständig zu machen. Wenn dir die Pension gefällt, solltest du endlich Nägel mit Köpfen machen und zugreifen.«

Sina nickt. Ja, der Gedanke an eine eigene Pension fühlt sich gut an.

»Na dann. Schau es dir an, das kostet nichts. Anschließend kannst du immer noch entscheiden, ob das was für dich ist.« Lucie nimmt den Rest des Schokocroissants, schiebt ihn sich in den Mund und ergreift Sinas Hände. »Ich bin ja so aufgeregt«, nuschelt sie.

»Du bist aufgeregt? Das ist mein Projekt.«

»Natürlich, aber ich helfe dir dabei, das ist Ehrensache.«

Sina muss lächeln. »Ich und selbstständig, eine Geschäftsfrau. Kannst du dir das vorstellen?«

»Klar kann ich das.«

»Was wohl Papa dazu sagen wird?«

»Dem verraten wir erst mal nichts.«

»Irgendwann wird er es erfahren und mir alles kaputtreden.«

»Ach, Sina. Papa meint es doch nur gut mit dir.«

»Ja? Davon merke ich wenig.«

»Lassen wir das Thema. Du fährst da morgen hin und schaust dir alles an.«

»Kommst du nicht mit?«

»Nein. Aber keine Panik. Das schaffst du auch allein.«

»Das geht nicht, du *musst* mitkommen.«

»Ich würde ja gern, aber morgen hat Paula einen Zahnarzttermin. Deine Nichte hat Karies. Sie nascht zu viele Bonbons.«

»Von wem sie das wohl hat?« Sina lacht auf und wird gleich wieder erst. »Trotzdem, ich kann unmöglich allein da aufkreuzen. Schon wegen meiner –«

»Prosopagnosie?«, fällt ihr Lucie ins Wort. »Du hast recht. Es ist besser, wenn dich jemand begleitet.«

»Sag ich doch.« Sina verschränkt die Arme vor der Brust. Ihre Gesichtsblindheit könnte ihre Aussicht auf den Zuschlag vermindern. Es wird komisch aussehen, wenn sie mit den Immobilienmaklern im Büro alles bespricht und sie dann später bei der Besichtigung nicht wiedererkennt.

»Nimm doch deine Freundin mit.«

»Cloe?«

»Ja genau. Cloe Graf ist goldrichtig, wie geschaffen für die Insel. Ich kenne niemanden, der sich in Schickimicki-Angelegenheiten besser auskennt als sie.«

»Ich glaube, Lucie, du verwechselst Borkum mit Sylt.«

»Mag sein. Trotzdem solltest du auch Momo mitnehmen.«

Warum, muss Sina nicht fragen. Björn, ihr Ex-Partner, hatte ihre Yorkshireterrierhündin damals gern als »Schickimicki-Köter, eine Handbreit größer als eine Ratte« bezeichnet. Ein Tier, das High-Society-Mädels gern in der Handtasche mit sich herumschleppen. Und Lucie meint wohl, dass ebendas ihre Chancen auf der Insel vergrößern wird.

Dabei hat sie für Momo gar keine Tragetasche.

»In dem Aufzug nehme ich dich nicht mit.« Cloe Graf kniet vor Momo und krault sie im Nacken und vorn am Hals.

»Was ist an dem Hund auszusetzen? Soll ich ihr etwa ein Hundekleidchen anziehen?«

Cloe erhebt sich, betrachtet Sina und schüttelt den Kopf. »Wer redet denn von der süßen Kleinen? Du bist gemeint. In dem Aufzug solltest du dich da lieber nicht blicken lassen. Schließlich willst du doch Eindruck schinden, oder?«

Sina schaut etwas bedröppelt an sich hinab. Sie hat den Pulli, den sie trägt, erst kürzlich gekauft und fühlt sich gut darin, doch Cloe, die aussieht, als würde sie in wenigen Minuten auf einer Cocktailparty erwartet, lässt keine Widerrede gelten.

»Bei einem Hauskauf ist das ein No-Go. Da sieht man ja gleich, dass du keine überflüssigen Kröten in der Tasche hast.« Sie schaut auf die Uhr. »Wann sollen wir da sein?«

»Zwölf Uhr. Und du solltest an deinen Vorurteilen arbeiten.«

»Ich habe keine Ressentiments. Nur gesunden Menschenverstand. Deshalb weiß ich, dass man in dem Aufzug keinen

Schnitt macht, wenn man als Geschäftsfrau angesehen werden will. Beeil dich, wir fahren noch kurz bei mir vorbei.«

Fünfzehn Minuten später stehen sie vor Cloes Kleiderschrank, der vollgestopft ist mit teuren Imitaten. »Der ist ja noch voller als beim letzten Mal«, sagt Sina und lässt sich in den Korbsessel neben dem Bett fallen. Bis Cloe sich entschieden hat, welches Outfit ihrer Meinung nach den Anforderungen bei einem Termin in einem Maklerbüro entspricht, kann es dauern. Doch wider Erwarten geht es ganz schnell. Eine hellblaue Leinenhose mit passender Bluse landet neben Sina auf dem Bett.

»Los, zieh dich um.«

Als Sina Cloes Aufforderung nachgekommen ist, hält ihre Freundin den eleganten Seidenschal, den Lucie und sie ihr letztes Jahr zum Geburtstag geschenkt haben, in der Hand. »Der Mandrill von Franz Marc«, hatte Cloe begeistert ausgerufen, kaum dass sie des Motivs gewahr wurde. Eine Ehre, dass Sina ihn heute tragen darf.

»Perfekt«, lobt Cloe ihren Aufzug und drapiert den Seidenschal um Sinas Hals. Zusammen begutachten sie ihr Werk im Spiegel.

»Gefällt mir. Dann mal los.«

»Halt, doch nicht barfuß. Die hier fehlen noch.« Feierlich, als bekäme Sina eine Medaille verliehen, überreicht Cloe ihr ein Paar Sandalen.

»Nein, auf so hohen Absätzen kann ich unmöglich laufen.«

»Du musst. Sonst kannst du das hier«, Cloe zupft an der Bluse, »auch vergessen. Das ist doch gerade das i-Tüpfelchen.«

»Blaue Sandalen sind das i-Tüpfelchen?«

»Blaue Sandalen!« Cloe schnauft empört. »Das sind ›Tribute 75‹-Sandalen von Yves Saint Laurent. Tigerpythonleder, zu dreihundertsiebenundneunzig Euro das Paar.«

Sina hat den einen Schuh schon fast am Fuß und zieht ihn wieder aus. »Da habe ich ja Angst, dir einen Kratzer reinzutreten.«

»Kannst du ruhig machen. Diese hier sehen dem Original zwar zum Verwechseln ähnlich, sind aber zu hundert Prozent aus Polyester.«

Sina schiebt ihre Füße in die Sandalen und macht ein paar Gehversuche.

Cloe nickt zufrieden. »Geht doch. Dann mal los, die Fähre legt in einer Stunde ab.«

Auf jeden Fall, denkt Sina, werde ich zum Wechseln ein Paar Turnschuhe mitnehmen. Egal, ob Cloe das schick findet oder nicht.

Die beiden Freundinnen sehen zu, wie die Autos im Emdener Außenhafen verladen werden. Ein Wagen nach dem anderen verschwindet im Bauch der Fähre »Ostfriesland«.

»Dahinten sehe ich Borkum«, Cloe deutet auf den Horizont. Es duftet nach Meer.

»Ganz bestimmt nicht, schöne Frau.« Ein Mitarbeiter der Reederei kontrolliert die Fahrkarten. »Die Insel können Sie frühestens nach einer Stunde Fahrt am Horizont erkennen.«

An Bord suchen sie sich ein nettes Plätzchen und beobachten durch die vom angetrockneten Salzwasser trüben Fensterscheiben die Ankunft des Zuges am Bahnsteig gegenüber dem Fähranleger. Jede Menge Touristen, darunter viele Mütter mit Kleinkindern, steigen aus. Sina ist froh, für die Strecke von Leer hierher ihren Kia genommen zu haben, da brauchen sie bei der Rückkehr auf keine Zugverbindung zu warten. Noch bevor die Kaiarbeiter die Leinen der »Ostfriesland« losmachen, steigen die Freundinnen hinauf aufs Oberdeck, um beim Ablegen zuschauen zu können. Sina spürt einen Druck auf der Brust, aber einen der angenehmen Sorte – der sich einstellt, wenn etwas Aufregendes oder Schönes bevorsteht. Wenn alles klappt, wird sie sich bald Insulanerin nennen dürfen.

»Du grinst wie …«

Sina hebt die Hand. »Komm mir jetzt nicht mit Wolfgangs Lieblingsspruch.«

»… ein frisch geficktes Eichhörnchen«, flüstert Cloe. »Aber«, sagt sie laut, »du hast allen Grund, zufrieden auszusehen. Schau mal die dort.« Sie deutet auf einen Kleinbus, der mit quietschenden Reifen vor dem Eingangsbereich des Fähranlegerhauses stehen bleibt. Die Schiebetür geht auf, und heraus kommen mehr Menschen, als Insassen erlaubt sind. »Eine Putzkolonne«, vermutet Cloe mit Blick auf die Klamotten.

Im Laufschritt erreichen die Leute die Gangway. Gleich darauf schließt ein Reedereimitarbeiter die eiserne Schiffstür hinter ihnen. Motoren springen an, die Fähre legt seitwärts vom Kai ab, ehe der Steuermann Gas gibt und den Emder Hafen verlässt. Als sie den kleinen Leuchtturm am Ende der Mole passieren, wird es ihnen im Fahrtwind zu kalt, und sie gehen wieder unter Deck. Wie versprochen erscheint nach gut einer Stunde Fahrt am Horizont auf der rechten Schiffsseite, backbord voraus, würde der Seemann sagen, ein dunkler Streifen, der sich deutlich gegen den Himmel abzeichnet. Borkum kommt in Sicht.

Am Hafen wartet die historische Inselbahn. Vorn und hinten jeweils eine rote Lok, in der Mitte bunte Waggons, in die bereits die ersten Fahrgäste einsteigen, als Sina und Cloe die »Ostfriesland« verlassen. Kaum dass alle Reisenden im Zug einen Platz gefunden haben, pfeift die Lok. Ein Ruck geht durch die Waggons, als sich die Ketten dazwischen stramm ziehen. In gemächlichem Tempo, die Autos auf der Straße neben den Schienen überholen sie eines nach dem anderen, geht es in Richtung Borkum-Ort. Vorbei an Wattgebieten auf beiden Seiten. Nach der Deichscharte, einem Tor, das bei extremen Hochwassern geschlossen werden kann, passieren sie ein kleines Wäldchen, bis vereinzelt die ersten Häuser in Sicht kommen. Nach ungefähr einer Viertelstunde hält der Zug.

»Der Bahnhof passt in meine Hauseinfahrt«, sagt Cloe belustigt und steht von der hölzernen Sitzbank auf.

»Hier ist die Haltestelle Jakob-van-Dyken-Weg«, informiert sie ein Mann. »Den Bahnhof erreichen wir in fünf Minuten.«

Pünktlich zum vereinbarten Termin stehen Sina und Cloe vor dem Immobilienbüro Friedrichsen in der Strandstraße.

»Na dann.« Sina steigt vorsichtig die beiden Stufen empor. Jetzt nur nicht stolpern und hinfallen, dann merkt gleich jeder, dass sie gewöhnlich nur Turnschuhe trägt. Momo springt ebenfalls die Stufen hinauf und ihr vor die Füße. Vielleicht hätte sie sie doch zu Hause lassen sollen. Beinahe wäre sie ins Straucheln geraten.

Beim Betreten des Maklerbüros weht ihnen ein Hauch von Luxus entgegen. Eine schlanke, große Frau, die hinter einem aufgeräumten Schreibtisch mit nur einer Akte darauf sitzt, schaut hoch und lächelt geschäftstüchtig. Sie rückt kurz mit beiden Händen ihren kunstvoll eingedrehten blonden Haardutt zurecht, steht auf und eilt ihnen entgegen.

»Tanita Heide-Bruchsal«, stellt sie sich vor. »Tanita ist ein irischer Vorname.«

Sie schütteln sich die Hände, und Sina und Cloe nennen ihre Namen.

Die Immobilienmaklerin schließt die Tür hinter ihnen und bittet sie, Platz zu nehmen. Sina versinkt fast in dem schneeweißen Ledersessel. »Ich hoffe, Sie haben gut hierhergefunden?« Es klingt eher wie eine Feststellung denn wie eine Frage. »Wollen wir gleich zum Thema kommen?«

»Gern«, sagt Sina und bemerkt, dass die Frau einen skeptischen Blick auf ihre Sandalen wirft. Oder hat sie was gegen Momo, die sich brav vor Sinas Füße gelegt hat?

»Ein schönes Tier«, meint die Maklerin, als habe sie Sinas Gedanken erraten, und deutet auf die schwarz-weiße Hündin. »Was ist das für eine Sorte?«

»Ein Yorkshireterrier.« Momo sieht zu Sina auf. Sie hat nur um die Augenpartie herum graue Haare, darüber leuchtet eine weiße Stirn, darunter die weiße Mundpartie mit der schwarzen Nase. Sie weiß genau, dass über sie gesprochen wird.

»Wie entzückend. – Nun, kommen wir zum Grund Ihres Besuches. Die hübsche kleine Pension, um die es uns heute geht, liegt im Süden der Insel. Aber das sagte ich Ihnen ja bereits am Telefon. Ganz in der Nähe ist das idyllische Wäldchen, Greune Stee genannt.«

Cloe nickt, so als kenne sie sich in der Gegend bestens aus. »Liegen dort nicht auch der Funkturm und die ›Heimliche Liebe‹?«

Sina muss an sich halten, um sich ihre Überraschung über Cloes Wissen nicht anmerken zu lassen.

»Selbstverständlich.« Tanita Heide-Bruchsal streift sich geschäftig eine Haarsträhne hinters Ohr, die sich aus dem Knoten gelöst hat. Sie ist eine schöne Frau, das erkennt auch Sina. Allerdings gibt es an der Immobilienmaklerin nichts Außergewöhnliches. Gleichmäßige Gesichtszüge, schmal gezupfte Augenbrauen und viel Make-up. Ihre Zähne sind für Sinas Geschmack zu weiß. Vermutlich alles Kronen. Keine Grübchen oder eine markante Nase. Sina muss noch genauer hinsehen als sonst, um erkennungstaugliche Merkmale zu entdecken. Vielleicht die angewachsenen Ohrläppchen und der Tick, sich ständig mit dem Daumen der linken Hand über die Kante der lackierten Fingernägel zu streichen? »Das Restaurant ›Heimliche Liebe‹ ist tatsächlich ganz in der Nähe. Wussten Sie, dass Borkum sich Nordseeheilbad nennen darf?«

Cloe und Sina schütteln beide den Kopf.

»Aber zurück zum Objekt. Es ist von einer urwüchsigen Heide-und-Weide-Landschaft umgeben. Die Gegend hat einen hohen Erholungswert. Sie werden demnach mit der Gästevermietung keine Probleme bekommen.« Einmal mehr streicht die Maklerin, die gar nicht aussieht, als habe sie irische Vorfahren, mit dem linken Daumen über die Kante ihrer rot lackierten Fingernägel. »Das Raumkonzept wird Ihnen gefallen, das verspreche ich Ihnen. Der Garten ist groß und mit den inseltypischen Gewächsen bepflanzt. Das mögen unsere Touristen ja ganz besonders an dieser schönen Insel, nicht wahr?«

Momo knurrt leise, als Tanita Heide-Bruchsal, die neben Sina und Cloe stehen geblieben war, wieder hinter ihrem Schreibtisch Platz nimmt. Dabei entdeckt Sina am rechten Fußknöchel der Maklerin ein kleines Tattoo in Form einiger Schriftzeichen oder Runen.

»Keine Bange, Momo ist harmlos«, sagt sie.

Die Lippen der Immobilienmaklerin verknittern kurz. Entweder hat sie Angst vor Hunden, oder sie kann sie nicht leiden, das spürt Sina deutlich.

Tanita Heide-Bruchsal zieht eine Schublade auf und greift hinein. Eine Tüte mit Hundekeksen kommt zum Vorschein. Mit spitzen Fingern holt sie einen heraus und hält ihn unter den Tisch. Momo erhebt sich, schnuppert daran, wendet sich dann aber ab und legt sich wieder auf seinen Platz zu Sinas Füßen.

»Ihr Hund wird den Garten lieben, Frau Fuchs«, sagt Tanita Heide-Bruchsal und legt den Keks auf die Ecke des Schreibtisches. »Etwa dreihundert Quadratmeter Wiese, Hecken und Beete. Die ›Rosa Rugosa‹, die Dünen- oder auch Inselrose, wird bald blühen. Weiß, Rosa und Lila sind ihre Farben, und sie duftet so herrlich. Das Haus stammt aus den sechziger Jahren, ist also noch relativ neu. Renovierungsarbeiten sind vorerst keine erforderlich.« Sie schlägt einen Aktendeckel auf und zeigt Sina und Cloe Bilder von den Räumlichkeiten der Pension.

»Wie viele Zimmer hat das Objekt noch gleich?«

»Nun, neben der Einliegerwohnung stehen in der Pension zwölf Gästezimmer zur Vermietung. Einzel- sowie Doppelzimmer. Sie sind sonnig und hell eingerichtet.«

»Und die Heizung?«, fragt Sina.

»Zentralheizung. Und ehe Sie nach dem Energieausweis fragen: Nein, für das Haus besteht keine Pflicht dazu.«

»Wie steht es denn mit dem Naturschutz?« Cloe betont das letzte Wort, und Sina ist sicher, dass sie absichtlich das Dummchen markiert.

»Wie niedlich Sie fragen, Frau Graf. Ich weiß, was Sie meinen. Es heißt natürlich Denkmalschutz«, flötet Tanita Heide-Bruchsal und nickt zufrieden. »Nur die Häuser im Ortskern stammen aus den Jahren 1870 bis 1910. Die stehen selbstverständlich unter Denkmalschutz, doch diese Pension zum Glück nicht.«

»Wieso ist das ein Glück?«

»Nun«, sie zögert ein wenig und scheint zu überlegen. »Wenn Sie beispielsweise neue Fenster einbauen wollten, müssten Sie bei einem unter Denkmalschutz stehenden Gebäude vorher das Amt um Erlaubnis fragen.«

»Warum das denn?«

»Kunststofffenster passen wohl schlecht in eine Villa aus

dem neunzehnten Jahrhundert. Aber wie gesagt, das Problem haben wir hier nicht.«

»Braucht das Haus denn neue Fenster?«

»Oh Gott, nein. Selbstverständlich nicht.«

Nach weiteren zehn Minuten hat Sina eine ziemlich gute Vorstellung vom Inneren des Gebäudes.

»Darf ich fragen, was Sie beruflich machen?«

»Ich bin Buchhändlerin, doch mein Traum ist die Selbstständigkeit im Gastgewerbe.«

»Darauf spart Sina schon sehr lange«, verrät Cloe.

»Nun, dann will ich hoffen, dass ich Ihnen bei der Verwirklichung Ihres Traumes behilflich sein kann.« Die Maklerin lächelt, wird aber sofort wieder ernst. »Kommen wir zum finanziellen Teil«, sagt sie. »Der Kaufpreis beträgt achthunderttausend. Ein Schnäppchen. Ein vergleichbares Objekt werden Sie zu diesem Preis kaum finden. Die Immobilienpreise hier auf der Insel sind in der Vergangenheit enorm gestiegen. Auf Dauer gesehen ist so eine Pension ja auch ein Renditeobjekt.«

Tanita Heide-Bruchsal erläutert ihnen die Renditezahlen. Das hört sich alles sehr gut an.

»Ihre Finanzierung steht? Ich frage, weil die Eigentümer es so schnell wie möglich verkaufen und direkt bei Vertragsabschluss und Schlüsselübergabe eine Anzahlung von sechzigtausend haben wollen.« Sie holt einmal tief Luft. »So ein schneller Verkauf ist ja sicherlich auch Ihr Interesse, nicht wahr? Die Saison beginnt in wenigen Wochen, das sollte man ausnutzen und so schnell wie möglich mit der Vermietung beginnen.« Sie schaut Sina bedeutungsvoll an. Ehe diese etwas sagen kann, fährt sie fort: »Darf ich davon ausgehen, dass Sie die Anzahlungssumme angespart haben und den restlichen Kaufpreis über eine Bank finanzieren werden?«

Sina nickt.

»Sollten Sie dabei Hilfe benötigen, hilft Ihnen unser Haus«, Tanita Heide-Bruchsal macht eine raumgreifende Bewegung, »gern weiter. Wir haben exzellente Verbindungen zur hiesigen Bank.«

»Das klingt wunderbar. Ich möchte mir das Haus auf jeden Fall ansehen.«

»Aber sicher.« Sie blätterte in einem Terminkalender. »Wie wäre es mit übermorgen? Gleiche Zeit?«

»Geht es nicht sofort?« Sinas Wangen glühen vor Aufregung.

»Leider nein.« Tanita Heide-Bruchsal schaut mit bedauerndem Blick auf ihre Armbanduhr. »Ich bin heute ganz allein im Büro, Ferien, Sie verstehen. Meine nächste Kundschaft kommt jeden Augenblick. Ich gebe Ihnen ein Exposé mit. Darin finden Sie alle erforderlichen Angaben, einen Grundriss des Hauses und eine Rentabilitätsberechnung.« Sie steht auf und blickt zur Eingangstür hinüber, doch dort wartet niemand. Trotzdem kommt sie hinter dem Schreibtisch hervor.

Sina und Cloe räumen daraufhin ebenfalls die Sessel.

»Ich muss sagen, Frau Graf und Frau Fuchs, bei Ihnen beiden habe ich ein sehr gutes Gefühl. Mein guter Rat, entscheiden Sie sich schnell. So ein Schnäppchen ist selten. Hier bitte, meine Visitenkarte. Die untere Nummer ist meine private. Die dürfen Sie jederzeit anrufen, wenn noch Fragen aufkommen sollten.«

»Eine habe ich gleich«, entgegnet Sina.

»Welche?«

»Ich würde mir gerne das Haus schon mal von außen ansehen. Wie ist die Adresse?«

»Meine liebe Frau Fuchs«, Tanita Heide-Bruchsal lächelt verständnisvoll, »wenn ich jedem Interessenten vorab die Anschrift geben würde, können Sie sich vorstellen, was dann dort los wäre?«

Nein, das kann Sina nicht. Sie schüttelt stumm den Kopf.

»Nun, die Inhaber der Pension und die Nachbarn würden sich ganz bestimmt gestört fühlen, wenn sich Interessenten unangemeldet auf dem Grundstück umsehen. Sie glauben gar nicht, wie viele Leute sich bei uns nach Häusern erkundigen, einfach, weil sie neugierig sind. Kaufen wollen die meisten leider nichts. Die Privatsphäre unserer Kunden wird im Hause Friedrichsen ganz großgeschrieben. Wir sehen uns dann übermorgen, hier im Büro.«

Sina bekommt das Kärtchen in die Hand gedrückt, und damit sind sie entlassen.

Wenige Schritte vom Immobilienbüro entfernt platzt Cloe heraus: »Hast du die Klamotten gesehen, Sina? Da bleibt mir glatt die Luft weg.« Sie wedelt zur Illustration ihres Entsetzens empört mit der Hand vor ihrer Nase herum.

»Ich finde, sie hat Geschmack. Eine weiße Bluse mit einem hellbraunen Lederrock, dazu weiße Pumps. Passt doch gut zusammen.«

»Sina, Sina. Du hast mal wieder gar keine Ahnung. Die da«, Cloe deutet verschwörerisch auf die Tür des Immobilienbüros und zieht Sina mit sich, »kombiniert Yves Saint Laurent mit Karl Lagerfeld.«

»Ein absoluter Fauxpas.«

Cloe überhört den Sarkasmus. »Du sagst es.« Sie seufzt schwer. »Allein mit dem Geld für dieses eine Outfit könnten wir uns ein schönes Wochenende machen.«

Sina tut Cloe den Gefallen und fragt nach den Kosten für die Garderobe.

Aufgeregt wie ein kleines Mädchen beginnt Cloe, an den Fingern abzuzählen: »Lagerfeld-Bluse – weiß mit ›Karl‹-Stickerei – etwa hundertfünfundsiebzig Euro. Hellbrauner Kalbslederrock mit Western-Details von Yves Saint Laurent, Knopfverschluss vorne, gut eintausendachthundert Euro.«

»Ich sag es immer wieder, du solltest in so einem Schickimicki-Laden als Verkäuferin arbeiten.«

Cloe überhört das. Der Mittelfinger gesellt sich zu Daumen und Zeigefinger. »Pumps ›Opyum‹, so heißen die Schühchen: gut und gerne neunhundertfünfzig Euro. Hast du die Buchstabenabsätze gesehen? YSL. Phantastisch.«

»Ich hatte nur Augen für die Fotos vom Haus.«

»Ja, ich doch auch. Aber die Handtasche von der Tanita ist eine Wucht!«

»Die habe ich nicht gesehen.«

»Sie stand hinter ihr auf dem Aktenschränkchen. Schwarz

mit Goldkettchen. Da müssen dir die drei großen Buchstaben YSL aber doch aufgefallen sein.«

Cloe schüttelt den Kopf.

»Jedenfalls kostet die so um die achthundertfünfundneunzig Euro.« Sie streckt nun auch den Ringfinger in die Höhe.

»Und fünftens?« Sina ist sicher, dass nun nichts mehr folgt. Doch da hat sie die Rechnung ohne Cloe gemacht.

»Um die Handtaschenkette war ein Halstuch drapiert. Ein Seidenschal. Motiv ›Lebensbaum‹ von Gustav Klimt.« Cloe schweigt.

»Kostenpunkt?«, hakt Sina nach. Vermutlich noch so ein Fauxpas. Womöglich ein No-Name-Produkt, Cloe hat dafür einen Blick.

»Für eine Frau wie die da«, sie deutet über ihre Schulter, »Peanuts. Um die neunzig Euronen.«

»Du könntest auch in einer Kunstgalerie arbeiten. Ob es auf Borkum eine gibt?«

»Ach, Sina. Ich habe doch gar keine Ahnung von Kunst.«

»Aber du kennst so viele Maler.«

»Tu ich nicht.«

»Doch. Du kennst Klimt, und gestern hast du mich auf einen Schal von Friedensreich Hundertwasser aufmerksam gemacht.«

»›Song of the Whales‹ heißt das Bild. Als Schal kostet der gut hundertneunzig Euro.«

»Sag ich doch. Du kennst so viele Gemälde berühmter Maler. Von Hundertwasser, Klimt …«

»Ach, das sind alles Maler?«

»Bei mir brauchst du nicht das blonde Dummerchen zu spielen.«

»Schauspielern wir nicht alle?«

Sina winkt ab. »Und?«

»Was und?«

»Was sagst du zu dem Haus?«

»Was diese Tanita erzählt hat, hört sich alles phantastisch an. Und den Kaufpreis finde ich akzeptabel. Die Finanzierung über den zu erwirtschaftenden Umsatz hat sie uns ja ganz genau vorgerechnet. Das schaffst du locker, und es bleibt noch jede Menge für dich übrig. Du musst es kaufen.«

»Aber es sind sechzigtausend Euro Anzahlung aufzubringen. Dreißigtausend habe ich bloß gespart. Wo soll ich den Rest herkriegen?«

»Dann frag deine Schwester oder deine Eltern. Und Freunde hast du auch genug, die dir etwas pumpen würden.«

Sina muss lächeln. Als ob Cloe Geld hätte, das sie ihr leihen könnte.

»Wir schnorren es zusammen. Ist ja nicht für lange. Du hast es doch selbst gehört, die Umsatzzahlen sind hervorragend, du wirst alles bald zurückzahlen können.«

»Zu dumm«, klagt Sina, »ich hätte zu gern schon mal einen Blick auf die Pension geworfen.«

»Das machen wir, und zwar sofort.« Cloe deutet auf ein Café. »Zuerst trinken wir einen schönen Kaffee, dann schaue ich in mein Handy. Im Internet werden wir garantiert fündig. Danach rufen wir uns ein Taxi und fahren hin.«

ZWEI

Cloe und Sina brauchen ein wenig länger als erwartet, um die Anschrift zu finden. Auf Urlaubsportalen suchen sie nach Pensionen auf Borkum und betrachten jedes Angebot, bis sie Bilder entdecken, auf denen sie die Einrichtung wiedererkennen.

»Na also, war doch ganz einfach. Pension Krabbe«, sagt Cloe. »Auf geht's, lass uns hinfahren und sie anschauen. Ich muss nur schnell die Taxinummer googeln.«

»Am Bahnhof stehen welche. Die paar Schritte bis dahin können wir laufen.«

Gesagt, getan. Nur gut, dass Sina Turnschuhe mitgenommen hat. Auf den Stöckelschuhen wäre sie keine hundert Meter weit gekommen.

»Wie kannst du nur den ganzen Tag auf diesen Dingern laufen?«

»Wer schön sein will, muss leiden.«

»Deine Sprüche hören sich schon fast so an wie die meiner Mutter.«

Sina lacht und öffnet die Beifahrertür des Taxis. »Darf der Hund mit?«

»Aber sicher.« Die Fahrerin macht eine einladende Handbewegung, und schon sitzt Momo im Fußraum.

»Greune-Stee-Weg 167. Ist das weit weg?«

»Zu Fuß gut eine halbe Stunde.«

»Da ist es ja schön«, sagt Cloe und schiebt sich auf den Rücksitz, »dass wir Sie haben.«

»Das da muss es sein. Greune-Stee-Weg 167.«

Der Wagen hält, sie steigen aus. Momo flitzt auf die gegenüberliegende Straßenseite, die auf der gesamten Länge der Straße unbebaut ist, und scheucht einen Fasan auf. Dabei verheddert sich die Hundeleine an einem dornigen Strauch. Momo muss notgedrungen stehen bleiben, und der Fasan zetert mit lauter Stimme aus sicherer Entfernung herüber.

Sina hat nur Augen für das Haus, ist aber im ersten Moment enttäuscht. Da die Maklerin ihnen kein einziges Foto von der Außenansicht gezeigt hat, hoffte sie im Stillen auf ein in die Dünen geducktes Gebäude mit Reetdach. Das Dach dieses Hauses ist mit schwarz glänzenden Pfannen gedeckt, und die Fassade leuchtet hellgelb, was das Gebäude von den übrigen in der Umgebung hervorhebt, die allesamt verklinkert sind. Vermutlich hat die Maklerin ihnen deshalb kein Foto gezeigt. Zudem hängt gleich neben der Haustür ein unübersehbares Schild mit dem Aufdruck »Pension Krabbe«. Das wäre kaum zu übersehen gewesen. Auf den zweiten Blick gefällt Sina das Haus jedoch sehr.

»Der Hund muss aber an die Leine genommen werden.«

Zur mahnenden weiblichen Stimme scheint zunächst niemand zu gehören. Dann entdecken Sina und Cloe im Garten nebenan eine Frau. Von ihr ist hinter den Heckenrosen nur der Kopf zu erahnen. Cloe geht so dicht heran, wie es die Dornen der Rosen zulassen, und ruft: »Guten Tag.«

Die Frau erhebt sich aus ihrer Hockstellung, eine kleine Harke fürs Beet in der Hand.

»Entschuldigung«, sagt Sina. »Das war nicht beabsichtigt. Sie hat sich einfach losgerissen.«

»Wie bitte?« Die Frau sieht zweifelnd auf das winzige Tier. Dann deutet sie auf die andere Straßenseite. »Das dort«, sie umfasst mit einer Armbewegung den gesamten Bereich, »ist Naturschutzgebiet. Jetzt beginnt die Brut- und Setzzeit, da können selbst so kleine wie der da große Schäden bei den Vögeln anrichten.«

»Kommt nicht wieder vor«, sagt Cloe und will Sina weiterziehen.

»Die Eigentümer der Pension Krabbe kennen Sie doch bestimmt, oder?«, fragt Sina und bedeutet ihrer Freundin, schon mal zum Eingang der Pension vorzugehen.

»Natürlich.« Die Frau lässt die Harke fallen und reibt die

Hände aneinander, vermutlich um sie von Blumenerde zu befreien. Sina schätzt sie auf Anfang sechzig. Graues Haar, das über der Stirn unter einem Kopftuch hervorschaut. Sie kommt ein paar Schritte auf Sina zu. Dabei scheint sie links ganz leicht zu humpeln. An ihren Fingergelenken hat sie dicke Knubbel, so als hätte ihr jemand kleine Kugeln unter die Haut geschoben. Gicht oder so? Sina hat keine Ahnung, woher die stammen könnten. »Um was geht es denn?«

»Wissen Sie, dass die Pension zu verkaufen ist?«

»Nein. Aber ich kann es mir gut vorstellen. Ich an deren Stelle würde den ganzen Kram auch veräußern und zu meinen Kindern ziehen. Was sollen sie noch allein auf der Insel?«

»Die Kinder sind fort?« Das hat die Maklerin ihnen schon erzählt, dennoch hakt Sina nach. »Wohin denn?«

»Neuseeland. Da sind die Schultes im Moment auch. Es ist also niemand zu Hause.« Sie deutet auf die Eingangstür der Pension, von wo Cloe und Momo gerade wieder zu ihnen zurückkehren.

»Neuseeland. Das ist ganz schön weit weg«, sagt Sina. »Aber die Schultes haben doch bestimmt einen großen Freundeskreis auf der Insel, den gibt man doch nicht so leicht auf.«

»Die Schultes sind keine Borkumer. Sie kommen ursprünglich aus Süddeutschland. Ich meine mich zu erinnern, dass Frau Schulte das Haus damals von einer Tante geerbt hat. Selbst haben sie in den vergangenen Jahren kaum etwas in die Pension investiert.« Aus dem Gesichtsausdruck der Nachbarin spricht Missbilligung. »Na ja. Und Sie wollen es kaufen?« Jetzt liegt Neugier in ihrem Blick. Cloe und Sina werden von oben bis unten betrachtet und augenscheinlich für gut befunden. Ein zufriedenes Lächeln beweist es. »Das wird meinen Lucas freuen. Lucas ist mein Sohn, müssen Sie wissen.«

Sina und Cloe wechseln einen schnellen Blick. Vermutlich ist Lucas im heiratsfähigen Alter, und Mama sondiert schon mal die Lage für ihn. So, wie sie Sina und Cloe ansieht, scheinen die beiden als Kandidatinnen in Frage zu kommen.

»Sagen Sie«, die Nachbarin tritt einen Schritt näher an Sina und Cloe heran, »wie viel wollen die Schultes denn für die Pension haben?«

Sina will antworten, doch Cloe fasst sie am Arm. »Das hat uns die Maklerin leider noch nicht verraten«, lügt sie.

»Aha.« Die Frau macht ein Gesicht, als wisse sie, dass sie angelogen wird, und wendet sich wieder ihrer Gartenarbeit zu.

Zeit, sich das Haus und den Garten ein wenig genauer anzusehen. Das Gebäude ist zweieinhalbstöckig. An der Vorderseite liegt mittig der Eingang, rechts und links daneben jeweils zwei Fenster. Die Etage darüber hat zur Straßenseite hin fünf Fenster, und über dem mittleren thront eine Dachgaube. An der Südwestseite ist eine große Veranda angebaut. Vermutlich befindet sich dort der Aufenthalts- und Frühstücksraum. Sina sieht sich schon frühmorgens, noch bevor der erste Gast erscheint, darin sitzen und mit Blick auf die an das Grundstück anschließende Dünen-und-Wald-Landschaft ihr Frühstück genießen. Die Pension Krabbe ist das letzte Haus in der Straße, gleich danach beginnt das Naturschutzgebiet. Am liebsten würde sie mit Momo sofort den Wanderweg einschlagen, den sie von hier aus erkennen kann.

Sina hat sich bereits in das Haus verliebt, ohne es von innen gesehen zu haben. So viel steht fest, sie will diese Pension haben. Und ein Blick auf Cloe verrät ihr, dass ihrer Freundin das Haus ebenfalls gefällt.

Um nach dem Besichtigungstermin in zwei Tagen Nägel mit Köpfen machen zu können, gilt es, die Fühler nach dem benötigten Kapital auszustrecken.

»Jetzt sollte es schnell gehen«, meint auch Cloe, »nicht dass dir ein anderer das Haus vor der Nase wegschnappt.«

»Mit meiner Schwester habe ich schon telefoniert. Sie kommt vorbei, um alles zu bereden. Sie schätzt, dass sie mir etwa zehntausend Euro leihen kann. Vor dir kommen zwei, und bevor ich meine Eltern bitten muss, will ich zunächst mal meinen Ex fragen«, sagt Sina, dabei schaut sie aus dem Schiffsfenster und blinzelt ein wenig, da ihr die Sonne in die Augen scheint. Sie passieren gerade eine rote Fahrwassertonne. Darauf prangt die Nummer 45. Was das wohl bedeuten mag? Egal, sie hat jetzt über Wichtigeres nachzudenken.

»Deinen Ex?«, fragt Cloe. »Von wem sprichst du? Von Liam, Tante Wolfgang oder von Björn, dem Ich-bin-ein-toller-Bundeswehrsoldat-Typ?«

Sina schnauft. Cloe tut ja gerade so, als ob sie ein Heer von verflossenen Liebhabern hinter sich gelassen hat. »Mit Björn fange ich an. Der schuldet mir noch fünfhundert Euro.«

»Okay. Kleinvieh macht auch Mist. – Nein, Momo, du bist nicht gemeint.« Der Yorkshireterrier nimmt die Hundeleine ins Maul und flitzt den Flur entlang in Richtung Ausgang.

»Momo, hierher.«

Der Terrier hört erst bei der dritten Aufforderung. Cloe nimmt ihm die Leine ab und wirft sie neben sich auf die Sitzbank. Momo springt hinterher.

»Pfui, Momo, runter mit dir«, befiehlt Cloe. »Wenn wir wieder zu Hause sind, bleibst du erst einmal bei mir. – Was denn, Sina? Willst du sie etwa mit zu Björn nehmen?«

Cloe hat recht. Björn kann die Hündin nicht leiden. Für ihn darf ein Vierbeiner die Bezeichnung »Hund« erst tragen, wenn er wenigstens einen Meter groß ist.

Endlich legt die Fähre in Emden an. Sie holen das Auto aus der Borkum-Garage und sind kurz darauf auf dem Rückweg nach Leer.

Eine Stunde später steht Sina vor Björns Wohnungstür. »Keller« steht auf dem Namensschild. Wunderbar, er wohnt also immer noch hier. Bei ihrer letzten Begegnung sprach er davon, dass er umziehen wolle. Kurz hat sie ein schlechtes Gewissen, weil sie sich so lange nicht bei ihm gemeldet hat. Doch auch er hat in den letzten Monaten kein Wort von sich hören lassen. So etwas kommt vor, denkt Sina, beeinträchtigt jedoch niemals eine gute Freundschaft. Sie klingelt.

Ein Mann, den Kopf voll Locken und mit einer Zahnbürste im Mund, öffnet die Tür. »Ja bitte?«, nuschelt er, lässt die Bürste jedoch im Mund stecken.

»Ich bin Sina und möchte zu Björn.«

Mit der Zahnbürste zwischen den Zähnen fällt das Grinsen des Mannes schief aus. Anstelle einer Antwort schiebt er den Ärmel an seinem rechten Arm nach oben. Ein zwei Euro großes Muttermal kommt darunter zum Vorschein.

»Ach, Björn. Ich habe dich gar nicht wiedererkannt.« Sina deutet auf die Locken. Als sie ihn das letzte Mal sah, waren Björns Haare auf Bundeswehrniveau heruntergestutzt.

Eine schwangere Frau tritt neben Björn und hakt sich bei ihm unter. »Schatz, bitte unseren Besuch doch herein.«

»Rebecca, das ist Sina. Sina – Rebecca.«

Die Frauen reichen sich die Hand. »Ich bin die mit dem dicken Bauch«, sagt Rebecca augenzwinkernd und streichelt ihre Rundung. Sina nickt und sieht zu Björn.

»Schau nicht so. Ja, ich habe mit Rebecca über dich gesprochen. Komm rein.«

Sina mag es nicht, wenn Fremde von ihrer Gesichtsblindheit erfahren. Aber um sich darüber Gedanken zu machen, ist dies der falsche Zeitpunkt.

Die Wohnung hat sich verändert. Der Geruch nach neuen Möbeln hängt in der Luft. Björn muss seine Rebecca sehr lieben, wenn er bereit ist, in IKEA-Mobiliar zu wohnen. Zu Sinas Zeit schwor er auf rustikale Sachen.

»Wo ist die schöne hellblaue Küchenvitrine geblieben? Die von Björns Großmutter?«, will Sina von Rebecca wissen, als sie die Küche betreten. Der Backofen ist beleuchtet, es duftet nach Kuchen. Kann nicht mehr lange dauern, bis er fertig ist.

»Den haben Kompanien von Holzwürmern aufgefressen.« Rebecca lacht und berührt kurz Sinas Schulter. »Setz dich. Möchtest du Kaffee?«

»Gern.«

»Der Kuchen braucht noch ein wenig. Milch und Zucker?«

»Schwarz«, sagt Björn, der kurz im Bad verschwunden war und die Zahnbürste dort gelassen hat. Jetzt kann Sina seinen ausgeprägten Amorbogen an der Oberlippe erkennen. Diese schwungvollen Lippen waren ihr vor Jahren als Erstes an ihm aufgefallen. Björn setzt sich zu Sina an den Tisch, und Rebecca deckt Kaffeegeschirr auf. Der Wasserkocher beginnt sein Werk.

»Darf ich dich etwas Persönliches fragen?« Rebecca ignoriert Björns kritischen Blick und greift nach Sinas Hand. Ein Anfasstyp, denkt Sina. An dieser Angewohnheit kann sie Rebecca wiedererkennen, denn die wird ja bald wieder einen flachen Bauch haben.

»Etwas Persönliches?« Sina schaut etwas unsicher zu Björn hinüber. Der zuckt mit den Schultern und lächelt.

»Keine Angst, Soldat.«

»Okay«, willigt Sina ein. Björn redet gern im Bundeswehrjargon.

»Ich hoffe, es ist dir nicht unangenehm, aber was ich schon immer wissen wollte und Björn mir nicht sagen kann, ist …«, Rebecca holt tief Luft, lässt Sinas Hand los und tritt einen Schritt zurück. »Wie lebt es sich mit deiner Behinderung? Quatsch – entschuldige bitte. Behinderung ist ein gemeines Wort. Einschränkung klingt besser, oder? Du erkennst die Leute nur an ihrer Frisur oder daran, wie sie gehen?«

»Entschuldige, Sina.« Björn streicht seiner Freundin über den Bauch. »Rebecca sagt gern, was sie denkt. Viele mögen das nicht.« Er nimmt Rebeccas Hand und küsst die Innenfläche.

Rebecca streichelt mit ihrer anderen Hand über seine Wange, dann sieht sie Sina an. »Mich erkennst du natürlich am dicken Bauch, stimmt's?«

»Und an dem verdrehten oberen Eckzahn«, kann Sina sich nicht verkneifen zu sagen.

Rebecca grinst. »Björn, du hast recht gehabt. Ich mag sie. Wir könnten Freundinnen werden.«

Der Wasserkocher blubbert. Rebecca gibt Instantkaffeepulver in die Tassen und kippt heißes Wasser drauf.

Den mochte er früher nie, denkt Sina und erwartet einen kurzen Stich ins Herz, doch der bleibt aus.

»Seit wann«, lenkt sie vom Thema Gesichtsblindheit ab, »darfst du Locken tragen?«

Björn streicht sich über den Kopf. »Stimmt. So leger kennst du mich gar nicht.«

»Aber du bist doch noch Kampfschwimmer, oder?«

»In meinem Alter?« Björn lacht und pustet in seine Tasse.

»Du bist noch nicht mal vierzig.«

»Eben. Zu alt für … Ach, lassen wir das.«

»Björn ist jetzt beim Kommando Hubschrauber. Das ist weniger gefährlich.« Rebecca lässt sich ein wenig schwerfällig auf den Stuhl sinken.

»Mali?«

»Bückeburg.«

»Und was ist mit dir?«, erkundigt sich Rebecca.

»Ich bin immer noch in Leer und im Buchladen. Aber das ändert sich vielleicht bald. Seid ihr«, sie deutet auf Björns und Rebeccas Ringe, »mittlerweile verheiratet?« Von Björns neuer Freundin hatte sie natürlich schon gehört und auch, dass es was Ernstes ist. Mit diesem Tempo hat sie allerdings nicht gerechnet.

»Ja. Ist erst drei Wochen her.« Dass er Vater wird und auch noch geheiratet hat, hätte er ihr aber sagen können. Sina schluckt die leichte Verschnupfung herunter.

»Erst mal nur standesamtlich«, ergänzt Rebecca. »Nur wir beide«, sie deutet auf Björn und sich, »und natürlich der Standesbeamte. Die große Fete gibt es später, wenn das Baby da ist.«

»Gratuliere. Das ist schön.« Sinas Bemerkung kommt von Herzen.

»Danke.«

»Du bist natürlich herzlich eingeladen«, sagt Björn. »Und was macht Cloe? Ist sie immer noch ständig auf Schnäppchenjagd nach Lagerfeld, Gucci und Co.?« Björn lacht und schaut Rebecca an. »Springerstiefel sind Cloe ein Gräuel.«

»Natürlich«, bestätigt Sina.

»Weißt du, Rebecca, die beiden«, er deutet auf Sina, »könnten unterschiedlicher kaum sein. Ich habe das nie verstanden.«

»Vermutlich sind sie gerade deshalb Freundinnen.« Rebecca legt eine Hand auf Sinas Unterarm. »Sina hat aber sicherlich etwas auf dem Herzen.« Sie stützt sich beim Aufstehen am Tisch

ab und greift nach ihrer Tasse. »Ich lass euch dann mal allein.«
Ehe sie die Küche verlässt, dreht sie noch den Temperaturregler
des Backofens auf null und öffnet die Ofentür.

»Nun, Sina. Was führt dich zu mir?«

Sina sagt es ihm. Sie schwärmt von der Pension und zeigt ihm
die Präsentationsmappe, die ihr die Maklerin mitgegeben hat.
»Schau auf die Berechnung der zu erwartenden Einnahmen.«

Björn lässt sich Zeit, schaut sich die Berechnungen und die
Fotos an, dann nickt er. »Das sieht gut aus und hört sich auch
so an. Wie sieht es mit dem Kaufpreis aus? Hast du schon mit
deiner Bank wegen eines Kredites gesprochen?«

»Noch nicht. Zuerst muss ich die Anzahlung zusammenbekommen.«

»Eine Anzahlung ist recht ungewöhnlich, oder?«

»Nun, sie entspricht in etwa dem Eigenanteil, den jede Bank
zur Finanzierung eines Objektes verlangen wird. Ich brauche
die Summe also so oder so. Zuerst muss ich die Anzahlung zusammenbekommen, erst danach kann ich mich um den Kredit
kümmern.«

»Verstehe. Wenn das eine nicht da ist, braucht das andere erst
gar nicht angegangen werden. Wie hoch soll die Anzahlung sein?«

»Sechzigtausend. Die Hälfte habe ich gespart, Lucie und Cloe
geben was dazu, und den Rest werden mir hoffentlich meine
übrigen Freunde leihen.« Erwartungsvoll schaut sie ihn an.

»Du willst dir endlich deinen Traum von der Selbstständigkeit erfüllen«, weicht er aus. »Das freut mich für dich. Für mich
wäre das nichts. Ich freue mich jetzt eher auf eine geregelte
Arbeitszeit und ein langes Wochenende.«

Sina lächelt gequält.

Endlich klopft Björn sich auf die Oberschenkel und steht
auf. »Wann brauchst du das Geld?«

»So schnell wie möglich, ehe mir ein anderer die Pension vor
der Nase wegschnappt.«

»Natürlich habe ich die fünfhundert Euro nicht vergessen,
die ich dir schulde. Du bekommst sie zurück, und zwar jetzt
sofort.«

Sina ist enttäuscht. Sie hat gehofft, mehr von ihm zu erhalten. Schließlich soll es ja nur geborgt sein, und sie selbst würde später nicht warten, bis er das Geliehene anmahnt, um es zurückzuzahlen. Sie spürt einen fetten Kloß im Hals, muss heftig schlucken und bekommt nur ein Gekrächztes »Danke, Björn« heraus.

Er nickt. »Warte einen Moment.«

Minuten später kommt er zusammen mit Rebecca zurück.

»Ich habe gelauscht«, gesteht Rebecca und scheint das wenig anrüchig zu finden. »Und ich bin der Meinung, wir sollten dir nicht nur Björns Schulden zurückzahlen, sondern dir auch was leihen. Eine anständige Summe, um genau zu sein.«

»Also nicht mit Kanonen auf Spatzen schießen, sondern …«

Sinas Augen werden feucht vor Freude. »Ich danke euch«, sagt sie und deutet auf Rebeccas Bauch. »Bis zur Geburt kann ich sicherlich schon etwas zurückzahlen. Ihr werdet es dann brauchen.«

»Ach was.« Rebecca winkt ab. »Lass dir Zeit damit. Oder«, ruft sie, als ihr ein anderer Gedanke kommt, »wie wäre es denn, wenn wir es bei dir auf Borkum abwohnen?«

Sina versteht nicht, was Rebecca meint.

»Ganz einfach«, erklärt Björn. »Wir machen so lange in deiner Pension Ferien, bis deine Schulden bei uns getilgt sind.«

»Eine tolle Idee.«

Das war ja leichter als gedacht, denkt Sina, als sie sich mit einem Barscheck in der Tasche von den beiden verabschiedet.

Als Nächstes steht Liam auf ihrer Liste.

***

»Sie ist hübscher als auf den Fotos.« Rebecca steht am Fenster und schaut Sina hinterher. »Die roten Haare sind ein Traum.«

Ja, denkt Björn. Wenn jeder Mensch so auffallend wäre wie Sina, hätte sie keine Probleme, die Leute wiederzuerkennen. Ihre rostroten Haare scheinen im Sonnenlicht wie Flammen zu glühen. Dazu hat sie die typische helle Haut mit den Sommersprossen, die sie als echte Rothaarige auszeichnen. Sinas Sommersprossen, im Sommer hat sie mehr davon als im Winter, wandern wie Schafe auf dem Deich über ihre Nase. Ja, Sina ist eine hübsche Frau. Björn tritt hinter seine Ehefrau, schlingt die Arme um ihren Bauch und sieht über ihre Schulter hinweg, wie Sina in ihren orangefarbenen Kia einsteigt. Den hat sie auch schon ewig, denkt er. »Ich finde deine auch wunderbar.« Als müsse er es beweisen, streicht er ihr über den Kopf.

Rebecca schüttelt seine Hand ab, sie mag es nicht, wenn er ihre Frisur zerzaust.

»Auch?«, fragt sie finster, doch er kann heraushören, dass sie ihn nur necken will. Dennoch kommt ihm der Gedanke, dass Rebecca auf Sina eifersüchtig sein könnte.

Ja, es stimmt, er liebt Sina Fuchs immer noch. Oder besser gesagt, er liebt sie so, wie er sie immer geliebt hat. Nicht wie eine Freundin oder Ehefrau, eher wie eine Schwester. Vermutlich ist es bei Sina genauso. Deswegen hat ihre Liebesbeziehung auch nur wenige Monate gehalten. Sie haben beide schnell gemerkt, dass die gegenseitige Zuneigung von anderer Qualität ist. Rebecca hat keinen Grund, auf diese Zuneigung eifersüchtig zu sein. Er hofft, dass Sina ihm nicht böse ist, weil er das Baby und die Heirat verschwiegen hat. Er hatte in letzter Zeit einfach zu viel um die Ohren. Nein, verbessert er sich. Es liegt daran, dass er all seine Zeit am liebsten nur noch mit Rebecca verbringen möchte. Bald muss er aus beruflichen Gründen verreisen, da will er natürlich jede freie Minute mit seiner Frau verbringen.

»Du weißt genau, dass ich mein Leben nur mit dir verbringen will«, flüstert er ihr ins Ohr, ehe er ihre Wange küsst.

Ihre Lippen finden sich, doch der Kuss ist nur kurz.

»Wann musst du wieder fort?«

Es ist, als habe sie seine Gedanken gelesen. Björn holt tief Luft und räumt die Kaffeetassen in die Spülmaschine.

»Lass mich das machen.«

»Nein. Ich möchte nicht, dass du dich so viel bückst.« Mit dem Handrücken streichelt er ihren Bauch.

»Wenn du irgendwo in der Welt unterwegs bist, habe ich auch keine Hilfe.«

Tja, irgendwo in der Welt. Scheißjob. Seit Jahren schon kann er niemandem erzählen, wo er tatsächlich arbeitet und was er dort tut. Sina hat er weisgemacht, er sei bei den Kampfschwimmern. Sie sind die Spezialkräfte der deutschen Marine, und ihre Einsätze haben etwas mit küstennaher Kriegsführung zu tun. Dabei hat er mit denen überhaupt nichts zu schaffen. Aber die Kompanie hat in Eckernförde ihren Marinestützpunkt, und er kennt sich in der Stadt gut genug aus, um etwaige Fragen zu beantworten. Zudem ist sie weit genug von Leer entfernt, um glaubhaft versichern zu können, dass er aufgrund der Entfernung oft nur an den Wochenenden nach Hause kommen kann.

Rebecca weiß, dass seine Gehaltsüberweisungen vom Bund kommen. Seine Ehefrau kennt natürlich auch die Legende vom Kampfschwimmer und findet sich ansonsten damit ab, dass sie nie genau wissen wird, wo ihr Ehemann im Einsatz ist. Dass er zum Kommando Hubschrauber gehört und gelegentlich mit einem solchen fliegen muss, ist jedenfalls nicht gelogen.

»Wenn alles gut geht und kein neuer Auftrag reinkommt, schiebe ich bis nach der Geburt nur Dienst in der Kaserne.«

In Bückeburg, glaubt Rebecca.

Sie fährt ihm mit der Hand durch die Haare. »Schade drum«, meint sie, zupft an einer Strähne und küsst ihn. »Ich werde deine Locken vermissen.« Rebecca drückt das Kreuz durch, ihr Bauch wölbt sich weiter vor, und sie wechselt das Thema. »Wie findest du die Idee mit der Pension?« Sie reibt mit der Hand über die Rundung.

»Eine gute Idee. Aber das denkst du doch auch, oder? Warum sonst hätten wir ihr Geld geliehen? Sina hat immer davon gesprochen, einmal ein kleines Hotel oder ein Apartmenthaus zu übernehmen. Vor etwa zwei Jahren hat sie sich schon einmal für eine Pension interessiert. In der Krummhörn, irgendwo zwischen Pewsum und Greetsiel. Ich erinnere mich, dass damals Stapel von Kreditunterlagen verschiedener Banken in ihrer

Wohnung herumlagen. Das Objekt auf Borkum ist genau richtig, da sollte sie sofort zugreifen. Ich hoffe, es klappt und sie kann sich ihren Traum erfüllen.«

»Aber die vielen fremden Gesichter. Die Kundschaft wechselt doch ständig. Ihre Gesichtsblindheit könnte ein Problem werden, meinst du nicht?«

»Da mache ich mir wenig Sorgen. Sina hat da so ihre Tricks. Einmal, da waren wir schon längst nicht mehr zusammen, kam ich vom Friseur. Ich hatte die Haare wieder mal raspelkurz schneiden müssen und den Bart abrasiert. Sina wird bei unserem nächsten Treffen Schwierigkeiten bekommen, mich zu erkennen, dachte ich. Doch sie erkannte mich auf Anhieb an meinem blauen Hemd, das ich eine Woche zuvor auch anhatte. Der oberste Knopf baumelte nur noch an einem Faden und musste dringend angenäht werden. Ich denke, es wird nicht viel schwieriger werden als in ihrem jetzigen Job. Im Buchladen gibt es viele Stammkunden, die wird sie in einer Pension sicherlich auch haben. Und wie gesagt, Sina entwickelt für so was ihre eigenen Strategien.«

»Aha.« Rebecca blickt skeptisch.

»Schön, Sie wiederzusehen.«

»Wie bitte?«

»Drei Wörter, wenn sie nicht sicher ist, ob sie jemanden, der den Laden betritt, schon kennt. Stammkunden sind begeistert, weil sie sich freut, dass sie wieder im Laden sind. Auch wenn der Kunde vor drei Stunden schon mal da war. Und wenn der Kunde erwidert, er wäre zum ersten Mal in dem Buchladen, sagt sie: ›Das ist schön. Irgendwie erinnern Sie mich an einen guten Freund.‹«

»Und was ist mit den Arbeitskollegen? Sie kann doch nicht ständig zu allen ›Schön, Sie wiederzusehen‹ sagen. Da hält man sie ja für blöd.«

»Glaube mir, Rebecca, auch da weiß sie sich zu helfen.«

***

Auf dem Weg zu Liam Brandt, einmal quer durch die Stadt, muss Sina vor den geschlossenen Bahnschranken halten. Als der Zug vorbeigefahren ist, will der Wagen sich nicht mehr starten lassen. Nach wenigen Sekunden beginnt ihr Hintermann zu hupen. Als ob das helfen würde. Doch dann springt der Motor auf einmal wieder an, und Sina kann weiterfahren.

Wie immer ist vor Liams Haus kein Parkplatz zu finden. Erst gut zweihundert Meter weiter findet sie einen. Ein paar Wolken sind aufgezogen, die ersten Regentropfen fallen. Als sie das Haus erreicht und auf die Klingel drückt, ist sie schon sehr nass. Sie hätte vorher anrufen sollen. Womöglich ist er gar nicht zu Hause, dann wird sie auf dem Rückweg vollkommen durchweichen, da es weit und breit keine Unterstellmöglichkeit gibt.

Sie drückt erneut auf den Klingelknopf. Kurz darauf ertönt der Summer, und sie kann in den Hausflur eintreten.

Liam wohnt in einem Vier-Parteien-Haus, dabei kann er sich sicher etwas Besseres leisten. Schon in der Schule war er der Klassenbeste. Anschließend hat er Informatik studiert und sich recht schnell und sehr erfolgreich selbstständig gemacht.

Während der Schulzeit hatten sie die ersten Jahre wenig Kontakt, obwohl sie dieselbe Klasse besuchten. Erst nachdem eine Mitschülerin – sie war damals, in der zehnten, ein richtiger Feger – mit ein paar Freundinnen eine Wette zu Liams Nachteil abgeschlossen hatte, freundete sie sich mit ihm an. Der Mitschülerin ging es darum, Liam, den Klassen-Nerd, dazu zu bewegen, mit ihr zusammen auf den Schulball zu gehen. Es war jedoch geplant, ihn kurz vorher einfach stehen zu lassen.

Sina hatte ihn gerettet und mit ihm den Abend verbracht. Sie hatten geredet und sich besser kennengelernt. In der darauffolgenden Woche wurde er mehr als nur ein guter Klassenkamerad für sie. Es hieß, sie würden »miteinander gehen«, was nur bedingt der Fall war. Mehr als ein paar Küsschen sind nicht gewesen. Und eine Freundschaft, die bis heute andauert.

»Sina. Mein Gott, haben wir uns lang nicht mehr gesehen.«

»Etwa zwei Wochen?«

»Eher drei. Komm rein. Du bist ja ganz nass. Regnet es?«

Sina lacht. »Wenn man nur vor dem Computer hockt, bekommt man so etwas wohl nicht mit.«

»Brauchst du ein Handtuch?«

»Nein, so schlimm ist es nicht. Hast du einen Moment Zeit für mich?«

»Für dich immer.« Er nimmt ihre Jacke und hängt sie an die Garderobe. »Geh schon mal ins Wohnzimmer. Ich mache uns schnell einen Tee.«

Liams Wohnzimmer ist eigentlich mehr ein Büro mit Sofa. Ein riesiger Schreibtisch mit drei Bildschirmen beherrscht den Raum. An der Wand hängt ein großes Bild mit Nullen und Einsen. Wenn man länger draufschaut, bekommt man ein Gefühl von Schwindel. Neben dem blauen Sofa sitzt ein ausgestopfter Hase. Liams Vater war Tierpräparator, und er brachte es nach dessen Tod nicht übers Herz, das hässliche Ding, das so gar nicht zum Stil der Wohnung passt, zu entsorgen. Eines der beiden Glasaugen blitzt im Sonnenstrahl. Der Regen hat genauso schnell aufgehört, wie er begonnen hat.

»Was führt dich um diese Tageszeit zu mir?« Liam stellt zwei Gläser Wasser auf den kleinen Tisch vor dem Sofa. »Tee ist alle«, meint er.

»Wenn alles so läuft, wie ich es mir wünsche, werde ich endlich eine Pension kaufen können«, sagt Sina und erzählt Liam von der Anzeige in der »Ostfriesenzeitung«, von Lucies Anruf, vom Besuch auf Borkum, von dem Gespräch mit der Maklerin und der Anzahlung, falls der Vertrag unterschrieben wird.

»Das ist ganz schön viel Geld«, sagt Liam.

»Stimmt. Aber es rechnet sich.« Sie berichtet ihm haarklein, was die Maklerin über das Objekt gesagt hat, und lässt ihm Zeit, sich in Ruhe die Präsentationsmappe anzuschauen.

»Pension Krabbe heißt das Haus.« Ein Hauch von Stolz über ihre und Cloes Fähigkeiten, den Namen der Pension herauszufinden, obwohl die Maklerin ihn verschwiegen hat, ist aus Sinas Worten herauszuhören.

Liam schaut es sich sofort im Internet an.

»Das klingt nicht schlecht«, meint er dann. »Und du bist jetzt hier bei mir, weil …«

Sina erklärt ihm das mit der Anzahlung. »Normalerweise würde ich ungefähr dieselbe Summe an die Bank zahlen, als Eigenkapital für den Bankkredit, und dann würde aus der Kreditsumme die Anzahlung überwiesen. Die jetzigen Eigentümer möchten das Geld schneller haben, aber dafür bekomme ich bei Vertragsabschluss auch sofort die Schlüssel. Als Eigenkapital für den Kredit dient die Summe natürlich trotzdem, jedenfalls gehe ich davon aus. Wahrscheinlich muss ich dafür die Quittung der Eigentümer bei der Bank einreichen. Die Maklerin hat gesagt, sie wird mich bei der Abwicklung unterstützen. Aber natürlich nur, wenn ich die sechzigtausend frühzeitig zusammenbekomme und mir kein anderer die Pension vor der Nase wegschnappt.«

»Auf die Schnelle kann ich dir zweitausend Euro leihen. Das ist nicht viel, ich weiß. Mein Vermögen«, er grinst, »ist in Kryptowährung angelegt. Die zu tauschen, ginge zwar, es würde aber eine Woche oder länger dauern, bis ich das Geld auf dem Konto hätte. Hilft dir das trotzdem ein bisschen weiter?«

»Dreißigtausend habe ich gespart, je zwei bekomme ich von dir und Cloe. Meine Schwester gibt vermutlich zehn, meine Eltern habe ich noch nicht gefragt, du weißt, Papa ist immer so schwierig. Und Björn steuert viertausend Euro bei.«

»Björn. Den habe ich lange nicht gesehen.«

So dicke Freunde seid ihr ja auch nie gewesen, denkt Sina.

Liam hat mal versucht, Näheres über Björn herauszufinden. Mehr als die Tatsache, dass Björn im Einsatz in Afghanistan und Mali war, konnte er aber nicht in Erfahrung bringen. Da hatten sie ihn schon hopsgenommen. Wie hoch die Geldstrafe fürs Eindringen in behördliche Computerprogramme war und ob er überhaupt eine bekam, hat Liam nie verraten.

Tatsache ist, dass Liam seither von Björn als ›seinem Freund, der beim GSG9 in geheimer Mission arbeitet‹ spricht.

»Ist er immer noch Kampfschwimmer?«

»Nein.« Sina nimmt einen Schluck Wasser, »er ist jetzt beim

Kommando Hubschrauber.« Sie steht auf und deutet auf die drei Bildschirme auf dem Schreibtisch. »Ich muss weiter. Ich habe dich schon viel zu lange von deiner Arbeit abgehalten.«

»Warte, ich hole das Geld.« Er verlässt das Wohnzimmer. Sie hört eine Schublade auf- und zugehen, kann aber nicht sagen, ob das Geräusch aus der Küche oder aus dem Schlafzimmer kommt. Als er das Wohnzimmer wieder betritt, schaut sie gerade auf ihre Armbanduhr.

Liam überreicht ihr das Geld. »Hast du noch einen Termin?«

»Ich wollte noch zu Wolfgang.«

Liam grinst. Wolfgang Eichler ist ein gemeinsamer Freund aus der Schulzeit. Er arbeitet im Theater in Oldenburg. Bei irgendeiner Premierenfeier hat Wolfgang mal jemanden getroffen, der angeblich mit Björn zusammen auf einem Stützpunkt gewesen sein will. Seither glaubt er, Björn sei so etwas wie ein MI6-Agent, nur eben die deutsche Ausgabe davon. Er hat Björn sogar darauf angesprochen. »Wenn ich dir das verrate«, lautete Björns Antwort, »muss ich dich töten.« Ein alberner Agentenspruch aus dem Fernsehen. Wolfgang hat ihn sich dennoch zu Herzen genommen und gegenüber Björn nie wieder das Thema Arbeit und Arbeitgeber angesprochen.

»Grüß ihn von mir.«

Als Nächstes steht also der Besuch bei Wolfgang an. »Tante Wolfgang« nennen ihn einige, was auf seinen Beruf zurückzuführen ist: Er arbeitet im Theater, wo er als gelernter Schneider für die Garderobe zuständig ist. Gelegentlich bekommt er sogar eine kleine Rolle, doch für den großen Durchbruch auf der Bühne reichte es bislang nicht. Obwohl es vor einigen Jahren fast danach aussah. Wolfgang sprang für eine Nebendarstellerin ein, die sich wenige Stunden vor Spielbeginn krankgemeldet hatte. Der Regisseur war zuerst dagegen. Er befürchtete, sein Theaterstück würde mit der Besetzung der Rolle durch einen Mann sowohl einen anderen Sinn als auch einen anstößigen Charakter bekommen. Es galt abzuwägen: kurzfristiger Ausfall der Aufführung an diesem Abend oder Notbesetzung mit

Wolfgang? Wolfgang bekam den Zuschlag und meisterte die Rolle als Frau hervorragend. Leider wurde die eigentliche Besetzung schnell wieder gesund und sein Talent später nicht weiter in Anspruch genommen. Was von dem kurzen Auftritt hängen blieb, ist sein Spitzname. Tante Wolfgang.

Sina erkennt ihn sofort an dem hängenden Augenlid rechts und dem Feuermal, das sich über den Daumen seiner linken Hand zieht. Nur warum sitzt er hier draußen auf der Straße, wenige Meter neben seinem Hauseingang? Sina bleibt stehen und beobachtet ihn.

Wolfgang Eichler ist fünfunddreißig Jahre alt. Im Augenblick sieht er aber aus, als wäre ihm die Zeit schlecht bekommen. Auch mit zwanzig wirkte er nicht gerade wie Brad Pitt oder Erol Sander, aber zumindest war er jung und dynamisch. Jetzt sitzt er da wie ein verwahrloster greiser Bettler, der zu viel getrunken hat und sich zu selten wäscht. Die Menschen, die auf dem Gehsteig vorbeigehen, machen automatisch einen kleinen Bogen um ihn.

Sina geht etwas näher heran. Sie hat eine feine Nase. Sie riecht Seife und Waschmittel. Ihr ist gleich aufgefallen, dass Verkleidung und Geruch nicht zusammenpassen. Warum aber versucht Wolfgang, wie ein Gammler zu wirken? Seine Klamotten sind abgetragen, stellenweise zerschlissen, und sie hat sie noch nie an ihm gesehen.

Wem will er etwas vormachen? Oder möchte er einfach nur die Reaktionen der Mitmenschen bewerten? Sinas Vater hat mal von einem Millionär erzählt, der zu einem rauschenden Fest eingeladen hatte und sich selbst als Bettler verkleidet vor die eigene Haustür gesetzt hat. Dort bettelte er seine Gäste an. Mit den Menschen, die großzügig reagierten, machte er später Geschäfte. Wer achtlos vorbeiging, der wurde danach auch von ihm ignoriert. Und bei denjenigen, die gemein zu dem Bettler wurden, sorgte er dafür, dass sie das in Zukunft geschäftlich bereuten.

Wolfgang ist jedoch weder ein Millionär noch ein Soziologe, der Erkenntnisse für seine Studien aus dem Verhalten der Menschen zieht.

Noch tut er so, als habe er sie nicht bemerkt. Sina greift in ihre Jackentasche und holt ihr Miniportemonnaie heraus, in dem sie Kleingeld für Bus und Bahn bereithält. Drei silberne Münzen lässt sie in Wolfgangs Hut fallen.

»Fünf Euro für einen Bettler?«, fragt er und schaut zu ihr hoch. »Sina, du bist wirklich großzügig.«

»Und du siehst verändert aus. Hast du deine Arbeit im Theater verloren?«

»Nein. Ich will wissen, was so eine Bettelei einbringt, das ist alles. Es ist ein Experiment.«

»Du flunkerst.«

»Ein wenig. Es gibt da bald ein neues Stück an unserem Theater mit einem Bettler in der Nebenrolle.«

»Und die bekommst du?«

»Keine Ahnung. Aber ich will vorbereitet sein.«

»Ich drück dir die Daumen. Und? Ist es einträglich?«

»Was? Die Bettelei? Geht so. Die meisten Leute geben vor, mich nicht zu bemerken. Andere wechseln die Straßenseite, und eine Frau sagte zu mir: ›Faule Sau, geh arbeiten.‹« Wolfgang nimmt das Klimpergeld aus dem Hut und steckt es in die Hosentasche. »Woran hast du mich erkannt?«

Sina deutet auf sein Feuermal. Wolfgang nickt und steht auf.

»Außerdem riechst du zu gut für einen, der auf der Straße lebt.«

»Gut, dass nicht jeder so ein feines Näschen hat wie du. Sonst hätte ich vermutlich noch weniger eingenommen. Aber lieb von dir, dass du mich besuchen kommst. Mein Hintern ist schon ganz kalt geworden.«

»Erfahrene Bettler legen sich ein Stück Pappe unter den Po«, sagt Sina.

»Ich merke es mir, fürs nächste Mal. Komm mit hoch.« Wolfgang hakt sich bei ihr ein. »Ich mach uns einen schönen heißen Grog.«

»Für mich nicht, ich muss noch Auto fahren.«

»Okay. Küche oder Wohnzimmer?«, fragt Wolfgang, als sie seine Wohnung betreten. Küche bedeutet kurzer Aufenthalt und Trinken im Stehen, da der Raum zu klein für zwei Stühle und einen Tisch ist.

»Wohnzimmer«, sagt Sina und geht voraus.

In Wolfgangs Wohnzimmer sieht es wie in vielen Wohnzimmern aus. An der Wand hängen Fotos von seinen Neffen, seinen Eltern und diversen Ahnen. Darunter steht ein Sideboard, das mit Bildern von seinem Theaterauftritt bestückt ist. Die links daneben sind etwas älter, wurden aber auch im Theater aufgenommen. Das von Kinderhand gemalte Bild ist neu.

»Das ist von Nico. Aus dem Zeichenunterricht. Dafür hat er ein besonderes Lob bekommen.«

»Und dann hat er es dir geschenkt? Wie süß. Zweite Klasse, oder?«

Wolfgang nickt. »Wasser ist gleich heiß. Pfefferminztee?«

»Gerne.«

Kurz darauf schlürft Wolfgang laut und genüsslich an seinem Grog und sieht Sina über den Glasrand hinweg an. »Nun, was verschafft mir die Ehre?«

Sina verrät es ihm.

»Das hört sich recht gut an.« Wolfgangs Glas ist bereits leer, Sinas Tee hingegen ist kalt geworden. »Viel kann ich dir nicht leihen. Erst vorgestern habe ich mir ein neues Auto gekauft. Du weißt schon, der dunkelblaue VW Taigo aus dem Autohaus Schwarte, von dem ich dir erzählt habe. Über hundert PS, fünfeinhalb Liter, Grundausstattung. Toller Wagen. Na ja. Wurde langsam Zeit, dass ich mir was Neues gönne. Der alte hatte einfach viel zu viele Macken, und ich musste dauernd außerplanmäßig mit der Bahn fahren.«

Sina ist einerseits glücklich, dass Wolfgang wieder unabhängig von öffentlichen Verkehrsmitteln zur Arbeit gelangen kann, andererseits enttäuscht, dass es nur wenig sein wird. Aber jeder Euro zählt.

»Nun schau nicht so bedeppert«, sagt Wolfgang. »Mein Anteil wird immerhin fünf Prozent von dem betragen, was du insgesamt benötigst. Das ist doch schon was, oder?«

Sina braucht einen Moment, um auszurechnen, wie viel es ist.

Prozentrechnen ist nicht ihre Stärke.

»Ich finde es lieb von dir, dass du mich dabeihaben willst«, sagt er und küsst zum Abschied Sinas Wange. »Aber jetzt muss ich los, zur Arbeit.«

»In dem Aufzug?«

»Ich werde in der Bahn ein wenig betteln. Nur zur Übung.«

»Na, wenigstens die Alkoholfahne passt.«

Auf dem Weg nach Hause beherrschen sowohl Glück als auch Verzweiflung Sinas Gedanken. Einerseits ist sie froh, dass jeder ihrer Freunde ihr etwas leiht, andererseits ist sie noch weit davon entfernt, die komplette Summe zusammenzubekommen. Es fehlen noch neuntausend Euro. Ganz schön viel Geld. Sie wird es ausführlich mit Lucie besprechen, doch am Ende wird ihr vermutlich nichts anderes übrig bleiben, als ihre Eltern darum zu bitten. Mama wird sie sofort unterstützen. Sie ist kein Problem. Aber Papa.

Als Sina endlich nach Hause kommt, steht Lucie vor ihrer Wohnungstür.

»Wartest du schon lange?«

»Nein. Ich bin eben erst gekommen.«

»Komm rein.«

»Ich will alles über die Pension wissen.« Lucie eilt in Sinas Küche, nimmt die Kurve ein wenig zu eng und stößt mit der Hüfte gegen das Flurschränkchen. Die Tischlampe mit dem Glasschirm wackelt bedenklich.

»Das meiste habe ich dir doch schon am Telefon erzählt.« Sina berichtet ihrer Schwester noch einmal ausführlich von dem Besuch bei der Maklerin und wie sie und Cloe die Pension trotz Verweigerung der Adresse gefunden haben.

»Schon komisch, dass sie euch das nicht sagen wollte. Die Erklärung finde ich doch etwas fadenscheinig.«

»Mir leuchtet schon ein, dass es für Hausverkäufer lästig sein kann, wenn manche Leute sich nur aus Neugier alles ansehen wollen. Deswegen stehen auf den Plakaten, die in den Schaufenstern der Immobilienbüros hängen, auch nie die Adressen unter den Objekten.«

Als Sina von der Begegnung mit der Nachbarin erzählt, die vermutlich eine Schwiegertochter sucht, muss Lucie lachen.

»Wer weiß, vielleicht ist der ja was für dich?«

Sina lächelt nur, dann wechselt sie zum Thema Geld.

»Mein Angebot steht, Sina. Zehntausend Euro kann ich dir geben.«

»Das ist viel Geld. Was sagt Henning dazu?«

Sina kommt mit ihrem Schwager gut aus, aber sie möchte auf keinen Fall, dass die beiden ihretwegen Streit bekommen.

»Henning hat nichts dagegen. Außerdem ist es mein Geld, und der größte Teil davon gehörte ja sowieso ursprünglich einmal dir.«

Lucie spricht von der Erbschaft, die Sina vor Jahren gemacht hat, weil sie denselben Vornamen wie die verstorbene Großtante trägt. Damals hat sie ihrer Schwester die Hälfte davon abgegeben.

»Und der Kredit?«, fragt Lucie. »Hast du da schon mit einer Bank gesprochen?«

»Noch nicht«, sagt Sina. »Zuerst muss ich die Anzahlung zusammenbekommen. Mir graut schon jetzt vor all den Papieren, die auszufüllen sind.«

»Davon habe ich so gar keine Ahnung«, sagt Lucie und verdreht die Augen.

»Ich aber. Komm mit, ich zeige dir was.« Sina geht ins Wohnzimmer, öffnet die unterste Schublade ihres Wohnzimmerschrankes und nimmt einen Stapel Papiere heraus. Es sind Kreditantragsformulare von verschiedenen Banken, jeweils zehn bis fünfzehn Seiten, zusammengehalten von großen Büroklammern. »Das sind die Unterlagen, die ich mir damals, als ich mich für das Objekt in der Nähe von Harlesiel interessierte, besorgt habe. Du erinnerst dich?«

»Diese abgewrackte Bude, die nur von außen einigermaßen aussah? Hoffentlich ist die Pension auf Borkum nicht so ein Reinfall.«

»Das wird die Besichtigung zeigen.« Sina entfernt eine der Klammern und reicht Lucie zwei vorn und hinten dicht bedruckte Seiten mit der Überschrift »Erforderliche Unterlagen für Ihren Kreditwunsch«.

»Die wollen es aber genau wissen«, murmelt Lucie nach einem ersten Blick auf das Blatt.

»Bonitätsunterlagen nennen sie das.« Ein Hauch von Frustration klingt in ihrer Stimme mit. »Das auszufüllen ist noch relativ einfach. Hier muss man nur auf jede Frage etwas ankreuzen. Nicht selbstständig, selbstständig, Freiberufler und so weiter. Hier«, Sina deutet mit dem Zeigefinger darauf, »fordern sie Objektunterlagen und die Zustimmung zu einer Innenbesichtigung. Ich nehme an, da wollen die von der Bank selbst einen Rundgang durch das Objekt machen. Und hier«, sie tippt auf eine Stelle etwas weiter unten und liest vor: »Qualifizierte Wohnflächenberechnung. Vom Architekten, Bauingenieur, Sachverständigen, Gutachter oder von einem Notar beglaubigte Angabe zur Wohnfläche.«

Sina nimmt Lucie die Blätter wieder aus der Hand und wirft sie aufs Sofa. »Auf den nächsten sieben Seiten befassen sie sich mit der vertraulichen Selbstauskunft. Neben dem üblichen Kladderadatsch wie Name, Anschrift, Familienstand, Wohnstatus und Güterstand fordern sie Angaben über alle Kosten, die du jetzt im Augenblick hast. Lebenshaltungskosten wie Kfz-Versicherung, Miete, Nebenkosten et cetera. Die wollen wissen, ob du Bausparverträge hast, Renten erwartest, Unterhalt zahlst und sowieso alles und jedes über deine Einkünfte.«

»Auch Omas Geldgeschenke zu Weihnachten?«

»Das ist nicht lustig, Lucie. Das Gleiche hat Cloe auch gefragt, als ich ihr damals die Unterlagen zeigte. Aber finanziell muss man da komplett blankziehen. Und dann kommt noch der Fragenkatalog zur Kreditwürdigkeitsprüfung.« Sina hebt bei den Worten ihre Zeige- und Mittelfinger und deutet Anführungsstriche an. »Wie stellst du dir die Rückzahlung vor? Ist die Rückzahlung des Kredites auch im Todesfall gewährleistet? Wie steht es mit der Änderung des beruflichen Umfeldes?«

»Na, das ändert sich doch dann.«

»Richtig. Da müssen wohl der Istzustand und die Zielvorstellung angegeben werden. Dann wollen sie wissen, ob man bei einem möglichen Eintritt einer Berufsunfähigkeit Auswirkungen auf die Kreditrückzahlung sieht. Und hier«, ein weiteres Blatt fällt aufs Sofa, »Aufführung eventueller Baukosten.«

»Aber du willst ja gar nicht bauen.«

»Klar. Das werde ich dann reinschreiben. Und hier, die Frage gefällt dir sicherlich. ›Ist eine Änderung Ihres persönlichen Umfeldes absehbar?‹ Da muss man zunächst nur ›ja‹, ›nein‹ oder ›nicht relevant‹ ankreuzen. Später jedoch wollen sie es ausführlich erklärt bekommen.«

»Vermögensaufstellung?«, fragt Lucie, als Sina ihr das entsprechende Blatt reicht. »Da steht ja schon was drin.«

»Ja. Mein Auto, die Möbel und mein Sparguthaben. Der Abschnitt zu den Wertpapieren und anderen Vermögensanteilen bleibt leider leer.«

»Hier steht dreiundzwanzigtausend Euro.«

»Da kann ich diesmal zum Glück mehr eintragen.« Sina wirft auch die restlichen Unterlagen aufs Sofa. »Nicht zu vergessen die Schufa-Klausel. Die muss ebenfalls ausgefüllt werden. Möchtest du dir die anderen Antragsformulare auch ansehen?« Sina wedelt mit dem Rest des Stapels.

»Muss nicht sein.«

»Im Großen und Ganzen sind sie alle gleich. Auch Zinsen und die Tilgung sind ähnlich. Allerdings ...«, Sina holt tief Luft, »diese Unterlagen sind alt. Ich werde noch einmal zu den Banken gehen müssen.«

»Aber erst nach der Besichtigung.«

»Natürlich. Du siehst, ich bin gut vorbereitet.«

DREI

»*Was* will deine Tochter?« Felix Fuchs sieht aus, als bekäme er gleich einen Herzinfarkt. »Habe ich das richtig verstanden?« Er fasst sich theatralisch an die Brust, doch die ganze Familie weiß, das ist nur Show. In Wirklichkeit ist Sinas und Lucies Vater kerngesund.

»Unsere Tochter will eine Pension auf Borkum kaufen«, wiederholt Ella Fuchs. »Diese Pension da.« Sie deutet auf das Exposé und die Fotos, die Sina von der Pension Krabbe im Internet gefunden und ausgedruckt hat.

»Das habe ich verstanden, Ella. Bin ja nicht schwerhörig, und gut sehen kann ich auch. Und woher«, Felix Fuchs verschränkt die Arme vor der Brust, »will sie das Geld nehmen?«

»Dafür gibt es Banken.«

»Geh mir weg mit den Banken. Die wollen zuerst einmal Eigenkapital sehen. Weiß doch jeder, dass man flüssig sein muss, um sich eine Immobilie zuzulegen.« Er reibt Daumen und Zeigefinger aneinander.

»Die Bank«, beginnt Sina, die soeben mit einer Kanne Kaffee in der Hand die Terrasse ihrer Eltern betritt und mit Lucie einen schnellen Blick wechselt, »wird mir bestimmt den Kredit geben. Das hat mir die Maklerin versichert. Sie arbeitet eng mit einer Bank auf Borkum zusammen. Und wenn man sich die Rentabilitätsberechnung, die sie uns gegeben hat, anschaut, sehe ich da tatsächlich kein Problem.«

Lucie zwinkert Sina kurz zu, als Zeichen, dass sie Hilfe leisten wird, um gegen Papas Einsprüche bestehen zu können.

»Soso. Kein Problem also.« Papas ironischen Unterton kann man vermutlich bis raus auf die Straße hören. Felix Fuchs wendet sich jetzt seiner Ältesten zu. »Nicht genug, dass ich einen Schwiegersohn habe, der den lieben langen Tag faul auf dem Sofa rumhängt …«

»Henning arbeitet«, sagt Lucie.

»… und gelegentlich, wenn das Geld knapp wird, ein wenig auf den Computertasten herumhämmert.«

»Er ist Programmierer, Papa, und arbeitet von zu Hause aus.«

»Jetzt kommt Sina auch noch mit so einer Schnapsidee. Du hast doch gar keine Erfahrung in dem Job, was machst du, wenn das schiefgeht?«

»Als Bibliothekarin bekommt man immer einen Job«, meint Ella. Sie nimmt Sina die Kanne ab und stellt sie mit lautem Scheppern auf dem Tisch ab.

»Sina ist Buchhändlerin«, ermahnt Felix seine Ehefrau. »Keine Bibliothekarin. Wird mir vielleicht mal jemand verraten, wie hoch die Anzahlung ist? Und wie gedenkt Sina, an diese Summe zu kommen?«

»Sechzigtausend.«

Er stößt einen lang gezogenen Pfiff aus.

»Das ist gar nicht so viel, wenn man bedenkt, was für ein Objekt man dafür bekommt«, sagt Lucie und will zur Kanne greifen, um Kaffee einzuschenken. Dabei stößt sie mit dem Handrücken gegen Papas Tasse, die prompt zu Boden fällt und zerspringt.

»Mir fehlen nur noch neuntausend Euro, dann habe ich den Betrag zusammen«, sagt Sina und hilft, die Scherben einzusammeln.

»Das Erbe deiner Großtante?« Papas Stimme ist schneidend.

Sina nickt. Und viel Erspartes und Geliehenes, fügt sie gedanklich hinzu.

»Einen Teil davon hast du doch ausgegeben.« Papas Augenbrauen ziehen sich zusammen. Damit meint er, dass Sina die Hälfte Lucie abgegeben hat.

»Und diesen Teil bekommt sie jetzt von mir zurück«, sagt Lucie. »Sogar Cloe gibt zweitausend dazu.«

»Cloe Graf, der Paradiesvogel?« Felix Fuchs hat für Sinas Freundin wenig übrig. »Kaum zu glauben, dass die überhaupt etwas auf der hohen Kante hat.«

»Felix!«, mahnt Ella in einem Tonfall, den sie selten anschlägt. Ihr hat Sinas Entscheidung auf Anhieb gefallen, und sie hat ihrer Tochter jede Unterstützung zugesagt.

»Hm. Neuntausend fehlen also«, brummt er.

Lucie bringt die Scherben weg und kommt mit einer neuen Kaffeetasse zurück. Schweigend wird eingegossen. Jeder nippt an seinem Getränk, darauf wartend, was Papa noch dazu zu sagen hat.

Sina wird sich lieber die Zunge abbeißen, als ihm zu verraten, dass Björn und dessen Ehefrau Rebecca viertausend Euro gegeben haben, Liam Brandt zwei- und Wolfgang Eichler dreitausend.

Die Familie lässt Felix Fuchs Zeit, sich mit dem Gedanken anzufreunden, dass seine Tochter sich selbstständig machen und damit von hier fortziehen wird. Erst als er seinen Kuchen gegessen und die zweite Tasse Kaffee getrunken hat, räuspert er sich.

»Wie willst du das mit deiner Prosopagnosie schaffen?«

Als ob sie nicht schon längst bewiesen hätte, dass sie sich diesbezüglich zu helfen weiß. Sie arbeitet seit Jahren erfolgreich als Buchhändlerin, da kann es in anderen Berufen nicht so viel schwieriger werden.

»Ich schaffe das, Papa. Vertraue mir.«

»Fritz, du solltest mittlerweile wissen, wie wichtig Sina das ist«, ermahnt ihn Sinas Mutter. »Und vor allem solltest du hinter deiner Tochter stehen. Egal, was kommt.«

»Sie ist doch in der Buchhandlung bestens versorgt«, murrt Papa, schnaubt ein wenig aufgebracht und schaut Sina an. »Es wird umständlich werden, dich dort zu besuchen.«

»Die Schiffe fahren regelmäßig«, sagt Lucie. »Und mit dem Katamaran dauert die Überfahrt nur eine Stunde.«

Papa nickt, greift nach der Mappe, schaut hinein, klappt sie zu und schlägt sich damit auf den Oberschenkel. »In Ordnung, Sina. Mama und ich machen mit.«

Ella klatscht vor Freude in die Hände, doch dann schaut sie ihn überrascht an. »Haben wir denn so viel gespart?« Um finanzielle Angelegenheiten hat sie sich noch nie gekümmert.

»Leider sind nur noch fünftausend übrig. Die neue Heizungsanlage letztes Jahr hat ein großes Loch in unsere Reserven gerissen.«

»Den Rest …«

Erschrocken fahren alle auf und sehen zur Terrassentür. Der Schwiegersohn ist eingetroffen.

»… bekommen wir schon zusammen.« Henning drückt der Hausherrin zur Begrüßung einen Kuss auf die Wange und nimmt Platz. »Ist noch Kuchen da?«

»Wer zu spät kommt, weil er auf dem Sofa lümmelt, muss Krümel essen.«

»Man kann auch auf dem Sofa liegend Geld verdienen, Schwiegerpapa.« Henning sendet seiner Frau ein Augenzwinkern.

»Eine Bedingung habe ich«, kommt Felix Fuchs aufs Thema zurück.

»Welche?«, fragen Sina und Lucie gleichzeitig.

»Ich will diese Blätter noch genauer studieren und mir vorher das Haus ansehen.«

»Das ist gut. Ich komme auch mit«, meint Henning.

»Als ob ein Computerfritze Ahnung von Gebäuden hätte«, knurrt Sinas Vater.

»Mein lieber Felix. Ich habe viele Talente, von denen du nicht weißt.« Bei diesen Worten zwickt er Lucie, die gerade mit dem Abräumen beginnt, in die Taille. Fast wäre ihr vor Schreck der Zuckerpott entglitten.

✳✳✳

Na toll, jetzt rücken wir an wie ein Kampfgeschwader, um das Haus zu besichtigen, denkt Sina.

Mit zwei Wagen haben sie die Strecke von Leer nach Emden innerhalb einer halben Stunde zurückgelegt. Papa wollte sein Auto auf der Fähre zur Insel mitnehmen, doch erstens war so kurzfristig kein Platz mehr frei, zweitens dürfen auf Borkum in der Saison nicht alle Straßen mit dem Pkw befahren werden, und drittens war es ihm für die wenigen Stunden dann auch zu teuer. Sie lösten also fünf Tagestickets für den Katamaran, der, wie versprochen, nur eine Stunde für die Fahrt zur Insel benötigt.

Am Inselbahnhof mieten sich Sina, Cloe, Papa, Mama und Henning Fahrräder. Lucie konnte nicht mitkommen, sie hat ihren Arbeitgeber auf die Schnelle nicht dazu bewegen können, ihr freizugeben. Und die kleine Paula muss schließlich zur Schule und kann danach nicht allein zu Hause bleiben.

»Zum Glück«, kommentiert Papa, als sie losradeln. »Vermutlich würde sie mit dem Rad bloß jemanden umfahren. Der Hund wäre zu Hause auch besser aufgehoben, Sina. In dem Fahrradkörbchen sieht er albern aus.«

»Wir können ja ein paar Meter vorausfahren, Herr Fuchs«, meint Cloe. »Damit Sie sich ihretwegen nicht genieren müssen.«

Der Wind hat die Regenwolken der vergangenen Tage endgültig vertrieben. Er bläst leicht aus östlicher Richtung, und die Sonne wärmt schon kräftig. Sina ist viel zu warm angezogen.

»Das ist es«, sagt sie, als sie gut zehn Minuten später am Haus ankommen. Sie nimmt Momo aus dem Fahrradkorb und öffnet ihre Jacke. »Die Maklerin müsste schon da sein.«

Als Sina sie anrief, um ihren Besuch anzukündigen, konnte sie sich des Eindrucks nicht erwehren, dass die Vielzahl der Leute, die sie mitbringen wollte, Tanita Heide-Bruchsal sehr missfiel.

»Da kommt sie.« Henning deutet auf einen roten Flitzer, der an der Gartenpforte des Nachbarhauses hält. Die Wagentür geht auf. Zuallererst sind lange Beine zu sehen. An den Füßen ähnliche Sandalen wie die blauen von Cloe, die Sina an ihrem ersten Tag auf der Insel anhatte. Nur sind diese vermutlich kein Imitat.

»Nein, das ist sie nicht«, sagt Sina. Die Frau hat kein Tattoo am rechten Fußgelenk.

Die Fremde steht auf der Straße, beugt sich in den Wagen und lässt Papa, der ihr bereits entgegengegangen war, sowie den Rest der Welt einen Blick auf ihren runden Po werfen. Dann richtet sie sich auf, winkt dem Fahrer, taxiert Sina, Cloe und Ella mit ihrem Blick und wirft ihre spärlich wachsenden dünnen Haare nach hinten.

»Eingebildete Ziege«, murmelt Papa.

Sina hat sich bei ihm untergehakt und knufft ihn in die Rippen. Sie wirkt auf die Menschen gelegentlich auch überheblich und arrogant. Immer dann, wenn der Nachbar eine neue Frisur hat, die Stammkundin eine andere Brille trägt oder die Verlagsvertreter erkältet und mit heiserer Stimme in den Buchladen kommen. Dabei kann Sina noch froh sein, nur die leichte Form der Gesichtsblindheit zu haben. Familienmitglieder und Freunde, mit denen sie tagtäglich zusammen ist, erkennt sie auch nach kleineren Veränderungen wieder. Vermutlich liegt es daran, dass dem Unterbewusstsein vertraute Bewegungen, Gerüche und Stimmen noch vor dem Erkennen markanter Gesichtsmerkmale zur richtigen Zuordnung verhelfen.

»Das ist sie.« Cloe deutet die Straße hinunter, von wo ihnen die Maklerin entgegenkommt.

Nachdem Tanita Heide-Bruchsal sich bei den Eheleuten Fuchs und Sinas Schwager vorgestellt hat, gehen sie aufs Grundstück. Der Garten ist gepflegt, was Mama dazu verleitet, »Viel Arbeit« zu sagen. Sina kann ihr ansehen, dass sie jetzt schon begeistert ist und Papa im Geiste mit dem Rasenmäher ums Haus laufen sieht. Auch Momo kann vor Freude kaum an sich halten und zerrt an der Leine, als möchte sie erneut die Büsche inspizieren.

»Schau mal, Felix«, Ella deutet auf einige Osterglocken zwischen den Heckenrosen, »bei uns sind sie längst verblüht.«

»Auf der Insel ist die Natur gut zwei Wochen später dran als auf dem Festland. Das liegt an dem vielen Wasser, das uns umgibt. Daher auch das herrliche Hochseeklima«, erklärt die Maklerin.

»Verstehst du das?«, fragt Ella ihren Mann.

»Sie meint den kalten Wind, der im Winter über das Meer fegt. Da blüht eben alles etwas später. Komm, Ella, das ist doch jetzt unwichtig.«

Als sie ums Haus herumgegangen sind, flüstert Cloe Sina zu: »Ich freue mich schon darauf, mit dir auf der Terrasse Kaffee zu trinken.«

»Wollen wir hineingehen?«, fragt Tanita Heide-Bruchsal, und

alle nicken. Wieder gehen sie ums Haus herum, diesmal auf der anderen Seite. Die Maklerin steuert auf den Haupteingang zu und schließt die Tür auf. »Bitte eintreten.«

Der Eingangsbereich ist in einem helleren Gelb als die Fassade gestrichen. Ein Fliesenschild mit typischen Mustern in Delfter Blau umrandet den Windfang vom Fußboden bis in Hüfthöhe. Die Türflügel zum Eingangsbereich mit einer kleinen Rezeption stehen weit offen. Die werde ich im Winter bei heftigen Stürmen vermutlich schließen müssen, denkt Sina und nimmt Momo auf den Arm.

Als Erstes führt die Maklerin sie in den Wintergartenanbau, in dem der Frühstücksraum untergebracht ist. Dabei wirft sie verstohlen einen Blick auf ihre Armbanduhr. Die Einrichtung trifft Sinas Geschmack, auch Mama und Cloe scheint es zu gefallen.

Henning hatte sie vorab angewiesen, keine allzu großen Freudenschreie hören zu lassen, nicht dass die Maklerin auf den Gedanken kommt, den Preis noch ein wenig anheben zu wollen. Er öffnet neugierig die Terrassentür, hält schützend eine Hand über die Augen, da die Sonne blendet, und tritt für einen Moment hinaus.

»Folgen Sie mir bitte in die Pensionsküche«, ruft die Maklerin.

Danach sind die Abstellräume und der Keller dran. Papa zieht ein elektronisches Gerät aus der Tasche, schaltet es an und hält es mal hier und mal dort an die Kellerwand. Ein Feuchtigkeitsmesser. Papa wirkt zufrieden, die Maklerin eher weniger.

Zurück im Hausflur nimmt Tanita Heide-Bruchsal alle Schlüssel von den Haken am Rezeptionsbrett. »Sie möchten sicherlich die Gästezimmer sehen.«

Geschlossen folgen sie ihr die Treppenstufen hinauf.

Alle Pensionszimmer sind individuell eingerichtet. Alte Gemälde, Spiegel und Kommoden wurden mit modernen Betten, Schränken und Vorhängen ansprechend kombiniert.

Hier werde ich ein paar Dinge verändern, denkt Sina. Der Nippes ist kitschig, und die Bilder gefallen ihr gar nicht.

»Die Bäder sind hochmodern.« Tanita Heide-Bruchsal lässt sie in jedes einen kurzen Blick werfen.

»Und die Einliegerwohnung?«

»Die ist unter dem Dach. Ich hoffe, Sie mögen Dachschrägen.«

Die Wohnung ist geräumig und groß. Drei Zimmer. Das Küchenfenster in der Gaube liegt direkt über dem Haupteingang. Das Bad ist neu, und der Balkon geht nach hinten zum Garten hinaus. Sina hofft, dass die Maklerin ihr die Begeisterung nicht ansehen kann.

»Die Badewanne kann blubbern«, ruft Cloe entzückt und kommt mit nassen Händen aus dem Bad.

»Richtig«, meint Tanita Heide-Bruchsal, »und in der Dusche gibt es ein –«

»Wow«, unterbricht Cloe, »eine Regenwalddusche.«

»Genau.« Die Maklerin betrachtet die roten Fingernägel ihrer linken Hand und streicht mit dem Daumen darüber. Dann schaut sie erneut auf die Uhr.

Die Männer haben ein paar technische Fragen, und Henning klopft ganz wichtig mal hier und mal dort an die Wände. Papa hat den Feuchtigkeitsmesser wieder eingesteckt. Kein Wunder. Nirgends im Haus riecht es muffig oder schimmlig. Sina schmunzelt, als sie Papas rot gefärbte Wangen sieht. Auch Henning ist Feuer und Flamme für dieses Haus.

Das merkt auch die Maklerin. »Nun«, erklärt sie, als sie wieder im Aufenthalts- und Frühstücksraum stehen. »Falls Sie sich entscheiden, es zu nehmen, können wir gleich morgen den Termin mit dem Notar machen, und Sie können am Wochenende einziehen.«

»So schnell?«, fragt Sina überrascht. »Es sind aber doch noch so viele private Dinge hier. Wollen die Besitzer das alles zurücklassen?«

»Die Eigentümer sind in Neuseeland bei ihrer Tochter. Und dort möchten sie auch bleiben. Ich habe den Auftrag, das Haus zu veräußern, mit allem, was darin ist, und die persönlichen Dinge nach dem Verkauf einzulagern. Unser Büro hat dafür extra Räumlichkeiten auf dem Festland angemietet. Ich denke, dass sie sich die Sachen später nach Übersee schicken lassen werden.«

»Soweit ich weiß«, sagt Sinas Vater, »muss bei einem Hausverkauf das Finanzamt zustimmen, ehe –«

»Ah, Herr Fuchs, Sie sind ein Mann mit Erfahrung, das habe ich gleich bemerkt. Ganz richtig, der Fiskus stimmt der Übertragung ins Grundbuch erst zu, wenn die Grunderwerbsteuer bezahlt wurde. Aber das, mein lieber Herr Fuchs, hindert uns nicht daran, alles zeitnah abzuwickeln. Ich weiß, ich kann mich darauf verlassen, dass Sie und Ihre Tochter die Steuerschuld nach unserem erfolgreichen Abschluss sofort begleichen werden. Es ist ja in Ihrem Sinne, und daher gibt es auch keinen Grund, warum Sie nicht gleich einziehen sollten. Wir vertrauen einander«, sie legt ihm eine Hand auf die Schulter, »nicht wahr, Herr Fuchs?«

Sina glaubt, einen Hauch von Rot auf Papas Wangen zu entdecken. Ein Blick auf ihre Mutter verrät, dass diese es ebenfalls bemerkt hat. Das wissende Lächeln, das Sina von Ella auffängt, bedeutet: »Die Frau hat ihn an der Angel.«

Mama hakt sich bei Papa unter und zieht ihn zur Terrassentür, um ihm irgendetwas im Garten zu zeigen. Das ist für Sina die Gelegenheit, um mit der Maklerin über den Kredit zu sprechen.

»Selbstverständlich werde ich Ihnen dabei helfen«, sagt Tanita Heide-Bruchsal.

Sina fällt ein Stein vom Herzen. »Die erforderlichen Unterlagen habe ich alle mitgebracht. Ich hoffe«, sie greift in ihre Umhängetasche und überreicht die Papiere, »das wird für den Kreditvertrag reichen.«

Die Maklerin schaut sich jedes einzelne Blatt genau an und nickt. »Wunderbar, Frau Fuchs. Meiner Erfahrung nach entsprechen diese Unterlagen absolut den Erfordernissen. Die Papiere nehme ich mit, und sollten wir zusammenkommen, werde ich mich sofort mit der Inselbank in Verbindung setzen.«

Sina seufzt. Sie möchte dieses Haus unbedingt, doch ein paar Tausender für die Anzahlung fehlen ihr noch.

»Nun, Sie melden sich.« Tanita Heide-Bruchsal schaut demonstrativ auf ihre Armbanduhr. »Ich muss mich leider verabschieden. In einer halben Stunde kommen die nächsten Klienten, und ich habe noch etwas im Büro zu erledigen.« Mit der Hand deutet sie auf die Eingangstür. Die Besichtigungszeit ist beendet.

»Stopp«, ruft Henning. »Meine Schwägerin nimmt es, wenn es bei den besprochenen Bedingungen bleibt.«

Alle schauen auf Henning. Sina klopft das Herz bis zum Hals, sie wagt kaum zu atmen.

Tanita Heide-Bruchsal lächelt gnädig und nickt. »Dann ist es abgemacht. Morgen um zehn komme ich mit dem Notar bei Ihnen zu Hause vorbei. Nein, sagen wir um elf. Man weiß ja nie, ob das Schiff pünktlich in Emden ankommt. Passt Ihnen das? Ich denke, es ist auch in Ihrem Interesse, wenn alles schnell über die Bühne geht.«

Henning nickt heftig. Sina will was sagen, doch er packt ihren Ellbogen und drückt kräftig zu. »Vertrau mir«, formen seine Lippen lautlos. Papa schnaubt zustimmend, Mama grinst wie ein Honigkuchenpferd, Cloe klatscht vor Begeisterung in die Hände, und Momo springt kläffend an Sinas Beinen hoch.

Felix Fuchs gibt der Maklerin eine Karte. »Die Adresse«, sagt er.

Seit wann hat Papa Visitenkarten?

Sina will protestieren. Es ist ihr Projekt, also soll die Maklerin mit dem Notar zu ihr nach Hause kommen, doch Cloes Blick lässt sie verstummen. Sicherlich hat Papa recht. Ein kleines Einfamilienhaus in einer ruhigen Leeraner Gegend mit pingelig gestutzten Hecken und kurz geschnittenem Rasen ist präsentabler als Sinas winzige Wohnung.

»Dann bis morgen, elf Uhr«, sagt Tanita Heide-Bruchsal, nachdem sie das Haus verschlossen hat und alle wieder bei ihren Fahrrädern auf dem Bürgersteig stehen. »Und denken Sie daran, alles Erforderliche mitzubringen.«

Damit ist Sinas Personalausweis gemeint, um sich vor dem Notar auszuweisen.

»Oh«, sagt die Maklerin, und es hört sich an, als sei es ihr eben erst eingefallen, »und die Anzahlung halten Sie bitte in bar bereit.«

»Das ist aber ungewöhnlich«, sagt Sina.

Tanita Heide-Bruchsal nickt verständnisvoll. »Ich hoffe sehr, dass das für Sie kein Problem darstellt. Das Notarbüro, mit dem unser Haus seit Jahren vertrauensvoll zusammenarbeitet, weiß mit Bargeld umzugehen. Sie können sich darauf verlassen, dass alles seine Ordnung hat.« Tanita Heide-Bruchsal deutet auf ein wartendes Taxi. »Ich muss los, wir sehen uns morgen, vergessen Sie nicht das Geld.« Sie steigt ein und winkt ihnen zu, als wäre sie die Königin von England.

Eine Frau bleibt neben ihnen stehen. »Hallo, miteinander. Sind die Schultes immer noch in Neuseeland?«, fragt sie.

»Ja«, antwortet Sina, nimmt Momo auf den Arm und setzt sie in den Fahrradkorb.

»Wann kommen sie zurück?«

»Gar nicht.«

Die Frau macht große Augen.

»Sie bleiben bei ihrer Tochter«, ergänzt Ella Fuchs, deutet in die Richtung, in der sie Neuseeland vermutet, und krault Momos Kinn.

»Aha.« Die Frau wirkt überrascht. »Na, die hätten sich wenigstens von uns verabschieden können.« Sie wendet sich ab und biegt auf den Wanderweg ein.

»Henning.« Felix Fuchs nimmt seinen Schwiegersohn beiseite. »Kannst du mir verraten, woher –«

Weiter kommt er nicht.

»Das lass mal meine Sorge sein, Schwiegerpapa.« Henning sieht auf seine Armbanduhr. »Wir haben noch ein wenig Zeit bis zur Abfahrt. Das Schiff legt erst in einer Stunde ab. Sehen wir uns die Insel an.«

»Ein Inselplan wäre jetzt nicht schlecht«, sagt Ella.

Henning hat sein Handy in der Hand und streicht über

das Display. »Ich schau mal, wo wir am besten entlangfahren können. – Mir nach«, sagt er kurz darauf und deutet auf den Wanderweg, den auch die Frau eingeschlagen hat.

Sie radeln durch das Naturschutzgebiet Greune Stee und erreichen den steinernen Schutzwall am Ende des Südstrandes. Er schützt die Insel vor dem Meer. Sie bleiben eine Weile stehen und schauen aufs Meer hinaus. Von hier aus kann man das niederländische Festland sehen.

»Wie weit mag das weg sein?«, fragt Cloe.

»Schwer zu schätzen. Vielleicht zehn Kilometer? Das dahinten ist der Hafen.« Henning deutet nach links. »Ich erkenne es an dem rot-weißen Turm auf drei schwarzen Beinen. Demnach geht es dort entlang«, er deutet nach rechts, »zurück.«

Sie radeln über die Strandmauer in Richtung Norden. Bei dem herrlichen Wetter sind viele Spaziergänger unterwegs. Vor dem Lokal »Heimliche Liebe« mit dem Storch auf dem Dach machen sie erneut halt.

»Lasst uns ein wenig auf der Bank sitzen und Sonne und Meer genießen«, schlägt Ella vor.

Sina, Momo und Henning wollen ans Wasser, Ella, Felix und Cloe setzen sich auf eine der Bänke.

»Mit den Pumps kann ich nicht an den Strand«, sagt Cloe.

»Dann geh doch barfuß.«

»Lieber nicht. Ich warte hier mit deinen Eltern auf euch.«

Unten am Strand lässt Sina Momo von der Leine, die sofort losflitzt, um einer Möwe nachzujagen, die am Meeressaum nach Nahrung pickt. Die Möwe fliegt davon, und Momo wird von einer Welle erwischt. Sina und Henning laufen einmal zwischen den Buhnen hin und her, während Momo damit beschäftigt ist, die Driftkante abzuschnüffeln. Beide hängen eigenen Gedanken nach. Sina beschäftigt vor allem die Frage, wie Henning das fehlende Geld herbeischaffen will, noch dazu innerhalb von nicht einmal vierundzwanzig Stunden.

»Henning?«, setzt sie an, um ihn endlich danach zu fragen, da ertönt ein Pfiff.

Papa. Er winkt und deutet auf seine Armbanduhr.

»Das restliche Geld, woher …«

»Ich habe es, also mach dir keine Sorgen«, antwortet Henning, als sie nebeneinander durch den trockenen Sand zurücklaufen. »Wenn wir zu Hause sind, rufe ich dich an und erzähl dir alles.«

»Aber …«

»Nicht jetzt, Sina. Felix braucht das nicht zu wissen.«

Oben auf der Promenade will Ella Momo vom Sand befreien.

»Lass doch, Mama. Das trocknet und fällt von alleine ab.«

Sie radeln am Gezeitenland vorbei und müssen an der rot-weißen Fahrwassertonne, die oberhalb der Fußgängerzone mitten auf der Straße steht, absteigen und das letzte Stück schieben.

»Ah, die Flaniermeile«, stellt Papa fest, als sie an Restaurants, Geschäften und Eiscafés vorbeigehen. Auf den Sonnenterrassen genießen die Leute Kaffee und Kuchen. Gegenüber liegt ein kleiner Park, dessen Gestaltung sehr modern und neu wirkt. Gleich dahinter befinden sich Tennisplätze.

Am Bahnhof geben sie die Fahrräder wieder ab. Cloe erklimmt gerade noch rechtzeitig die beiden hohen Stufen des historischen Waggons. Da ertönt auch schon der Pfiff, und die Bahn ruckt an.

»Das war knapp«, meint Ella.

Wieder zu Hause, klingelt schon bald das Telefon.

»Sina?«

»Ja?«

»Henning hier. Wenn morgen die Maklerin kommt, bin ich auch dabei. Ich bringe das noch fehlende Geld mit.«

»Aber ihr dürft euch wegen mir nicht in Schulden stürzen. Was sagt Lucie denn dazu?«

»Sie ist sauer auf mich.«

Das gibt Sina einen heftigen Stich ins Herz.

»Aber das hat nichts mit dir zu tun«, fügt er schnell hinzu. »Sie ist sauer, weil ich ihr nichts von der Kohle gesagt habe. Ich wollte Lucie überraschen mit …« Er stockte kurz. »Ach, ist ja jetzt vollkommen egal. Ich bin auf jeden Fall eine Viertelstunde vor dem Termin bei deinen Eltern und gebe es dir. Tschüss, bis morgen.«

Ehe Sina etwas erwidern kann, hat er aufgelegt. Der Stein, der ihr vom Herzen fällt, ist riesig. Heute Nacht werde ich vor Aufregung nicht schlafen können, denkt sie. Die Zeit sollte ich besser nutzen. Sie nimmt das Exposé und schaut sich noch einmal die Rentabilitätsberechnung an. Auf der Ausgabenseite findet sie die Unkosten für Gas, Strom, Wasser, Versicherungen und mehr und fügt die Zinsen für den Kredit, die sich in den vergangenen Monaten wenig verändert haben, hinzu. Als Tilgung setzt sie zwei Prozent an. Dann wendet sie sich der Einnahmenliste zu. Die will sie noch einmal mit Daten aus dem Internet abgleichen.

Schon hat sie den Computer eingeschaltet und klickt die Website der Pension Krabbe an, um sich über Saisonzeiten und die Preise zu informieren. Auch andere Unterkünfte vom Typ der Krabbe schaut sie sich an, um die Preise zu vergleichen. Die Unterschiede sind verschwindend gering. Die eine oder andere Pension ist teurer, andere sind ein paar Euro preiswerter. Bei durchschnittlicher Vermietung – die Maklerin hatte versichert, dass man von zweihundertachtzig Tagen im Jahr ausgehen könne – wiegt die Habenseite die Ausgaben locker auf.

Die halbe Nacht verbringt sie mit Papier, Stift und Taschenrechner, um alles noch einmal genau nachzuvollziehen. Ja, die Pension wird in Zukunft zu finanzieren sein. Unter dem Strich bleibt genug übrig, um ein zufriedenes Lächeln auf Sinas Gesicht zu zaubern.

Da fällt ihr ein: Sie wird ein Zimmermädchen oder eine Putzfrau einstellen müssen. Nachdem sie im Internet nachgesehen hat, was die im Schnitt verdienen und welche Lohnnebenkosten auf sie als zukünftige Arbeitgeberin zukommen werden, bleibt aber immer noch gewaltig mehr an Gewinn, als sie jetzt verdient.

Zuletzt druckt sich Sina einen Standardkaufvertrag aus und liest ihn durch. Einiges, was sie nicht versteht, schlägt sie bei

Wikipedia nach. Endlich fühlt sie sich für die morgige Vertragsunterzeichnung gut vorbereitet.

Nun geht sie mit dem sicheren Gefühl zu Bett, gut einschlafen zu können. Doch kaum hat Sina die Bettdecke bis zum Kinn hochgezogen, da fliegt sie auch schon wieder weg.

Verdammt, das hätte sie jetzt fast vergessen. Sie muss nachschauen, ob ihr Personalausweis überhaupt noch gültig ist.

VIER

Am kommenden Morgen ist Sina unausgeschlafen und nervös. Der Personalausweis war natürlich abgelaufen, und es dauerte ein wenig, bis sie ihren Reisepass gefunden hatte. Jetzt stecken beide Ausweise in ihrer Tasche.

Auf dem Weg zu ihren Eltern kauft sie frische Brötchen und betritt gegen acht ihr Elternhaus. Der Duft von frischem Kaffee und gerade gebackenem Kuchen hängt verführerisch in der Luft. Mama hat zur Feier des Tages extra einen Apfelkuchen gezaubert. »Einen Besseren gibt es nicht zwischen der Küste und Meppen«, sagt Papa immer. Doch Sina bezweifelt, dass die Maklerin und der Notar am Vormittag schon Kuchen mögen.

Sie selbst hatte eben noch großen Frühstückshunger, jetzt muss sie sich das Essen reinquälen. Die Zeit verläuft schleppend, wenn man alle fünf Minuten auf die Uhr schaut.

Endlich ist Henning da. Pünktlich auf die Minute überreicht er Sina viertausend Euro in grünen Scheinen.

»Wo kommen die denn her?«, fragt Papa, der plötzlich hinter ihnen steht.

»Verrate ich dir vielleicht später.« Henning deutet in Richtung Wohnzimmer und lässt Sina und ihren Vater im Flur stehen. Sina hätte das auch gern erfahren, doch sie zuckt nur mit den Schultern, als Papa sie fragend ansieht.

»Ist doch egal«, sagt sie. »Hauptsache, wir haben das Geld.« Und schon beschäftigen sie andere Gedanken.

Soll sie den gesamten Betrag einfach sichtbar auf den Tisch legen, ihn in einen Briefumschlag stecken oder im Banktäschchen lassen und in einer Schrankschublade so lange aufbewahren, bis danach gefragt wird?

Die Entscheidung trifft schließlich ihre Mutter. Ella Fuchs nimmt Sina die sechzigtausend aus der Hand und stopft sie in einen DIN-A5-Umschlag. »Den legst du jetzt in deine Handtasche, und wenn danach gefragt wird, holst du ihn ganz lässig heraus. Hast du den Personalausweis dabei?«

»Ja, Mama.«

»Gut. Soll ich noch mehr Kaffee kochen?«

»Ich denke«, ruft Papa aus dem Wohnzimmer herüber, »ein Gläschen Sekt wäre angebrachter.«

Mama eilt in die Vorratskammer, und man hört, wie sie eine Flasche in den Kühlschrank stellt.

Papa steht jetzt in der offenen Küchentür. »Die wird niemals pünktlich kalt«, mosert er.

Und da klingelt es auch schon.

»Ella, sperr den Hund in die Küche.« Papa schiebt sich an Sina vorbei und reißt die Haustür auf. »Ah, guten Morgen, Frau Heide-Bruchsal.« Er schüttelt der Maklerin die Hand.

Vor Sekunden war Sina noch böse auf ihn, weil er sich vordrängelte, jetzt ist sie ihm dankbar, denn Tanita Heide-Bruchsal hat die Haare heute hochgesteckt und ist ganz anders geschminkt als bei ihren beiden letzten Begegnungen. Zudem trägt sie eine Hose, sodass Sina das Tattoo am Fußgelenk nicht sehen kann. Der Notar, in dessen Begleitung sie erscheinen wollte, entpuppt sich als Notarin. Die Frau ist ebenfalls blond, jedoch gut einen halben Kopf kleiner und ein wenig pummeliger als die Maklerin.

»Kommen Sie herein.« Papa macht die Andeutung einer Verbeugung, gefolgt von einer einladenden Handbewegung.

»Susanne Möller«, stellt sich die Notarin vor und überreicht ihm ihre Visitenkarte. »Rechtsanwälte und Notare Freitag & Sohn aus Kiel.«

»Da haben Sie ja einen weiten Weg hinter sich.«

»Nun«, Frau Möller wechselt mit der Maklerin einen Blick, »wir agieren an der gesamten Nordseeküste. Mit Frau Heide-Bruchsal arbeitet meine Kanzlei schon lange zusammen.«

Sie begrüßt auch Sina mit Handschlag. Es fühlt sich für Sina an, als schüttle sie einen feuchten, schlabbrigen Lappen, und sie nimmt wahr, dass der Atem der Notarin nach Knoblauch und Pfefferminz riecht.

»Gehen wir doch ins Esszimmer.« Sie deutet auf die offen stehende Tür am Ende des Flurs.

Auch Mama folgt ihnen und bietet Kaffee an, doch die Damen lehnen ab. Dass Henning und Sinas Eltern bei der Verkaufsverhandlung dabei sind, wird toleriert, obwohl Sina den Eindruck hat, dass es weder der Maklerin noch der Notarin so recht passt.

Verstohlen betrachtet sie Susanne Möller. Die Frau hat so gar keine besonderen Merkmale. Wie sagen Gesichtssehende immer: ein Allerweltsgesicht. Kaum hat man sich umgedreht, ist es schon vergessen. Nichts, was sie sich einprägen kann.

Als die Hausherrin endlich ebenfalls am großen Esstisch Platz genommen hat, sagt Papa: »Dann kann's ja langsam losgehen.«

Die Notarin nimmt zwei Hefter aus ihrer Ledertasche und hängt die Tasche an die Stuhllehne. Hefter wie Tasche sehen edel aus. Auch ein Schlüsselbund mit sechs Schlüsseln daran fördert sie zutage und legt ihn auf den Tisch. Der Anhänger ist rot und hat die Form einer Krabbe. Das wird der Pensionsschlüssel sein. Sinas Herz klopft so heftig, dass die anderen es eigentlich hören müssen.

Susanne Möller schiebt alles ordentlich zurecht, ehe sie den ersten Hefter aufschlägt und die oberste Seite mit der flachen Hand glättet, als hätte das Papier Wellen geschlagen. Dann blickt sie Sina an. »Ihren Personalausweis bitte.«

»Der ist abgelaufen, aber …«

Sinas Vater schnaubt ungehalten.

»… ich habe einen gültigen Reisepass mitgebracht.« Sina weist sich aus, und die Notarin füllt mit einem Füllfederhalter die Lücken im Kaufvertrag. Danach schraubt sie den Füller zu und legt ihn beiseite. Cloe würde Sina bestimmt Fabrikat und Preis von dem edel aussehenden Teil nennen können.

»Es ist Vorschrift, den Vertrag Wort für Wort vorzulesen«, sagt Frau Möller mit rauer Stimme.

Raucherin, spekuliert Sina, deshalb die Pfefferminze. Sie schaut auf Susanne Möllers Finger, doch es sind keine Nikotinspuren zu erkennen. In ihrer Aussprache schwingt ein Hauch von Akzent mit, den Sina endlich einordnen kann: Die Notarin klingt, als käme sie ursprünglich aus Österreich. Sie trägt eine Perücke. Ein edles Teil und nicht sofort zu erkennen. Vermutlich ist sie krank, denn ihre Haut wirkt recht grau. Da hilft auch kein knallroter Lippenstift, um sie gesünder wirken zu lassen. Doch jetzt muss Sina sich auf den Vertrag konzentrieren.

»Frau Fuchs, wenn Sie Fragen zum Kaufvertrag haben«, sagt Susanne Möller, »bitte sofort melden. Ich werde es dann erklären.«

Sina nickt, Papa ebenfalls. Mama und Henning wirken, als säßen sie in der Kirche. Sie rühren sich nicht.

Die Notarin braucht fast fünfzehn Minuten, um alles vorzulesen und einiges zu erläutern, dann ist es so weit.

»Noch Fragen?« Sie schaut in die Runde.

»Ja.« Sina blickt sie an. »Der Kredit von der Bank …«

»Dazu kommen wir gleich«, sagt die Notarin und legt eine Hand auf den zweiten Hefter. »Die Verträge habe ich hier. Frau Heide-Bruchsal hat sich darum gekümmert.«

Tanita Heide-Bruchsal, die bislang geschwiegen hat, nickt gnädig und lächelt huldvoll. »Das gehört zum Service unseres Unternehmens und ist selbstverständlich vollkommen kostenlos.«

Nun, bei dem Maklerhonorar ist das wohl zu erwarten, denkt Sina, schweigt jedoch.

»Schön, dann kommen wir jetzt zur Unterschrift.«

»Normalerweise ist es doch üblich, dass die Eigentümer mit am Tisch sitzen, oder?«, fragt Sina.

»Da haben Sie recht, Frau Fuchs. Aber wie Sie wissen, befindet sich das Ehepaar Schulte auf der anderen Seite der Erde. Hier«, sie zieht ein Dokument mit mehreren Stempeln und dem Siegel des Amtsgerichts Emden aus dem Hefter hervor, »ist die Vollmacht. In Vertretung der Eigentümer darf ich als Notarin den Vertrag unterschreiben. Nachdem die Grundbucheintragung erfolgt ist, bekommen Sie mit den übrigen Unterlagen eine Kopie dieser Urkunde zugesandt.« Sie schiebt das Blatt zurück in die Mappe. Dann nimmt sie den Füllfederhalter, dreht ihn auf und überreicht ihn Sina. »Dort«, mit dem Zeigefinger tippt sie auf die vorgesehene Stelle, »müssen Sie unterschreiben. Bitte mit Vor- und Zunamen.«

Sinas Herz klopft bis zum Hals. Hoffentlich zittert sie nicht. Mit dieser Unterschrift besiegelt sie ihre Zukunft. Danach gibt es kein Zurück mehr. Sie sieht zu ihren Eltern. Papa betrachtet die Notarin, Mama und Henning nicken ihr aufmunternd zu.

Einmal noch holt sie tief Luft, und dann setzt Sina ihren Namen darunter.

»Und hier bitte ebenfalls unterschreiben. Sie möchten ja schließlich auch eine Ausfertigung des Vertrages haben.« Susanne Möller scheint zufrieden, als die zweite Unterschrift auf dem Papier steht. »Ein Exemplar ist für Sie, eines für uns.« Sie überlässt Sina das gerade unterschriebene Schriftstück, die andere Verkaufsurkunde steckt sie in die Mappe und samt dieser in die lederne Tasche, die am Stuhl hängt. Sie räuspert sich. »Kommen wir zum Finanziellen.« Sie entnimmt dem zweiten Hefter einige Papiere und legt sie vor Sina auf den Tisch. »Wenn Sie mir die Aufgabe übertragen wollen, sind das hier die Unterlagen, um den erforderlichen Bankkredit zu generieren. Die wichtigsten Papiere haben Sie ja bereits Frau Heide-Bruchsal mitgegeben.«

Sina nickt.

»Und wie geht es weiter?«, fragt Mama.

»Diese Unterlagen muss Ihre Tochter jetzt ebenfalls unterschreiben. Frau Heide-Bruchsal wird sie heute noch bei der Bank abgeben. Die Bearbeitung geht erfahrungsgemäß schnell und reibungslos vonstatten. Die Kreditsumme, die der Kaufsumme entspricht, wird dann abzüglich der Anzahlung auf das von mir verwaltete Notaranderkonto überwiesen, und zwar ganz automatisch zum Zeitpunkt der Fälligkeit. Das erledigt die Bank. Ich kümmere mich unterdessen um die Abwicklung. Erst wenn die behördliche Besitzübertragung abgeschlossen ist, geht das Geld an die Verkäufer. Und bald darauf sind Sie dann ganz offiziell Eigentümerin der Pension Krabbe.«

»Wie lange wird das dauern?«

»Sie meinen die Grundstücksübertragung im Grundbuch?«

»Ja.«

»Nun, da müssen wir auf den Fiskus warten.« Die Notarin lächelt und schaut zur Maklerin hinüber.

»Das«, sagt Tanita Heide-Bruchsal, »habe ich Frau Fuchs bereits erklärt. Die Steuer sollte überwiesen werden, sobald der Bescheid vom Amt eintrifft, denn Frau Möller darf die vertragsgemäße Umschreibung erst nach Zahlungseingang veranlassen. Aber keine Angst. Die werden fix reagieren. Das Finanzamt meldet sich ruck, zuck, wenn es Geld haben will. Und sobald Sie die Grunderwerbssteuer bezahlt haben …«

»Aber Sie sagten doch, ich kann schon eher …«

Weiter kommt Sina nicht.

Tanita Heide-Bruchsal tätschelt ihre Hand. »Das haben wir doch besprochen, meine Liebe. Wir lassen Ihnen den Schlüssel gleich hier. Dann können Sie schon ins Haus hinein. Wenn Sie mir jetzt die Anzahlung übergeben würden?«

»Ist das so üblich?«, meldet Henning sich zu Wort.

»Es ist eine mittlerweile gängige Verkaufsmethode.« Tanita Heide-Bruchsal reibt mit dem Daumen über ihre lackierten Fingernägel. »Sie hat den Vorteil, dass ich Ihnen die Schlüssel sofort aushändigen darf und es nicht Wochen dauert, bis Sie ins Haus können. Ich gebe zu bedenken, dass die Saison bald anfängt.« Mit dem Zeigefinger schiebt sie den roten Krabbenanhänger am Schlüsselbund zurecht. »Und da wäre es doch sinnvoll, das eine oder andere Zimmer schon jetzt zu vermieten.«

Als Sina unschlüssig schweigt, zuckt Susanne Möller mit den Schultern, nimmt die Ledertasche von der Stuhllehne und zieht ein Dokument daraus hervor. Unter dem auf feinstem Papier gedruckten Briefkopf der Anwälte und Notare Freitag & Sohn prangt in großer Schrift der Name einer Bank samt dazugehöriger Kontoverbindung. »Das ist das Notaranderkonto, auf das Sie die Anzahlung überweisen können.« Sie überreicht Sina das Blatt und greift nach dem Schlüsselbund.

Als der schon fast in ihrer Tasche verschwunden ist, ruft Sina: »Halt! Wir zahlen lieber sofort in bar.«

Mit klopfendem Herzen steht sie auf, geht zum Sideboard und nimmt ihre Handtasche herunter. Als sie wieder am Tisch sitzt, greift sie hinein und überreicht der Notarin den Umschlag. So viel Geld. Ihre Hand zittert ein wenig.

Sechs Augenpaare verfolgen die Zählung der Geldscheine.

»Perfekt.« Susanne Möller streicht es ein, verstaut die Scheine in einer schwarzen Banktasche und lässt diese sogleich in ihrer Ledertasche verschwinden. Sina bekommt eine Quittung über sechzigtausend Euro ausgestellt und unterschreibt die Bankunterlagen. Auch dieses Dokument wird eingepackt, und schon erheben sich die beiden Damen.

»Aber wir müssen doch noch gemeinsam anstoßen«, meint Mama.

»Tut uns leid, Frau Fuchs«, Tanita Heide-Bruchsal schaut auf ihre goldene Armbanduhr, »aber wir haben jetzt noch einen weiteren Termin.«

Papa begleitet die Damen bis zur Haustür, während Mama sich bereits jetzt verabschiedet und in der Küche verschwindet. So kann Momo aus ihrer kurzen Gefangenschaft entkommen und läuft den Besucherinnen hinterher.

Tanita Heide-Bruchsal bleibt stocksteif stehen und schaut hilfesuchend zu Sinas Vater. Sie tut, als läge eine Bestie auf der Lauer, die jeden Augenblick über sie herfallen will. Als Papa sich schützend zwischen Frau und Hund schiebt, wird er dafür mit einem Lächeln belohnt. Susanne Möller hingegen beugt sich vor und hält Momo die Hand hin. Der Terrier schnuppert daran. Was Momo erschnüffelt, scheint ihr zu gefallen. Sie wedelt mit dem Schwanz und lässt sich kraulen.

»Meine Nichte hat auch so einen«, sagt Susanne Möller und lässt von Momo ab. »Wie heißt sie denn?«

»Momo.«

»Ein Yorkshireterrier?«

Sina nickt, sieht Momo an und deutet mit dem Zeigefinger in Richtung Wohnzimmer. Momo flitzt los, und Sina ahnt, dass sie auf das Sofa springen wird, weil nur noch Henning im Raum ist. Der erlaubt dem Tier fast alles.

Keine zwei Minuten später sind die beiden Damen fort.

»Dann stoßen wenigstens wir darauf an.« Mama hebt die Flasche hoch, die sie aus dem Kühlschrank geholt halt. Sie gehen zurück ins Wohnzimmer, wo Momo sogleich das Sofa verlässt, weil sie genau weiß, dass sie das nicht darf. Sina holt die Gläser, und Papa lässt den Sektkorken gegen die Zimmerdecke fliegen.

»Ich bin so stolz auf dich, mein Kind.« Mama küsst Sina die Wange. »Du bist nun Besitzerin einer eigenen Pension auf Borkum.«

»Ja«, sagt Papa. »Jetzt gibt es kein Zurück mehr.«

FÜNF

Am Abend feiern die Freunde in Sinas Wohnung den Hauskauf und die bevorstehende Selbstständigkeit.

»Es gibt noch so viel zu tun«, sagt Sina. Ihre Wangen glühen vor Aufregung, Freude und vom Sekt. »Ich muss meinen Job kündigen und diese Wohnung. Was wohl Frau Wollensieger dazu sagen wird?«

»Wer ist das?« Henning lallt schon ein wenig.

»Meine Chefin. Sie sagt doch immer, dass sie auf mich angewiesen ist. ›Sina‹, sagt sie, ›ohne dich wüsste ich nicht, wie ich klarkommen soll.‹«

»Das behaupten alle Chefs«, meint Cloe, und Henning ergänzt: »Das wirst du deinen Mitarbeitern in Zukunft auch erzählen, wenn du eine gute Chefin sein willst.«

»Ihr redet Unsinn.« Lucie erhebt sich schwankend. Albern kichernd küsst sie Sinas Wange. »Meine kleine Schwester als Chefin, das geht doch gar nicht.« Sie lacht und plumpst zurück aufs Sofa.

»Du klingst schon wie Papa«, mosert Sina und droht ihrer Schwester mit dem Zeigefinger.

»Nein, im Ernst, Sina, du wirst jemanden einstellen müssen«, beharrt Henning. »Allein kannst du das unmöglich schaffen.«

»Jedenfalls nicht«, stichelt Cloe, »wenn sie wie manch anderer hier den ganzen Tag auf dem Sofa herumlümmelt.«

»Nun klingt auch Cloe wie Papa«, brummt Henning.

Cloe steht auf, beugt sich vor und küsst Hennings Stirn. »Verzeihung, sollte ein Witz sein. Wir alle wissen, dass du viel arbeitest. Ich muss jetzt nach Hause. Ruft mir jemand ein Taxi?«

»Taxi!«, rufen die anderen im Chor.

Bis alle zur Tür hinaus sind, dauert es noch eine Weile, und Cloe ist dann doch die Letzte, die geht.

»Bis bald«, sagt sie und verabschiedet sich von Sina mit einer Umarmung. »Dass du mir ja nicht allein zur Insel fährst.«

»Würde mir nie einfallen.«

»Das ist auch gut so, denn ich habe mir nächste Woche extra ein paar Tage Urlaub genommen.«

✳✳✳

Endlich machen Sina und Cloe sich auf den Weg. Sie sitzen im Zug von Leer nach Emden-Außenhafen. Cloe sieht aus, als wolle sie eine Cocktailparty besuchen.

»Was hat deine Chefin gesagt, als du gekündigt hast?«, will Cloe wissen.

»Sie war wenig begeistert, kommt mir aber auf halbem Weg entgegen und stellt mich vor Ablauf der Kündigungsfrist frei. Mit dem Resturlaub, ich habe sogar noch welchen aus dem letzten Jahr, kann ich ab sofort gehen.«

Sina greift in ihre Handtasche und zieht den Schlüssel mit dem roten Anhänger heraus. Sie schüttelt ihn und lächelt zufrieden. »Ich freue mich schon.«

»Ich auch.«

Der Schlüssel kommt zurück in die Tasche. Anschließend entnimmt sie ihr einen großen Zettel und entfaltet ihn.

»Deine Checkliste?«, fragt Cloe.

»Richtig. Es ist so viel zu tun.« Sie sucht in ihrer Handtasche nach einem Stift. »Hast du mal einen Kugelschreiber?«

»Ich habe was viel Besseres.« Cloe nimmt mit einem triumphierenden Lächeln ihre kleine gold-schwarze Handtasche mit der Aufschrift »Karl« auf den Schoß. Wäre sie echt, könnte Cloe auch diesen Preis angeben. Als habe sie Sinas Gedanken erraten, sagt sie: »Schultertasche in Metallicbronze. Zweihundertfünfundneunzig Euro im Original.«

Cloe kramt in den Tiefen der Tasche und findet, was sie sucht. »Tata«, ruft sie und hält Sina einen Montblanc-Füllfederhalter hin. Der sieht genauso aus wie der, mit dem Sina den Kaufvertrag unterschrieben hat. Für den Gegenwert könnte Sina sicherlich zwei gute Matratzen für die Gästebetten oder neue Vorhänge kaufen.

Es ist schön, sich vorzustellen, wie die Pension eines Tages aussehen soll.

Sina nimmt den Füllfederhalter, schraubt den Deckel ab und macht einen Haken hinter »Job kündigen«. Schon sind ihre Finger blau von der Tinte.

»Was steht da noch?« Cloe greift nach dem Federhalter und zerlegt ihn in seine Einzelteile, um dem Problem auf den Grund zu gehen.

»Wohnung kündigen. Und ich sollte für die Pension ein Firmenkonto eröffnen.«

»Wow, dein erstes Geschäftskonto.« Cloe ist beeindruckt. »Was noch?«

»Gäste akquirieren. Nur weiß ich nicht, wie ich das machen soll.«

»Internet?«

»Die Pension hat eine eigene Seite, aber das weißt du ja. Ich hoffe, ich kann die vorerst übernehmen. Henning hilft mir sicherlich dabei, eine neue zu erstellen.«

»Was ist mit der Touristeninformation?«

»Was soll mit denen sein?«

»Ach Sina, Schatz. Da musst du dich anmelden. Auf der Insel gibt es bestimmt eine. Die vermitteln dir dann Gäste.« Cloe wischt mit Hygienetüchern die Farbe von ihren Fingern und gibt auch Sina ein Tuch. Dann wickelt sie den Füller in Papiertaschentücher und wirft alles achtlos in die Tasche.

»Wir sind da.«

Der Zug hält am Emder Außenhafen. Sina nimmt Momo an die Leine. Sie steigen aus und kaufen sich im Fährhaus der Aktiengesellschaft Ems die Fahrkarten.

Zeit, um im Warteraum Platz zu nehmen, haben sie keine. Die Lautsprecheransage teilt ihnen mit, dass die Gäste jetzt an Bord gehen können: »Bitte halten Sie Ihre Fahrkarten bereit.«

Die Freundinnen reihen sich in die Schlange der Schiffsreisenden ein. Ein Mann in Uniform nimmt die Fahrkarten entgegen. Mit Hilfe eines kleinen Apparates kann er die Ticketdaten einlesen. Der Apparat piept, und sie dürfen an Bord.

»Bestimmt ist er der Kapitän«, sagt Cloe, als sie den Eingangsbereich betreten. Sie steht auf Männer in Uniform.

Ihr Gepäck verstauen sie in einem der vielen Gepäckfächer.

»Komm, wir gehen nach vorn«, sagt Sina, doch ein Matrose hält sie auf.

»An Bord befinden sich ausgewiesene Bereiche für die Überfahrt mit Haustieren.« Er klingt freundlich, doch seine Handbewegung macht klar, dass sie mit Momo nicht in den Salon dürfen.

»Aber der Hund hat eine Fahrkarte«, mault Cloe.

»Das ist richtig, werte Dame. Dennoch müssen Sie leider Rücksicht auf Reisende nehmen, die Allergien haben. Borkum wirbt mit besten Bedingungen für Allergiker. Da ist es schlecht, wenn die Leute schon an Bord empfindlich auf Hundehaare reagieren.« Er weist ihnen den Weg, und sie finden ein schönes Plätzchen auf der Backbordseite direkt am Fenster.

»Das wird auf Dauer ganz schön teuer.« Sina steckt die Fahrkarten ein.

»Sicherlich gibt es für Insulaner Vergünstigungen. Du musst dich danach erkundigen. Schreib es gleich auf deine Liste.«

»Erst trinken wir einen Kaffee.« Sina nimmt ihre Geldbörse und geht zum Verkaufstresen. Während des Wartens in der Schlange ziehen zwei Fahrwassertonnen draußen am Fenster vorbei. Aha, die Dinger sind durchnummeriert. Bestimmt aus dem gleichen Grund wie die Kilometersteine an der Autobahn.

Mit zwei Milchkaffee und einem Werbekugelschreiber mit dem Logo der »AG Ems« kehrt sie zu ihrem Platz zurück.

Nach zwei Stunden Überfahrt können sie die Insel sehen. Es macht kurz den Eindruck, als wolle die Fähre an Borkum vorbeifahren, doch dann biegt sie nach steuerbord ab. Sie fährt dicht am Leitfeuer »Fischerbalje« vorbei.

Cloe deutet auf den rot-weißen Turm, der auf drei schwarzen Beinen am Kopf des Leitdammes steht. »Der ist seit den sechziger Jahren in Betrieb. Den Damm gibt es aber schon viel länger. Er ist ungefähr zwei Kilometer lang, und es heißt, dass gelegentlich Schiffe darauf auflaufen.«

»Wie kann das sein? Der ist doch schon von Weitem zu erkennen.«

»Jetzt schon. Aber bei Hochwasser soll er nicht zu sehen sein.«

»Wann ist denn Hochwasser?«

Cloe schaut auf ihre Uhr und macht dabei ein Gesicht wie Sinas ehemalige Deutschlehrerin, wenn sie jemanden berichtigte. »In etwa fünf Stunden. Die Sandbank dahinter nennt man übrigens ›Ronde Plate‹. Das ist Naturschutzgebiet und darf nicht betreten werden.«

Sina schaut Cloe an, als würde die Freundin chinesisch sprechen. »Woher weißt du das alles?«

Cloe deutet auf den Nachbartisch. Dort liegt ein buntes Heftchen. »Habe ich eben gelesen, als du Kaffee geholt hast.«

Sina will aufstehen, um es sich zu holen, da hält Cloe sie am Arm fest. »Stopp.«

»Was denn?«

»Dahinten kommen die Leute zurück, denen es gehört.«

Über die Lautsprecheranlage teilt man ihnen mit, dass die Fähre gleich anlegen wird. Autofahrer werden gebeten, jetzt zu ihren Wagen zu gehen. »Bitte starten Sie die Motoren erst, wenn Sie von einem unserer Mitarbeiter dazu aufgefordert werden. Die Fußgänger begeben sich bitte zum Ausgang an der Backbordseite.«

»Wir sollten nachschauen, ob es in der Garage der Pension Fahrräder gibt«, meint Cloe, als sie am Inselbahnhof mit ihrem Gepäck in ein Taxi steigen. Weder Sina noch einer der anderen hatte bei der Besichtigung in die Garage geschaut.

Nach wenigen Minuten hält das Taxi am Straßenrand. Cloe, die vorn sitzt, bezahlt. »Zur Feier des Tages«, sagt sie und schaut dem davonfahrenden Wagen hinterher.

»Danke, du bist ein Schatz.« Sina bleibt ein wenig ehrfürchtig am Gartentor stehen und holt tief Luft. »Riechst du das Salz, die wilden Rosen und den Seetang? Es duftet nach Meer.«

Cloe schaut sich um, doch von hier kann man die Nordsee

leider nicht sehen. »Lass uns reingehen«, sagt sie, greift nach ihrem Gepäck und öffnet die Pforte, die leise quietscht.

Da muss ein wenig Öl dran, denkt Sina und sieht sich bereits mit einer Spraydose den Schaden beheben. Ein gutes Gefühl. Sie bückt sich kurz, um Momo von der Leine zu lassen. Die flitzt los und läuft schnüffelnd durch den Garten. Der Yorkshireterrier ist erst einmal beschäftigt.

Mit klopfendem Herzen betritt Sina ihr Grundstück und steckt mit leicht zittrigen Fingern zum ersten Mal in ihrem Leben den Haustürschlüssel in die eigene Haustür.

»Warte«, ruft Cloe und kramt in der Handtasche nach dem Handy. »Davon muss ich unbedingt ein Foto machen.«

Als Cloe bereit ist, sagt Sina »Tataaa« und breitet die Arme aus. Die Tür schwingt auf, Cloe schießt noch mehr Bilder, und sie treten ein. Für die verschiedenen Motive auf den blau-weißen Fliesen im Eingangsbereich hat Sina jetzt keinen Blick. Als erste Amtshandlung öffnet sie im Bereich der Rezeption und im Frühstückszimmer die Fenster, um die abgestandene Luft hinauszulassen.

»Wo fangen wir an?« Cloe schaut sich suchend um. »Oben in der Wohnung, die du ja bald beziehen wirst? Oder in der Gästeetage, um jedes einzelne Zimmer genau zu checken?«

»Erst machen wir einen Rundgang. Vom Keller bis zum Dachboden möchte ich mir alles in Ruhe anschauen, ohne jemanden im Nacken zu haben, der dauernd auf die Uhr sieht. Ich hole Momo rein, und dann geht's los.«

Die Terrierhündin sitzt wartend vor der Haustür und begrüßt Sina, als habe sie sie eine Ewigkeit nicht mehr gesehen.

»Platz, Momo.« Sina deutet auf den Boden neben dem Rezeptionstresen. Momo dreht sich einmal tippelnd um die eigene Achse, legt sich nieder und schließt die Augen.

»Dann mal los«, sagt Sina zu Cloe und öffnet die Kellertür.

Eine Dreiviertelstunde später betreten sie die Pensionsküche. Momo kommt schwanzwedelnd angelaufen. »Ich habe Kaffeedurst«, sagt Cloe. Sie schaut Sina herausfordernd an. »Na, hopp, hopp. Du bist jetzt die Wirtin. Nun sieh mal zu.«

Sinas anfängliche Befangenheit, in einer fremden Küche herumzustöbern, verfliegt bald. Nur keine Scheu, es ist alles deins, ermahnt sie sich mehrmals im Stillen. Dies ist jetzt dein Reich. Sie findet die Kaffeedose und die Filter für die riesige Maschine. Es sind ganz andere Größenverhältnisse als bei ihr daheim. Auch darin wird sie sich üben müssen. Es ist ein Unterschied, ob sie nur für sich selbst etwas zubereitet oder gleich für viele Personen.

Da freu ich mich drauf, denkt sie und schenkt ihrer Freundin eine Tasse Kaffee ein. Cloe nippt daran und verzieht das Gesicht. »Mit der Plörre kannst du keinen Blumentopf gewinnen«, mosert sie. »Für deine Gäste musst du auf jeden Fall mehr Kaffeepulver nehmen, sonst kommen die nie wieder.«

»Das könntest du doch übernehmen.«

Die Worte sind Sina so rausgerutscht. Aber warum eigentlich nicht? Allein wird sie die Bewirtschaftung des Hauses sicher nicht schaffen, und ehe sie eine Fremde einstellt …

»Wirklich?« Cloe klatscht in die Hände.

»Ach, das habe ich nur so dahergesagt. Du bist gelernte Floristin und hast einen festen Job. Da willst du sicher nicht bei mir als Zimmermädchen arbeiten. Außerdem weiß ich ja noch gar nicht, ob ich mir dich überhaupt leisten kann.«

»Was soll das denn heißen?«

»Du verdienst doch in deinem Job weit mehr als ein Zimmermädchen.«

»Vermutlich. Aber dann wärst du meine Chefin, und wir würden uns öfter sehen, als es vermutlich sonst der Fall sein wird.«

Sina nickt. In all der Aufregung ist der Gedanke, ihre beste Freundin in Zukunft seltener zu sehen, untergegangen. Dann lacht sie. »In deinen Klamotten werden die Leute dich für die Eigentümerin halten.«

»Keine Bange. Als Zimmermädchen ziehe ich mich entsprechend an.«

»Du solltest dir das genau überlegen. Ich würde mich sehr freuen.«

»Ich werde darüber nachdenken«, verspricht Cloe. »Darf ich mir jetzt ein Zimmer aussuchen?«

Sina grinst. »Klar doch. Du bist mein erster Gast.«

»Ehrengast«, berichtigt Cloe und trägt ihr Gepäck die Treppe hinauf.

Sina steht hinter dem breiten Tresen, über dem ein ebenso großes Schild mit der Aufschrift »Rezeption« hängt. Mit beiden Händen auf der Arbeitsfläche abgestützt, genießt sie das Gefühl, hier in Zukunft die Chefin zu sein. Dann nimmt sie das Buch, in dem sich die Pensionsgäste eintragen, zur Hand. Sie blättert darin und stellt fest, dass viele der Namen und Adressen immer wieder auftauchen.

»Wunderbar«, sagt sie zu Momo hinunterschauend. Die hat es sich in einem Hundekorb, den Sina im Keller gefunden hat, gemütlich gemacht. Momo reagiert kaum, sie öffnet nur kurz die Augen und schließt sie wieder. Einzig das Zucken eines Ohres verrät, dass sie dennoch aufmerksam ist.

Sehr schön, denkt Sina. Die Pension Krabbe hat viele Stammgäste. Vielleicht sollte ich allen einen netten Brief schreiben, um ihnen mitzuteilen, dass ich jetzt die Eigentümerin der Pension bin und dass ich mich freuen würde, wenn sie dem Haus auch weiterhin treu bleiben. Sina plant, gleich morgen früh ein entsprechendes Schreiben aufzusetzen.

Rechts an der Wand hängen gerahmte Fotos. Zwei Personen sind mit verschiedenen anderen auf jedem Bild zu sehen. Die Frau hat lange, struppige graue Haare und ein kleines Muttermal unter dem linken Auge. Der Mann ist ebenfalls grauhaarig mit Bart und abstehenden Ohren. Das müssen meine Vorgänger sein, denkt Sina. Komisch. Wären das ihre Erinnerungsfotos, hätte sie die Bilder vermutlich mitgenommen. Aber die Schultes waren wohl zuerst nur auf Besuch nach Neuseeland gereist und hatten erst dort beschlossen, endgültig auszuwandern. Verständlich, dass man da nur wenig mitnimmt. Sina beschließt, die Fotos erst einmal hängen zu lassen. Sicherlich sind die anderen darauf abgebildeten Menschen Stammgäste der Pension Krabbe.

Es macht keinen guten Eindruck, wenn sie zurückkommen, um erneut ihren Urlaub hier zu verbringen, und die Fotos sind verschwunden.

In den Schubladen unter der Theke findet Sina Kugelschreiber, Tesafilm, Quittungshefte, Briefumschläge, Briefmarken, diverse Formulare und Briefpapier. Möglichst bald wird sie neues Briefpapier drucken lassen müssen. Für die ersten Tage sollte es aber reichen, wenn sie den Namen und die Kontonummer mit dem Stift ändert. Sie nimmt den Telefonhörer ab, um zu hören, ob der Anschluss überhaupt funktioniert. Ja, das ist okay. Hoffentlich wird es bald klingeln. Und was dann? Sina sucht nach dem Belegungskalender. Ah, da ist er ja. Sie sieht hinein und hält vor Schreck die Luft an. Wenn stimmt, was hier steht, kommen in vier Tagen die ersten Gäste. Dass die Schultes für diese Saison bereits Reservierungen angenommen haben, hätte die Immobilienmaklerin ja ruhig mal erwähnen können.

Reg dich ab, Sina. Sei froh darüber. So kommt gleich das erste Geld rein.

Die unterste Schublade ist verschlossen. Ob der Schlüssel hier irgendwo liegt? Am Schlüsselbrett hängen nur die für die Gästezimmer. Aber an der Seite der Thekenplatte baumeln sieben weitere, kleinere und größere. Einer scheint zur Geldkassette zu gehören, die in der obersten Schublade steht. Als Sina die rote Kassette öffnet, ist sie überrascht. In den Fächern liegen, fein sortiert, jede Menge Münzen. Allein die Zwei-Euro-Stücke müssen schon fast fünfzig Euro ergeben. Sina nimmt den Einlegeboden heraus. Darunter liegen Scheine. Alles in allem fast dreihundert Euro.

Sina hängt den Kassettenschlüssel zurück und probiert den gleich daneben. Er passt für die verschlossene Schublade.

Mit einem unangenehmen Gefühl, so als würde sie im Nachlass eines Toten herumwühlen, durchstöbert sie das Schubfach. Kontoauszüge liegen darin. Die Durchsicht der Buchungen verrät, dass die Vorbesitzer gut zurechtgekommen sind. Wenn Sina vergleichbare Umsätze macht, wird sich ihr Entschluss, sich selbstständig zu machen, gelohnt haben. Die privaten Schulden wird sie dann schnell zurückzahlen können. Der Kredit bei der Bank wird vermutlich über zwanzig Jahre laufen, aber das ist normal.

Das Telefon klingelt. Momo lässt ein kurzes, knappes »Wuff« hören.

»Pscht«, macht Sina und hebt ab. »Pension Krabbe, Sina Fuchs am Apparat. Was kann ich für Sie tun?«

»Hier spricht Siegfried Arns.«

»Guten Tag, Herr Arns.«

Kurz herrscht Schweigen am anderen Ende der Leitung.

»Sie erinnern sich nicht an mich?« Herr Arns klingt beleidigt.

»Ach, Herr *Arns*. Ich bin erst ganz kurz in diesem Haus, habe aber schon von Ihnen gehört«, lügt Sina.

»Ach ja?«

»Äh, ja. Natürlich nur, dass Sie ein lieber Stammgast sind.« Sina blättert hektisch im Gästebuch vom vergangenen Jahr. Da steht es. »Zimmer sieben, richtig?«

»Genau. Ist es frei?«

»Wann möchten Sie denn kommen?«

»Am Siebzehnten.«

»Und wie lange möchten Sie bleiben?«

»Wie immer.«

Sina schwitzt. Ah, da steht es. »Eine Woche?«

»Genau.«

»Gerne, Herr Arns. Ein Doppelzimmer vom Siebzehnten bis zum Vierundzwanzigsten. Für Sie und Ihre Frau.«

»Wie bitte?« In den zwei Wörtern schwingt ein komischer Unterton mit.

»Äh, ich habe es notiert. Soll ich Ihnen die Buchungsbestätigung zusenden?«

»Unterstehen Sie sich. Kann ich bitte Frau Schulte sprechen?«

»Die ist leider nicht da.«

»Nicht da? Passen Sie auf, junge Frau. Auf keinen Fall eine Buchungsbestätigung oder sonstige Post an mich senden. Frau Schulte weiß Bescheid. Und sollte noch mal so etwas passieren wie beim vorletzten Mal, dann … Ach, Schwamm drüber.« Den Rest soll Sina sich wohl denken.

»Danke, Herr Arns. Wir sehen uns dann am Siebzehnten.« Ehe Sina auflegt, hört sie, dass er schon eingehängt hat.

Sie haben gar nicht über den Preis gesprochen. Vermutlich zahlt Herr Arns immer das Gleiche. Sie sucht in den Akten vom vergangenen Jahr und wird fündig.

Am Durchschlag der Gästeanmeldung für die Kurverwaltung klebt ein Zettel. »Niemals etwas nachschicken« steht darauf.

»Vermutlich einer«, sagt Cloe später, »der immer mit wechselnden Bekanntschaften anreist. Ich stell mir gerade vor, wie die Ehefrau ein Päckchen zugeschickt bekommt mit dem Vermerk ›Sehr geehrte Frau Arns, anbei das von Ihnen vergessene Spitzennachthemdchen‹.«

»Ja und?«

»Ach, Sina. Sei nicht naiv. Die Frau Arns war bestimmt noch nie hier.«

»Glaubst du, dies ist ein Stundenhotel?« Sina schaut sich um, als könnten die Wände es verraten. »Darum war das Haus so günstig.«

»Ach, Sina.« Cloe legt einen Arm um ihre Schulter. »Dies ist eine stinknormale einfache Pension für Leute wie dich und mich.«

»Ich weiß nicht.«

»Ich aber. Schau ins Buch. Die Gäste bleiben alle viel länger als nur ein paar Stunden. Was aber nun mal nicht heißen muss, dass alle, die verheiratet sind und ein Doppelzimmer haben, auch *miteinander* verheiratet sind.«

»Du meinst, ich bin spießig«, sagt Sina ein wenig beleidigt.

»Nein. Aber du musst noch viel lernen, was die Vermietung von Zimmern angeht. Auf jeden Fall werde ich mir die Ehefrau«, Cloe malt mit den Fingern Gänsefüßchen in die Luft, »genau ansehen.«

»Aber am Siebzehnten bist du doch …«

»Überraschung. Ich habe in der Arbeit angerufen und meinen Jahresurlaub genommen. Ich kann dich doch mit dem hier«, sie breitet die Arme aus, »nicht alleine lassen. Wer weiß, was du so anstellst.«

✳✳✳

Am späten Nachmittag steht Sina unschlüssig in der Dachgeschosswohnung. Dies wird in Zukunft ihr privates Reich sein. Doch im Augenblick fühlt sie sich fremd und verspürt auch keinen Drive, um mit der »Entrümpelung« anzufangen. Wo soll sie nur mit all den Sachen hin? Sie wird Tanita Heide-Bruchsal anrufen müssen, um zu fragen, ob sie die Möbel der Schultes einlagern soll oder ob es dafür Leute gibt. Würde zum Rundumsorglos-Paket der Immobilienfirma ja passen.

Seufzend schiebt sie die Schranktür im Schlafzimmer zu. Die Schultes haben vermutlich nur so viele Sachen mitgenommen, wie sie in einigen Koffern transportieren konnten. Auch die Schubladen sind noch randvoll mit Socken, Unterhosen, Schals und vielem mehr. Sogar in den Schränken des Badezimmers findet sie Dinge, die sehr persönlich sind. Neben einem gut gefüllten Medikamentenschrank, diversen Parfüms, Seifen, Shampoos und anderen Toilettenartikeln auch zwei Brillen und ein altes Hörgerät. Ein Elektrorasierer und ein winziger Rasierer in Form eines Lippenstiftes für Nasenhaare.

In den persönlichen Sachen von Fremden zu wühlen, fühlt sich für Sina an wie Leichenfledderei. Auch der Wohnzimmerschrank ist vollgestopft mit Fotoalben und allerlei Nippes. Die Bar ist gut gefüllt, und hinten in der Ecke findet sie eine Kiste mit uralten Liebesbriefen. Ganz kurz ist sie versucht, einen zu lesen. Doch schon von klein auf wurde ihr beigebracht, keine fremde Post zu lesen. Dass sie sie nun in der Hand hält, bereitet ihr ein mulmiges Gefühl im Magen. Verstohlen schaut sie sich um, fühlt sich beobachtet. Sie legt die Briefe zurück.

»Gehst du wohl vom Sofa runter«, ermahnt sie ihren Hund. Momo folgt erst nach der zweiten Aufforderung, und Sina wendet sich dem Bücherregal zu. Das ist gut bestückt. Die Schultes scheinen eine Vorliebe für Krimis und Zukunftsromane zu haben. Viele Titel kennt sie gar nicht, und von Science-Fiction hat sie sowieso keine Ahnung. Vielleicht findet sie ja irgendwann einmal ein wenig Zeit, um mit dem Lesen der Romane zu beginnen. Die Bücher wird sie daher übernehmen. All die anderen Dinge fliegen raus beziehungsweise werden in Kartons gepackt und irgendwo eingelagert.

Alles in allem fühlt Sina sich in der Wohnung mit den dunklen Möbeln unwohl. Auch wenn Cloe sie bedrängt, doch unbedingt die Regenwalddusche auszuprobieren, meint sie, es wäre unrecht. Sie beschließt, in den kommenden Tagen in einem der Gästezimmer zu wohnen. Auf jeden Fall sollte so schnell wie möglich ein Depot für Schultes Sachen gefunden werden.

»Vermutlich wirst du die Wohnung selbst ausräumen müssen«, sagt Cloe später. »Ich kenne jemanden, der dir günstig einen Umzugswagen vermieten kann. Er hat auch jede Menge Umzugskartons. Wenn ich ihn lieb bitte, wird er bestimmt seine Leute mobilisieren, mit anzupacken.«

»Horch mal!« Sina hebt den Zeigefinger. »Da ruft doch jemand.«

Vor der Rezeption steht ein junges Pärchen mit einem kleinen Kind. Jeder hat einen Koffer neben sich stehen.

Sina steigt das Blut in den Kopf. Haben die Vorbesitzer denn jetzt schon an Gäste vermietet und vergessen, es in den Reservierungskalender einzutragen?

»Guten Tag«, sagt Sina und verschanzt sich hinter dem Rezeptionstresen. »Wie kann ich Ihnen helfen?«

»Guten Tag. Wir sind auf der Suche nach einem Doppelzimmer.«

Sina schaut auf das Kind, dann blickt sie den Mann fragend an.

»Die Kleine schläft in der Ritze«, beantwortet er ihre unausgesprochene Frage.

»Aha.« Mehr fällt Sina dazu nicht ein, nur dass es recht eng im Bett werden könnte.

»Und? Haben Sie etwas frei?«

»Ab sofort?«

»Ja.«

»Und wie lange möchten Sie bleiben?«

»Drei Tage.«

Sina blättert im Reservierungsbuch. »Zimmer neun. Es liegt im ersten Stock, mit Blick in den Garten.« Sie nennt den Preis. Die jungen Eltern nicken.

Das Kind hat Momo entdeckt und kuschelt mit ihr.

»Lia«, mahnt die Mutter. »Wie oft soll ich es noch sagen? Wenn du jeden Hund anfasst, musst du damit rechnen, dass dich mal einer beißt.«

»Momo beißt nicht«, sagt Sina.

»Das sagen sie alle«, meint der Vater. Es klingt vorwurfsvoll. Die Mutter gibt ihm einen leichten Knuff in die Seite. Vermutlich soll der bedeuten: Sei still, sonst verärgern wir die Wirtin.

»Momo.« Sina schnipst mit den Fingern. Der Hund befreit sich aus der kindlichen Umarmung und flitzt zu ihr hinter den Empfangstresen. Brav folgt er dem ausgestreckten Zeigefinger und rollt sich in dem Hundekörbchen zurecht.

Lia schmollt. Die Mutter streicht ihr durch die dünnen blonden Haare, die sich im Nacken kräuseln.

»Folgen Sie mir bitte.« Hocherhobenen Hauptes und mit einem angenehmen Gefühl in der Brust nimmt Sina den Zimmerschlüssel vom Board und geht voran.

Als Sina die Treppe wieder herunterkommt, steht Cloe am Tresen und blickt sie erwartungsvoll an. »Und?«

»Meine ersten Gäste. Ist das nicht schön? Das Zimmer gefällt ihnen.«

»Toll. Wie heißen die denn?«

»Keine Ahnung.«

»Sina, du tust ja gerade so, als ob du noch nie im Urlaub gewesen bist. Du brauchst doch die Namen und die Anschrift von den Leuten.«

»Die Kleine heißt Lia.« Sina geht hinter den Rezeptionstresen und nimmt ein Formular aus einer Schublade. »Sicherlich müssen sie das hier ausfüllen.«

Cloe schaut sich das Papier an und nickt. »Und dann?«

»Die Gäste brauchen eine Kurkarte – nehme ich mal an.« Sina steckt das Formular in ihre Tasche. »Ich gehe jetzt zur Kurverwaltung und lass mir von denen alles erklären.«

»Jetzt?« Cloe schaut auf ihre Armbanduhr. »Die haben doch bestimmt schon Feierabend. Das kannst du morgen machen. Außerdem …« Sie stemmt ihre Hände in die Hüften, macht eine längere Pause und schaut Sina herausfordernd an. »Hast du nicht etwas vergessen?«

»Nö. Was denn?«

»Bettwäsche und Handtücher. Oder sollen deine ersten Gäste in ihrem Urlaub ohne auskommen?«

✻✻✻

»Morgen muss ich den Gästen Frühstück machen.« Sina fühlt einen leichten Druck auf der Brust. »Damit das funktioniert, brauche ich deine Hilfe.«

»Ich mach, was du willst.«

»Schön. Stell dir vor, du bist der Gast.« Sina deutet auf den Frühstücksraum. »Ich werde dir das Frühstück an den Tisch bringen.«

»Warum machst du kein Büfett?«

»Für vier Erwachsene, uns beide mit eingerechnet, und ein Kleinkind ist ein Büfett übertrieben. Stell dir vor, ich stelle alles hin. Angefangen bei Butter und Margarine, mehreren Sorten Brot und Brötchen bis hin zu Käse, Wurst, Joghurt und was weiß ich noch alles. Da wird mir doch das meiste davon trocken und hart. So viel können wir fünf gar nicht essen. Nein, das lohnt sich nicht. Ich habe mir das so gedacht: Du bist jetzt der Gast und bestellst bei mir dein Frühstück. Los, ab mit dir in den Frühstücksraum.« Sina schiebt Cloe in die entsprechende Richtung, folgt ihr zu einem der Tische und drückt sie auf einen Stuhl. »Guten Morgen, Frau Graf. Was darf ich Ihnen bringen? Kaffee, Tee?«

»Kaffee und ein Glas Orangensaft bitte«, spielt Cloe mit. »Aber du solltest vorher die Tische eindecken.«

»Richtig. Besteck und Teller bringe ich dir sofort. Und einen Orangensaft, sehr gerne, die Dame. Möchten Sie auch ein Ei?«

»Zwei Spiegeleier, auf beiden Seiten gebraten.«

»Na, geht doch.«

»Du solltest Zucker, Butter, Marmelade und Milch schon auf dem Tisch stehen haben«, schlägt Cloe vor.

Nach zwanzig Minuten sind sie sich einig, wie es am besten laufen kann. Sie schreiben eine Einkaufsliste.

In der Garage stehen tatsächlich zwei Fahrräder. Beide haben einen großen Drahtkorb auf dem Gepäckträger. Auf den Rädern radeln sie zum Einkaufen.

Bei ihrer ersten Erkundungstour in Begleitung von Papa, Mama und Henning waren sie auch an einem Supermarkt vorbeigekommen. Sina findet ihn sofort wieder. »Markant« steht in großen roten Buchstaben über dem Eingangsbereich. Die beiden Freundinnen nehmen sich einen Einkaufswagen und machen ihre Runde. Es kommt einiges zusammen, doch leider hat keine von ihnen an Einkaufstaschen gedacht. So verstauen sie alles auf den Rädern in den Drahtkörben.

»Das muss anders werden«, sagt Sina. Sicherlich hatte das Ehepaar Schulte einen Lieferanten, der ihnen die Lebensmittel in größeren Mengen und zu günstigeren Preisen lieferte. Sina wird in den Rechnungsunterlagen nachschauen müssen.

SECHS

Am kommenden Morgen sind Sina und Cloe früh auf den Beinen. In der Pensionsküche duftet es nach Kaffee, und Cloe kommt mit einer Tüte mit frischen Brötchen zur Tür herein. Der Kühlschrank ist gefüllt mit allem, was sie gern zum Frühstück essen. Eine Pfanne steht auf dem Herd, bereit, um Spiegeleier darin zu braten. Daneben köchelt ein kleiner Topf nur mit Wasser. Eine Eieruhr wartet auf ihren Einsatz. Zwei große Tabletts stehen parat, ebenso zwei noch leere Brotkörbe.

Da erst eine Partie Gäste im Hause ist, wollen Cloe und Sina ebenfalls im Frühstücksraum essen. Damit es etwas belegter aussieht, haben die beiden vier Tische eingedeckt.

Sinas Magen knurrt. Die Einzige, die bereits satt ist, ist Momo. In der Vorratskammer der Pension lagern neben Konserven auch einige Dosen mit Hundenahrung. Die Schultes waren auf Tiere eingestellt. Jetzt liegt die Hündin vermutlich hinter der Rezeption in ihrem Korb und schläft. Sina schaut auf die Uhr. Was, wenn die Gäste erst in zwei Stunden aus den Betten kriechen? So lange hier herumzustehen, mag für die Premiere wohl angehen, ist aber wenig effektiv.

»Wie sind eigentlich deine Frühstückszeiten?«, fragt Cloe. Sie weiß oft, was Sina denkt.

»Ich sollte ein Schild aufhängen.«

»Bis zehn ist normal. Jedenfalls in Hotels«, sagt Cloe. »Mir knurrt der Magen, wo bleiben die nur?«

Da hören sie Schritte auf der Treppe, das Kind lacht.

Familie Zurbrügge, wie Sina mittlerweile in Erfahrung gebracht hat, betritt den Frühstücksraum. Sina will losgehen, doch Cloe hält sie auf. »Warte wenigstens, bis sie sich hingesetzt haben.«

Kurz darauf kommt Sina in die Pensionsküche zurück. Ihr Kopf ist hochrot. Hektisch wühlt sie in den Schränken und schaut in die Vorratskammer. Sie findet Honig, Pflaumenmus und verschiedene Sorten Marmelade. »Mist«, flucht sie, ehe sie sich die Safttüten anschaut. Apfel-, Tomaten-, Orangen- und Multivitaminsaft. »Verdammt. Er will Kaffee, sie trinkt Tee, und er möchte Leberwurst. Cloe, haben wir die eingekauft? Und die Kleine mag nur Nutella und will Himbeersaft. Ein Ei fünf Minuten gekocht, eines sieben.«

Cloe piekt zwei Eier an und legt sie ins kochende Wasser. Sie dreht an der Eieruhr, die laut zu ticken beginnt.

»Wir haben kein Nutella«, sagt Sina. »Vielleicht mag sie ja Marmelade. Ich frage mal nach.«

»Stopp. Nimm schon mal die Kännchen mit.« Cloe hat Tee und Kaffee bereits eingeschenkt.

Kurz darauf kommt Sina erneut in die Küche. »Der Kaffee ist ihm zu dünn und ihr der Tee zu stark. Und die Kleine will jetzt Cola statt Himbeersaft und verlangt statt Nutella Zwieback mit braunem Zucker.«

»Frau Zurbrügge soll den Teebeutel aus der Kanne nehmen, dann zieht er nicht mehr nach. Mann, wir sind doch nicht das Hotel Ritz.« Cloe nimmt das Fünf-Minuten-Ei aus dem kochenden Wasser. Die kommenden zwei Minuten schauen beide dem anderen Ei beim Garen zu.

Zusammen mit dem Brotkorb, Cloe hat einfach alle Brötchen und Schwarzbrot reingelegt, bringt Sina die Eier in den Frühstücksraum. Als sie zurückkommt, drückt Cloe ihr einen Teller mit Käse und einen mit Wurst in die Hand. Auch die trägt sie an den Tisch der Familie Zurbrügge. »Wenn du dich jetzt zum Frühstücken an den Nebentisch setzt, sieht das für die Leute ganz schön blöd aus«, meint Cloe.

»Du hast recht. Geh du allein.«

Das mag Cloe nicht, und so essen sie gemeinsam an der Arbeitsfläche stehend in der Pensionsküche. Einmal geht Sina noch in den Frühstücksraum und fragt Familie Zurbrügge, ob alles in Ordnung sei. Eine Dreiviertelstunde später hat Sina ihr erstes Frühstück als Pensionswirtin hinter sich gebracht.

»Ich muss noch einiges lernen.« Sie schnauft und schaut ihren Gästen hinterher, die gut gelaunt die Treppe hinaufgehen.

»Und jetzt?« Cloe hat schon abgeräumt und ist fast mit dem Abwasch fertig.

»Aufs Zimmer. Betten machen. Aber da müssen wir warten, die Gäste sind noch im Haus.«

Gegen halb zwölf haben sie das Gästezimmer gereinigt, die Fußböden in der ersten Etage und im Parterre gefegt und gewischt und einen neuen Einkaufszettel geschrieben.

»Wenn das Haus voll ist, schaffen wir das niemals allein.« Sina breitete die Arme aus. »Ich werde wohl zusätzliche Hilfe brauchen.«

»Ich bin doch da.«

»Ja, danke, Cloe. Aber dein Urlaub geht auch mal zu Ende, wer macht dann die Wäsche, wenn wir voll belegt sind, und wer kümmert sich um den Garten?«

»Warte doch erst einmal ab«, rät Cloe.

Sina lacht künstlich. »Ich stell mir gerade vor«, sie deutet auf Cloes sorgsam lackierte Fingernägel und zupft an ihrem Outfit, »wie du in dieser Aufmachung Rasen mähst und Unkraut jätest.«

»Dann häng doch einen Zettel ins Fenster, ›Aushilfe gesucht‹. Wenn das nicht hilft, musst du zum Arbeitsamt gehen.«

Die Bundesagentur für Arbeit zwecks Suche nach einer Angestellten aufzusuchen, wird mal eine ganz andere Erfahrung werden. Bisher hat Sina immer auf der Arbeitnehmerseite gestanden.

»Schau nicht so«, sagt Cloe. »Du bist jetzt Chefin.«

Die Klingel auf dem Rezeptionstresen läutet. Familie Zurbrügge steht davor. Sina erkennt ihn an seinem Zopf und Lia an den rosa blinkenden Turnschuhen.

»Ja bitte?«

»Wir brauchen eine Kurkarte. Das hätten Sie uns auch sagen können.«

»Ich kümmere mich sofort darum.«

Verflixt, das wollte sie doch heute Vormittag schon erledigt haben. Sie hat es vergessen.

Jetzt aber los. Gegenüber vom Bahnhof hat sie die Touristeninformation gesehen. Die werden ihr sicherlich weiterhelfen können.

✳✳✳

»Ich habe noch mehr vermietet.« Mit dieser Mitteilung überrascht Cloe Sina bei ihrer Rückkehr.

»Wunderbar.« Sina blickt ins Vermietungsbuch, als müsse sie Cloes Behauptung kontrollieren.

»Ich habe alles fein säuberlich eingetragen.« Cloe nimmt ihr das Buch ab und legt es auf den Rezeptionstresen. »Ein Ehepaar aus Düsseldorf hat sich gemeldet. Sie reisen heute Abend an. Ich dachte an Zimmer acht, das ist noch die kommenden drei Wochen frei. Schon komisch, dass die Vorbesitzer Vermietungen angenommen haben, obwohl sie das Haus verkaufen wollten.«

»Keineswegs. Bestimmt haben sie nicht damit gerechnet, dass es so schnell geht. Stell dir vor, es hätte Monate gedauert, bis die Pension verkauft gewesen wäre. Da kann man nicht einfach zumachen. Es müssen doch Einnahmen reinkommen, um die laufenden Kosten zu decken.«

»Du redest schon wie eine Geschäftsfrau. Erzähl, was haben die Leute von der Kurverwaltung gesagt?«

»Sie schienen froh zu sein, dass ich den Vertrag der Schultes übernehmen will.« Sina reibt sich die Stirn. »Es gibt viel zu bedenken. Jetzt zeige ich dir erst einmal, wozu diese Formulare da sind.« Sie holt eines der Gästeanmeldungsformulare aus der Schublade und legt es auf den Tresen. »Das müssen unsere Gäste ausfüllen. Und hier«, sie kramt eine Liste aus ihrer Tasche hervor, »steht drauf, was an Kurbeitrag anfällt.«

Cloe studiert die Liste. »Das ist ganz schön viel Geld. Musst du das zahlen?«

»Nein. Das sollten schon die Gäste übernehmen.«

»Ich habe noch nie in meinem Leben Kurgastbeiträge bezahlt«, behauptet Cloe.

»Das habe ich den Leuten von der Kurverwaltung auch gesagt. Die meinen, dass das schon sein könnte. Weil die Hotels die Beträge dann wohl immer automatisch für ihre Gäste abgeführt haben. Also quasi auf die Zimmerkosten draufgeschlagen und direkt an die Gemeinde weitergeleitet.«

Sina erklärt Cloe, wie die Gästekarte auszustellen ist. »Ohne die Kurkarte kommen die Leute nirgends rein«, übertreibt sie. »Die Gäste sollten sie immer bei sich tragen.«

Cloe stöhnt. »Was für ein Aufwand. Deutschland erstickt noch an seiner Bürokratie. Kann man das nicht besser lösen? Wozu gibt es Computer, Scheckkarten und all den Kram?«

»Reg dich ab, Cloe, angeblich arbeiten die daran. Jetzt pass auf. Kinder unter achtzehn Jahren sind von der Kurtaxe befreit.«

»Na, wenigstens etwas.«

»Alle anderen zahlen je nach Haupt- oder Nebensaison unterschiedliche Tagespreise.«

»Müssen Hunde auch zahlen?«

»Keine Ahnung. Da muss ich noch mal nachfragen.«

»Na toll. Das artet echt in Arbeit aus. Bekommst du denn wenigstens etwas dafür, dass du die Arbeit für die Behörde erledigst?«

»Nö. Die haben etwas von Pflichten gefaselt.« Und mit einer Ordnungsstrafe gedroht, falls Sina es versäumen sollte, ihre Gäste anzumelden. Ein Vergehen, das mit zehntausend Euro Strafgebühr geahndet werden kann. Doch das behält Sina lieber für sich. Cloe wäre imstande, das Touristikbüro aufzusuchen und den Leuten die Meinung zu geigen. Was wenig helfen und Sina vielleicht sogar schaden würde. Schließlich will sie von den Mitarbeitern ja Kunden vermittelt bekommen.

»Welche Saison haben wir jetzt?«

»Gute Frage. Schau nach.«

Cloe fährt mit dem Finger die Tabelle entlang. »Nebensaison.«

»Schön. Leg die Liste in die Schublade zu den Anmeldungen.«

»Wow, schon fünf Gäste. Wenn das so weitergeht, läuft dein

Geschäft bald wie am Schnürchen.« Cloe schmunzelt, und Sina ist glücklich.

✳✳✳

In allerfeinster Schönschrift schreibt Sina »Putzfrau gesucht« auf ein DIN-A4-Blatt im Querformat. Den Zettel hängt sie ins Fenster gleich neben der Haustür. Cloe geht nach draußen, um zu überprüfen, ob man es vom Bürgersteig aus gut erkennen kann.

»Die Schrift muss größer«, ruft sie. »Außerdem würde ich ›Reinigungshilfe‹ schreiben statt ›Putzfrau‹.«

»Den Zettel können Sie sich sparen.« Die Stimme schallt vom Nachbargrundstück herüber. Aha, die Mutter von Lucas arbeitet wieder im Garten. Sina tritt vor die Haustür und winkt ihr zu.

Es gibt mehr Menschen auf der Welt, die keine markanten Merkmale im Gesicht haben, als man denkt. Die Nachbarin gehört dazu. Leuten, die keine Schwierigkeiten haben, Personen zu erkennen, fällt so etwas nie auf. Doch wenn man darauf angewiesen ist, sich von jedem Menschen, dem man in Zukunft garantiert öfter begegnen wird, Besonderheiten zu merken, weiß man, wie häufig es vorkommt. Lucas' Mutter hat weder eine krumme Nase, besondere Augen oder Augenbrauen noch Leberflecke oder Narben im Gesicht, und ihre Falten unterscheiden sich wenig von denen anderer im gleichen Alter. Sie hat auch ganz normale Ohren und trägt eine Allerweltsfrisur. Wobei man sich auf den Haarschnitt selten verlassen kann, da dieser variabel ist. Besonders bei den Frauen. Sina muss sich andere Merkmale suchen. Zum Beispiel die Stimme. Ihre ist rau und kratzig.

Zigarettenqualm zieht herüber. Lucas' Mutter ist also Raucherin. Die Stimme passt dazu. Sie ist das erste Merkmal, an dem Sina die Nachbarin in Zukunft erkennen wird. Sehr unzuverlässig, denn natürlich raucht und redet Lucas' Mutter nicht ununterbrochen, und sicherlich wird sie schon aufgrund des Altersunterschiedes erwarten, dass Sina sie zuerst grüßt. Demzufolge wird sie erst reden, wenn sie angesprochen wird. Vielleicht hat sie einen besonderen Gang, an dem Sina sie erkennen kann. Schwingt sie etwa mit den Armen beim Gehen? Wedelt sie beim Sprechen mit den Händen? Humpelt sie? Wenn ja, rechts oder links? Hat sie O-Beine oder nach innen gedrehte Füße? Die Zukunft wird das Problem hoffentlich lösen. Im Augenblick muss Sina es dabei belassen, dass sie sie nur dann wiedererkennen kann, wenn sie hinter den Rosen im Nachbargarten steht und Kommentare abgibt.

»Nein wirklich, Frau Fuchs. Den Zettel können Sie sich sparen«, wiederholt Lucas' Mutter im typischen norddeutschen Tonfall.

»Wieso?« Sina tritt an die Dünenrosenhecke heran. Momo wuselt um ihre Beine herum, ehe sie in den hinteren Teil des Gartens rennt. Vermutlich hat der Hund ein Kaninchen entdeckt.

»Dat Bedelbrettje helpt nix, dat kannst mi löven.«

»Was für Löwen? Ich habe Sie leider nicht verstanden.«

»Ein ›Bedelbrettje‹ ist ein Bettelbrett, und ›dat kannst mi löven‹ bedeutet: Das kannst du mir glauben. So ein Zettel hilft wenig. Putzfrauen sind eine vorm Aussterben bedrohte Spezies«, behauptet die Nachbarin. »Dat weit hier elk un eine.«

»Ich kann Hilfe im Haus gebrauchen. Sie wissen nicht zufällig jemanden, der …«

»Wenn«, unterbricht sie Sina, »dann würde ich es Ihnen nicht verraten.«

Ich bin ihr genauso unsympathisch wie sie mir, denkt Sina und mag nur noch »Aha« sagen.

»Die Person würde dann nämlich für mich arbeiten.« Ihr Lachen klingt hässlich und geht in ein bellendes Husten über.

Vermutlich will bei ihr niemand arbeiten, aber davon sagt Sina nichts. »Danke für die Information. Ich wünsche Ihnen einen schönen Tag.« Sie zeigt ihre Zähne. Mama sagt immer, man kann den Leuten auf verschiedene Weise die Zähne zeigen, auch mit einem aufgesetzten falschen Grinsen.

»Was wollte die Frau?«, fragt Cloe.

»Sie meint, es ist unmöglich, eine Putzfrau zu bekommen.«

»Soll das heißen, der Zettel kann raus?«

»Nein. Das heißt, ich schreibe ihn neu und mit größeren Buchstaben.«

»Ich wette, dass sie unrecht hat.« Cloe steht jetzt in der offenen Haustür und deutet mit dem Kopf hinaus. »Da, schau mal. Jemand hat schon angebissen.« Die Gartenpforte quietscht leise. Eine Frau in ihrem Alter kommt ihnen entgegen.

»Sicher ein neuer Gast.«

»Eher deine neue Hilfe«, flüstert Cloe. »Wetten? Um den Abwasch morgen früh.« Sie nickt der Frau zu. »Guten Tag. Wie können wir Ihnen helfen?«

»Sie suchen Hilfe bei Reinigung?« Unverkennbar eine Stimme mit polnischer Klangfarbe.

Cloe blickt Sina triumphierend an. »So ist es. Kommen Sie doch herein. Mein Name ist Cloe, und das ist Sina Fuchs. Sie ist hier die Chefin.«

»Ich bin Elena.«

»Elena, Sie schickt der Himmel«, ruft Cloe und reckt den Hals, um zu sehen, wie die Nachbarin reagiert. Doch die hat den Rasenmäher angeschmissen und hört sie nicht.

Wie vermutet kommt Elena ursprünglich aus Polen.

»Meine Heimatstadt ist Gdańsk.«

»Ah, Danzig. Cloe und ich sind vor drei Jahren für ein langes Wochenende dort gewesen. Die Stadt hat uns sehr gefallen. Dann sind Sie also von der Ostseeküste an die Nordsee gekommen?«

Elena lächelt.

»Was treibt Sie auf eine kleine Insel wie Borkum?«

»Die vielen Menschen in der Stadt.« Elena schüttelt leicht den Kopf. »Immer rennen hin und her. Hier ist es so schön ruhiger.«

»Das glaube ich gern. Danzig hat doch sicherlich zehnmal so viele Einwohner wie unsere Insel.«

»Eher hundertmal mehr, Sina«, sagt Cloe.

Sie erfahren, dass Elena schon seit über zehn Jahren in Deutschland lebt. Die ersten beiden Jahre war sie nur während der Sommersaison auf der Insel, danach das ganze Jahr hindurch. Sie berichtet, dass ihr Ehemann ebenfalls auf Borkum Arbeit hat. Sie planen, bald eine Familie zu gründen. »Ist das für Zukunft ein Problem?«

»Kein Problem«, sagt Sina. »Eine Pension ist ein geeigneter Ort, um Kinder mit an den Arbeitsplatz zu nehmen. Schauen Sie sich den Garten an.« Sie führt Elena durch den Verandaanbau hinaus. »Hier ist viel Platz zum Spielen.«

»Spielen« scheint für Momo das Stichwort zu sein. Sie kommt angesaust, in der Schnauze trägt sie einen Tennisball. Elena bückt sich, nimmt dem Terrier den Ball ab und wirft ihn.

»Das hätten Sie nicht tun sollen«, sagt Sina.

»Oh, Verzeihung.«

»Nein, nein. So war das nicht gemeint. Jetzt werden Sie Momo nicht wieder los.«

»Das egal. Ich mag Hunde.«

Sina bittet Elena wieder ins Haus. Gemeinsam machen sie einen kleinen Rundgang, damit Elena sieht, was an Arbeit auf sie zukommen wird.

»Das ist alles viel schön.«

»Dann möchten Sie bei mir arbeiten?«

»Gerne.«

»Wunderbar. Ich schätze, es werden zwei, drei Stunden jeden Vormittag sein.«

Elena nickt.

»Wann können Sie anfangen?«

»Sofort.«

Sina lächelt. »Morgen ist früh genug. An was für ein Gehalt haben Sie denn gedacht?«

Elena sagt ihr, was sie die Stunde haben möchte.

»Okay. Einverstanden.« Sie reicht Elena die Hand.

»Dann komme ich morgen. Welche Uhr?«

»Sagen wir um zehn?«

»Gut. Ich geben meine volle Name.« Elena lässt Sina einen

Zettel mit ihrem Namen, ihrer Anschrift und einer Telefonnummer da. »Falls ich früher kommen soll.«

Am Abend reisen die Eheleute Schildmann aus Düsseldorf an.
Sie haben Gepäck dabei, als planen sie, bis zum Ende der Saison zu bleiben. Dieses Mal sind im Doppelzimmer die Betten
frisch bezogen, eine Kurgastanmeldung plus Kugelschreiber
liegt auf dem Tisch gleich unterhalb des Fernsehers, und im
Bad empfängt sie ein großer Stapel Handtücher.

SIEBEN

Am kommenden Morgen ist Elena pünktlich da.

»Ich brauchen zehn Minuten für Reinigung von Zimmer.« Elenas Brust wölbt sich ein wenig. Sie ist stolz darauf. »Dann ist alles tippitoppi. Drei Minuten für Bett. Abziehen und wieder frisch mit Wäsche. Durch Bad mit Lappen. Weil wird geputzt jeden Tag, geht schnell. Neue Handtücher, Klopapier. Fertig.« Sie klatscht zweimal in die Hände, als wolle sie etwas abstreifen. »Mit Staubsauger durchs Zimmer, dann Badezimmer wischen. Wie gesagt, wenn jeden Tag, dann wenig Schmutz. Fertig.«

»Zehn Minuten?« Sina schaut ungläubig. »Ich habe fast eine Stunde gebraucht.«

»Zeig mir, wie du machst«, fordert Elena Sina auf und folgt ihr ins Zimmer der Düsseldorfer. Da sieht es wüst aus. Mit einer einladenden Handbewegung gibt sie Sina das Zeichen anzufangen. Sie selbst steht daneben und schaut zu. Nach fünf Minuten schüttelt sie den Kopf.

»Was mache ich falsch, Elena?«

»Bett gut gemacht. Pyjama gefaltet ist okay. Aber die andere Kleider muss Gast selbst falten und in Schrank räumen. Die legst du einfach auf den Stuhl.«

»Aber der ist mit Büchern belegt.«

»Dann erst auf Stuhl, später wieder aufs gemachte Bett. Und Chips auf Nachtschrank nicht wegwerfen. Vielleicht will Gast noch essen. Jetzt Bad.«

Sina nimmt Gummihandschuhe aus dem Putzkorb und zieht sie an. Dann wischt sie Waschbecken, Dusche und Toilette sauber. Leert den Mülleimer und wechselt die Handtücher.

»Machst du wie Hotel. Nur neue Handtücher für die auf dem Boden«, empfiehlt Elena. »Gut für Umwelt und für dich. Musst weniger waschen.«

Sina will das Bad verlassen, doch Elena hält sie zurück. »Schau in Abfluss. Ist immer was drin. Macht schlechten Eindruck, wenn Gast das sieht. Manchmal ich finde auch was darin. Ein silberner Ohrring lag in Sieb von Dusche.«

Gut, dass sie die Gummihandschuhe noch anhat. Widerwillig nimmt Sina aus dem Handwaschbecken das Sieb heraus. Herr Schildmann scheint seinen Bart gestutzt und die Haare mit Wasser weggespült zu haben.

»Das wird schnell Verstopfung«, mahnt Elena und reicht ihr ein Papiertuch.

Sinas Begeisterung für den Job als Pensionsbesitzerin sinkt in diesem Augenblick auf null, doch sie überwindet sich.

Haare und Papier verschwinden in dem Müllsack, den Elena ihr hinhält. Zum Glück ist im Sieb der Dusche nichts hängen geblieben.

»Hat nicht geduscht«, stellt Elena mit Kennerblick fest.

»Hättest du mir auch vorher sagen können.«

»Musst lernen, selber zu sehen. Weiter.« Sie deutet auf den Fußboden. »Schnell durchwischen.«

»Sieht sauber aus.«

»Muss jeden Tag sein.«

»Merkt doch keiner.«

Elena ist anderer Meinung. »Denk immer an deine gute Ruf. Ist schnell kaputt.«

»Wie meinst du das?«

»Gibt viele Möglichkeiten und Ruf ist kaputt. Wenn Zimmer schmutzig oder«, Elena hebt warnend den Zeigefinger, »etwas fehlt. Wenn ich sehe Geld irgendwo«, sie greift in ihre Hosentasche und holt ein Handy raus, »ich mache eine Foto. Dann später der Gast nicht kann sagen, ich genommen.«

»Bei Schmuck vermutlich ebenso.«

»Genau. Freundin von mir ist reingelegt von Gast. Der hat gesagt: Schmuck weg. Dabei hat selbst Schmuck eingesteckt.«

Sina kann nur hoffen, dass dies Einzelfälle sind.

»Ist ganz selten«, sagt Elena, als habe sie Sinas Gedanken erraten. »Meiste Gäste sind gute Menschen. Wissen, nicht alle Polen klauen. Ist Vorurteil.« Elena deutet auf die Dekoration auf der Fensterbank. »Das ich würde wegnehmen.«

»Warum? Sieht doch nett aus.«

»Zu viel Arbeit. Musst jedes Teil hochnehmen. Dauert lange. Und ist kitschig.«

Da muss Sina ihr recht geben. Porzellanmuscheln und Krebse, ein rot-weißer Leuchtturm als Teelicht und Kunstblumen. Alles Staubfänger.

»Und Teelicht ist gefährlich. Kerze an und wusch«, sie hebt beide Hände, »Gardine brennt.«

»Hast du das schon mal erlebt?«

Elena lacht. »Habe erlebt, wie Gast macht Fischstäbchen in Toaster. Aber das war in Ferienwohnung.«

Na, das kann ja heiter werden. »Danke für den Unterricht, Elena. Ich sehe schon, es gibt noch einiges zu optimieren.«

»Ich helfe dir.«

✳✳✳

Die Glocke auf dem Rezeptionstresen schellt, und Sina eilt nach vorn. Cloe ist gerade irgendwo im Keller, vermutlich in der Waschküche. Sie kann Sina jetzt nicht helfen. Sind neue Gäste eingetroffen, muss sie da allein durch. Ihre erste richtige Feuerprobe.

Sieben Personen stehen vor dem Tresen. Alles Leute, die ein Zimmer haben wollen? Oder steht das Ehepaar aus Düsseldorf mitten unter ihnen und möchte nur etwas fragen oder die Kurgastanmeldung abgeben?

Keine der sieben Personen hält ein Formular in der Hand. Niemand trägt eine Uniform, also ist auch kein Postbote oder Paketzusteller dabei. Ein Kind kommt zur Haustür hereingesaust und fasst nach der Hand einer jungen Frau. Sina erkennt die Kleine an den rosa Glitzerschuhen wieder, es ist Lia. Sina tritt hinter den Tresen, nimmt die Schlüssel zu Zimmer neun vom Brett und reicht sie Lias Eltern hinüber. Schon zwei Erwachsene weniger.

»Wem darf ich jetzt helfen?«

Ein untersetzter, stark kurzsichtiger Mann, Sina erkennt es an den dicken Brillengläsern, schiebt sich vor die anderen und legt einen Zettel auf den Tisch. »Die Touristeninformation schickt mich. Ein Einzelzimmer für die kommenden vier Tage.«

»Gern.« Sina zieht die Schublade auf und nimmt ein Anmeldeformular der Kurverwaltung heraus. »Füllen Sie das bitte aus.«

»Nicht schon wieder«, protestiert der Brillenträger. »Die Kurverwaltung hat doch bereits alle Daten aufgenommen.«

Aha. Sina wusste gar nicht, dass die Gästevermittlung auch gleich die passenden Kurkarten ausstellt. Bei einer Provision von zehn Prozent plus Märchensteuer, wie Papa immer sagt, kann man das aber ja eigentlich auch erwarten. »Entschuldigung, mein Fehler. Hier, bitte schön«, sie greift nach einem Schlüssel, »Zimmer zwei. Den Flur entlang, linke Seite.« Dann wendet sie sich den nächsten Gästen zu. »Ja bitte?«

»Wir möchten fragen, bis wann wir die Zimmer räumen müssen.«

»Äh, räumen?« Sina ist verwirrt. Also sind die Schildmanns doch dabei.

»Wir reisen doch übermorgen ab. Und bei dem schönen Wetter würden wir die Zeit gern nutzen und mit dem letzten Schiff fahren.«

»Ach so, ja. Bleiben Sie ruhig so lange, wie Sie wollen.«

»Danke.«

Schön, denen ist geholfen. Bleiben noch zwei Leute übrig.

»Guten Tag, herzlich willkommen«, sagt Sina und schaut die beiden erwartungsvoll an. »Was kann ich für Sie tun?«

»Ich bin's, Rebecca.«

Der blaue Mantel kaschiert den dicken Bauch, und weil sie schweigend neben den anderen Gästen stand, hat Rebecca noch nicht ihre Schneidezähne gezeigt. Der verdrehte obere Eckzahn wäre Sina sofort aufgefallen. In diesem Moment schnalzt Björn mit der Zunge und geht in die Knie. Momo kommt die Kellertreppe hochgesaust und begrüßt ihn schwanzwedelnd.

Das hätte der Hund auch früher tun können, denkt Sina und schmollt.

»Na, mein kleiner Starfighter, wie machen die Mädchen auf der Reeperbahn?«, fragt Björn. Momo dreht sich sofort auf den Rücken und lässt sich den Bauch kraulen. Früher hat Sina sich darüber geärgert, jetzt lächelt sie nur. Wenigstens ruft er nicht lauthals: Wo ist denn mein kleiner Nutten-Fiffi? Damit hat er Sina gern auf die Palme gebracht.

»Wir dachten«, sagt Rebecca, »wir besuchen dich einfach und schauen mal, wie es dir so geht. Und wenn du ein Zimmer für die kommenden paar Tage frei haben solltest, bleiben wir gern. Ansonsten sehen wir uns die Insel an und fahren am Abend mit dem Katamaran wieder zurück.«

»Klar habe ich für euch was frei.« Sina schaut in den Buchungskalender. Sie darf gleich nicht vergessen, den Brillenträger für Zimmer zwei einzutragen. Nicht dass es zur Doppelvermietung kommt. »Zimmer zwölf, in der ersten Etage. Frühstück ist von acht bis zehn.«

Sie ist stolz, dass sie sich so professionell anhört. Und sie hat sieben Personen ohne Komplikationen abgearbeitet, ohne dass jemand auf den Gedanken gekommen wäre, mit ihr stimme etwas nicht.

»Dann hole ich mal die Koffer rein«, sagt Björn, und Sina fragt sich, ob sie Gäste, die keinen Cent Miete zahlen, zur Kurtaxe anmelden muss.

»Was kannst du uns denn Schönes empfehlen?«, will Rebecca etwas später wissen. Sie steht allein am Rezeptionstresen und füllt das Anmeldeformular aus.

Sicher ist sicher, denkt Sina. Auf keinen Fall will sie Ärger mit der Kurverwaltung bekommen. Beim Ausfüllen betrachtet sie Rebecca ein wenig genauer. Abgesehen vom verdrehten Eckzahn merkt sie sich: blond, Kurzhaarschnitt mit raspelkurzen Haaren im Nacken. Das betont Rebeccas langen Hals. Ah, hinter dem linken Ohr, unterhalb des Ohrläppchens, hat sie zwei Leberflecke schräg untereinander. Das muss vorerst zur Wiedererkennung reichen.

»An was denkst du?«, fragt Sina.

»Ich meine irgendwelche Sehenswürdigkeiten.«

»Die Seehundsbank. Die Tiere kann man von der Promenade aus mit bloßem Auge erkennen. Dann haben wir die Leuchttürme. Wenn Treppensteigen kein Problem ist, kann man von oben die Insel überblicken. Und das Museum vielleicht. Da hängen riesige Walskelette unter der Decke. Oder unser Aquarium. Vom Hummer bis zur Qualle kann man alles ansehen.«

Gut, dass Sina den Prospekt studiert hat. Sie weiß, dass Björn sich für Dinge, die mit der Jagd zu tun haben, interessiert. Wie sagt Cloe immer: Bundeswehrsoldaten schießen auf alles, wenn sie die Gelegenheit dazu bekommen. Doch das ist zu kurz gedacht. Schließlich kann niemand Soldat sein, ohne eine Waffe in die Hand zu nehmen und Schießübungen zu machen. Begeisterung fürs Schießen steckt nicht bei jedem dahinter. Dennoch wird es Björn interessieren, dass es eine Jägerschaft auf der Insel gibt. Rehe, Kaninchen, Fasane und mehr. Aber da kann man als Tourist natürlich nicht mitmachen.

»Björn wird sich sicherlich für die Surfer und Kitebuggyfahrer am Nordstrand interessieren. Da gibt es auch eine Strandsegelschule. Oder er geht in den Kletterpark.« Mehr Touristenattraktionen, die Björn gefallen könnten, fallen Sina im Augenblick nicht ein. Bis auf den Strand natürlich und die grandiose Dünenlandschaft. Sie muss sich dringend Wissen über die Geschichte der Insel, weitere Sehenswürdigkeiten, die Gastronomie und mehr anlesen und auch selbst erleben. Empfehlungen, wo man gut essen gehen kann, wird sie sicher ebenfalls öfter geben müssen. »Mietet euch doch ein Strandzelt. Ansonsten empfehle ich einen Spaziergang an der Wasserkante entlang und einen Sprung ins Meer. Die Luft ist hervorragend, und das Wasser …« Sina stockt.

Björn ist herangetreten. Von hinten umfasst er den Bauch seiner Frau und drückt ihr einen Kuss in den Nacken. Über ihre Schulter hinweg deutet er auf die hintere Wand. »Was ist denn dahinter, eine geheime Kleiderkammer?«

Sina sieht sich um. Links in der Raumecke steht ein schmales, hohes Regal, rechts davon der Hundekorb, den sie im Keller gefunden haben. Dazwischen prangt ein Stück Fototapete. Strand, Wasser, Himmel und ein Fischkutter, etwa so hoch und breit wie eine Tür. Im unteren Teil wird das Motiv halb durch den Korb verdeckt.

»Nichts.«

»Natürlich ist da was. Schau mal genau hin.« Björn löst sich von Rebecca und geht um den Rezeptionstresen herum. »Da ist doch ein Raum dahinter.«

Schon hat Björn eine Schiebetür zur Seite geschoben. Erst jetzt erkennt Sina den schmalen Rand rund um die Fototapete und den kleinen Eingriff, um die Tür beiseitezuschieben. Der versteckte Raum entpuppt sich als winziges Büro voller Akten mit einem kleinen Fenster. Das ist Sina nicht einmal von außen aufgefallen.

»Du guckst so erstaunt.« Björn grinst, geht zu seiner Frau, fasst Rebecca am Handgelenk und zieht sie mit sich zur Pensionstür hinaus. »Du solltest noch einmal eine Runde durchs ganze Haus drehen, vielleicht gibt es noch mehr solche Räume.«

Und fort sind sie.

Vom Dachboden bis zum Parterre kann Sina nirgends einen weiteren versteckten Raum finden.

»Irgendwann hätten wir das geheime Zimmer selbst entdeckt«, meint Cloe, nachdem sie auch den Keller untersucht haben. Neben dem Hauswirtschaftsraum mit den Waschmaschinen und dem Trockner sowie mehreren Lagerräumen, in denen alte Möbel und anderer Kram stehen, gab es dort nichts zu sehen. »Schade. Ein geheimer Weinkeller würde mir gefallen. Hast du dir die Akten schon angesehen?«

»Nur flüchtig. Steuerunterlagen, Rechnungen, Kurgastanmeldungen, Verträge und was weiß ich noch alles. Wundert mich nur, dass die Schultes die nicht bei ihrem Steuerberater gelassen haben.«

»Na, du bist lustig. Glaubst du, der will die gesammelten Werke der vergangenen zehn, zwanzig Jahre bei sich herumliegen haben? So lange wirst du deine Papiere auch aufbewahren müssen. Ich sag ja, wir ersticken noch mal in Bürokratie.«

»Apropos Bürokram«, sagt Sina kurz darauf. »Ich bringe noch die neuesten Kurgastanmeldungen zum Touristikbüro.«

Cloe, die gerade die Treppe heruntergestakst kommt, sieht aus, als wolle sie zu einer dieser legendären Sylter Partys, zu denen nur die Schönen und Reichen eingeladen werden.

»Mit den Klamotten bist du auf der falschen Insel«, sagt Sina. »Wo willst du denn hin?«

»Ich dachte, ich gehe ein wenig mit Momo spazieren.«

Der Yorkshireterrier hört seinen Namen und kommt angeflitzt.

»Hol die Leine, Momo«, befiehlt Cloe. Sekunden später läuft das Tier mit der Leine im Maul zurück. »Braver Hund«, lobt Cloe und macht die Leine am Halsband fest.

»Mit den Schuhen kommst du nicht weit.« Sina deutet auf Cloes Pumps.

»Vermutlich.« Cloe streift die Pumps von den Füßen, drückt Sina das Leinenende in die Hand und eilt die Treppe hinauf. Wenig später kehrt sie mit wandertauglichen Schuhen zurück. »Gucci-Sneaker«, sagt sie und deutet auf ihre Füße. »Der Preis für ein Originalpaar in der Farbe Weiß, so wie diese hier«, sie hebt einen Fuß, »liegt bei siebenhundertneunzig Euro.«

»In Schwarz sind sie vermutlich genauso teuer.«

»Spotte nur, liebste Sina. Muss ja nicht jeder wie der letzte Penner herumlaufen. Als Geschäftsfrau solltest auch du an dir arbeiten.«

»Na denn«, Sina drückt Cloe die Hundeleine in die Hand, »viel Spaß, ihr beiden. Ich muss arbeiten. Formulare abgeben und noch mal mit der Frau vom Touristikbüro sprechen.«

***

In der Touristeninformation hat die Mitarbeiterin Zeit für Sina. Sie plaudern ein wenig über Borkum, die Touristen und die kommende Saison, und Sina erfährt, dass auch Gäste wie Rebecca und Björn Kurtaxe bezahlen müssen.

»Obwohl sie umsonst bei mir wohnen?«

»Das eine hat mit dem anderen nichts zu tun. Ihre Freunde sind auf jeden Fall kurtaxpflichtig, egal ob sie in einem Pensionszimmer wohnen oder privat bei Ihnen in der Wohnung schlafen«, meint die Mitarbeiterin. »Schließlich nutzen die beiden ja die Annehmlichkeiten, die Borkum zu bieten hat. Sauberer Strand, Fahrradwege durch die Dünen, aufmerksame Rettungsschwimmer und vieles mehr. Das will bezahlt werden.« Sie überreicht Sina einen Prospekt und ein paar Infoheftchen. »Darin können Sie alles nachlesen.«

»Okay. Danke. Ein paar Fragen habe ich noch.« Sina berichtet von dem jungen Ehepaar mit der sechsjährigen Tochter. »Bis zu welchem Alter dürfen Kinder in Hotelbetten in den Ritzen schlafen?«

»Nun, bei den ganz Kleinen können Sie eine Ausnahme machen, aber Sie sollten das gar nicht erst einreißen lassen, Frau Fuchs. Nach meinen Unterlagen hat die Pension Krabbe doch Kinderbetten, die sollten Sie Ihren Mietern anbieten.«

Das sind sicher die Klappdinger, die in der Waschküche stehen, denkt Sina.

»Und Sie sollten darauf achten, dass Ihre Gäste die Zimmer bis zehn Uhr vormittags räumen, sonst bleibt Ihnen keine Zeit zur Reinigung für die nachfolgende Belegung. Ein regelmäßiger Leerstand von einer Nacht kann auf Dauer teuer werden.«

»Leerstand? Wie meinen Sie das?«

»Angenommen, Ihr Gast räumt das Zimmer erst am Abend, weil er die Insel mit dem letzten Schiff verlässt. Dann können Sie den Raum erst am nächsten Tag wieder vermieten.«

»Aber ich kann das Zimmer doch schnell sauber machen, Betten beziehen und –«

»Schon möglich. Aber was tun Sie, wenn Sie am Abend gleich zehn Zimmer auf einmal reinigen müssen? Und die neuen Gäste sind womöglich schon seit Stunden auf der Insel? Bedenken Sie, dass die Gäste im Allgemeinen ab vierzehn Uhr das Zimmer belegen dürfen. Wie wollen Sie das hinbekommen? So ein finanzieller Verlust kann, wenn es in einer Saison häufiger vorkommt, schnell in die Tausende gehen.«

Vermutlich übertreibt die Dame, schließlich verdient die Kurverwaltung ja mit, wenn Sina gut ausgelastet ist. Dennoch kann und will Sina sich so etwas, zumal in der Anfangsphase, nicht leisten. Ja, sie muss noch viel lernen, was den Betrieb einer Frühstückspension angeht.

Wäre aber doch gelacht, wenn sie das nicht schaffen würde.

»Und was mache ich, wenn jemand abreist, ohne zu zahlen?«

»Zechpreller? Oh. Da habe ich einen Tipp für Sie.«

✳✳✳

Zurück in der Pension Krabbe, fällt Sina als Erstes auf, dass Momo in ihrem Körbchen ein Schläfchen hält. Doch wo ist Cloe? Das Telefon klingelt.

»Pension Krabbe, Sina Fuchs. Was kann ich für Sie tun?«

»Carola Schimmer. Ich möchte gerne mit Renate sprechen.«

»Renate?«

»Frau Schulte.«

»Tut mir leid, die Schultes sind in Neuseeland. Kann ich Ihnen trotzdem helfen?«

»Wann kommen sie zurück?«

»Vermutlich nie mehr.«

Am anderen Ende der Leitung bleibt es still.

»Hallo, sind Sie noch da?«

»Nie mehr?« Frau Schimmer klingt, als würde sie gleich in Tränen ausbrechen. »Aber das kann nicht sein.«

»Doch, doch. Die Tochter lebt in Neuseeland.«

»Das weiß ich. Aber …« Die Anruferin schnäuzt sich heftig. »Entschuldigung, ich …« Dann legt sie auf.

»Ein neuer Gast?«

Sina fährt erschrocken herum. Cloe steht vor ihr, sie trägt eine Kittelschürze über den Designerklamotten und grüne Gummihandschuhe, die farblich nicht dazu passen. Es sieht ungewohnt und lustig aus, jedenfalls an Cloe.

»Nein, kein Gast.« Sina schüttelt den Kopf. »Ich vermute mal, das war eine Freundin der Vorbesitzer. Sie war sehr erschüttert, dass die Schultes ihr nichts von ihrem Umzug erzählt haben.«

»Dann ist sie sicherlich keine allzu gute Freundin.« Cloe legt die Gummihandschuhe auf den Tresen und zieht den Kittel aus. »Den habe ich in der Wäschekammer gefunden. Scheußliches Ding, aber nützlich.« Sie wirft ihn neben den Hundekorb. Momo öffnet kurz die Augen, dann schlummert sie weiter. »Zimmer zwei«, Cloe deutet mit dem Zeigefinger hinter sich, »ist endlich fertig. Mann, das Bad sah aus wie Sau. Wusste gar nicht, dass man etwas innerhalb eines Tages so dreckig bekommen kann.«

»Hat Elena den Raum vergessen?«

»Nein. Der Kerl hat so lange darin gehockt. Elena ist dann gegangen. Sie hat schließlich noch etwas anderes zu tun.«

»Ja? Was denn?«

»Sie hat noch einen zweiten Job.«

»Wo denn?«

»Keine Ahnung. Interessiert mich auch nicht.«

Das Telefon klingelt erneut. »Pension Krabbe, Sina Fuchs am Apparat.«

»Die Drecksarbeit ist Gift für meine Nägel«, hört Sina Cloe noch knurren, ehe sie dem Anrufer ihre volle Aufmerksamkeit schenken kann, dann ist die Freundin in Richtung Küche verschwunden.

»Silvester? Da sind Sie aber früh dran.« Ein Blick ins Vermietungsbuch spricht allerdings eine ganz andere Sprache.

✳ ✳ ✳

»Ich habe mir Gedanken gemacht, wie ich meine Gäste am besten wiedererkennen kann.« Sina und Cloe sitzen im Pensionsgarten und genießen die Abendsonne bei einem Gläschen Prosecco.

»Aha.« Cloes Pumps liegen im Gras, mit dem großen Zeh krault sie Momos Rücken. Zehn Doppelzimmer und zwei Einzelzimmer, das ergibt bei einer kompletten Belegung zweiundzwanzig Personen, Kinder in Kinderbetten nicht mitgerechnet. Zweiundzwanzig Personen, die im Schnitt eine Woche bleiben. Das mal neun bis zehn Monate macht über den Daumen gepeilt tausendvierhundert Personen. Da kommt schon ein normaler Mensch durcheinander, für einen Gesichtsblinden ist es eine Qual, bei dieser Menge noch jemanden wiederzuerkennen.

»Du könntest eine Rezeptionistin einstellen.«

»Quatsch, das kann ich schon selbst.«

»Aha«, wiederholt sich Cloe. »Und wie willst du das machen?«

»Die am Montag anreisenden Gäste bekommen ein rotes Armbändchen. Dienstags gibt es blaue, Mittwoch gelbe und so weiter. An die Wand hinter der Rezeption hänge ich einen Plan, auf dem ich die Namen in den passenden Farben notiere. Dann muss ich nur noch nachschauen, wer an dem Tag angereist ist. Sind jetzt beispielsweise die von Zimmer neun, das Pärchen mit dem Kind, grün, dann weiß ich: Das ist die Familie Zurbrügge. Und sollten an dem Tag mehrere Gäste angereist sein, kann ich mir hoffentlich merken, was an ihnen besonders ist und …«

»Schon verstanden, Sina. Nur sag mir, wie willst du sicherstellen, dass deine Gäste die Armbänder auch tragen?«

»Mit Gratisgetränken?«

»Minibar leeren gegen Armband tragen?« Cloe ist skeptisch. »Du hast doch gar keine Minibars auf den Zimmern.«

»Keine Ahnung, Cloe. War nur so ein Gedanke. Ich könnte im Frühstücksraum einen Getränkekühlschrank aufstellen.«

»Da kann dann aber jeder ran. Egal ob mit oder ohne Armbändchen.«

»Stimmt. Kein guter Gedanke. Ich werde mir schon was einfallen lassen.«

»Klar, tust du doch immer.«

ACHT

Am nächsten Tag strahlt die Sonne vom Himmel. Frühlings-
duft liegt in der Luft, die Vögel zwitschern um die Wette. Gut
zehn Minuten nach Ankunft der ersten Fähre aus Eemshaven
in den Niederlanden, die im Gegensatz zu der aus Emden nur
eine Stunde für die Überfahrt benötigt, steht auf einmal ein äl-
teres Ehepaar in der offenen Haustür. Die beiden kommen Sina
irgendwie bekannt vor. Er trägt einen grauen Bart und hat volle
graue Haare, die für einen ordentlichen Herrenschnitt etwas
zu lang sind und in alle Richtungen abstehen. Vermutlich gehört er zu den Männern, die im Alter keine Glatze bekommen.
Er hat eine lange, gerade Nase und keine Sorgenfalten auf der
Stirn, dafür Grübchen in beiden Wangen, so als habe jemand
mit dem Daumen eine Delle reingedrückt. Sina kann sich nicht
erinnern, dass jemand aus ihrem Umfeld solche Grübchen hat,
und dennoch kommt ihr sein Anblick vertraut vor.

Die Frau sieht aus wie eine von Pharaos sieben mageren Kü-
hen. Die hatten jahrelang nichts anderes zwischen den Zähnen
als ihre eigene Zunge. Sie ist ebenfalls grauhaarig und zerzaust
wie ein Mopp. Ihr Blick ist der einer freundlichen Frau, die
trotz ihrer schmalen Figur ausgeglichen und glücklich wirkt.

Dann kommt Sina ein Verdacht, der durch einen schnellen
Blick auf die Fotos an der Wand bestätigt wird. Renate und
Winfried Schulte, die Voreigentümer der Pension Krabbe, sind
da.

»Was ist hier denn los?«, ist das Erste, was Herr Schulte
reichlich lautstark sagt. »Wer sind Sie?«, brüllt er und weist dem
Taxifahrer mit dem Zeigefinger die Stelle, wo dieser die Koffer
abstellen soll. Das Hörgerät oben im Badezimmer gehört vermutlich ihm.

Sina antwortet mit erhobener Stimme, wie man es bei ver-
meintlich Schwerhörigen macht: »Sina Fuchs. Herzlich willkommen in der Pension Krabbe.«

»Gehen Sie sofort hinter dem Tresen weg.«

In diesem Moment kommt der Gast aus Zimmer zwei, der Brillenträger und Schmutzfink, reicht Sina seinen Zimmerschlüssel und verlässt das Haus.

»Herr Maibaum? Was hat der hier zu suchen?« Winfried Schulte packt Sina am Handgelenk und zerrt sie hinter dem Rezeptionstisch hervor. »Ha, eine Diebin. Auf frischer Tat ertappt.« Er deutet auf die offen stehende Geldkassette. »Renate, ruf sofort die Polizei.«

Mit der freien Hand nimmt er die Kleingeldeinlage aus der Kassette. »Dreihundert Euro waren dadrin, das weiß ich ganz genau.« Er stutzt. Gleich obenauf liegen vier Hunderter, darunter mehrere kleinere Scheine, von der Schale mit den Geldstücken ganz zu schweigen. Sina hat die Einnahmen der vergangenen Tage noch nicht zur Bank gebracht, da sie immer noch kein Konto eingerichtet hat.

Ungläubig schaut Winfried Schulte sie an. »Was ist hier los?«, wiederholt er.

»Ich habe schon mit der Vermietung begonnen. Die Maklerin meinte, dass sei in Ordnung. Das war doch so abgesprochen. Ich dachte, Sie sind in Australien.«

»Neuseeland«, korrigiert Renate Schulte automatisch. Sie hält ihr Handy in der Hand. »Winfried? 110 oder 112? Ich kann mir das nie merken.«

»Warte einen Moment.« Ihr Mann sagt es in normaler Lautstärke und lässt Sinas Handgelenk los. Da klingelt das Telefon auf dem Rezeptionstisch. Sein Kopf ruckt herum, doch Sina ist schneller. Sie schiebt sich an Schulte vorbei und hebt ab.

»Pension Krabbe, Sina Fuchs. Was kann ich für Sie tun?« Die Schultes starren sie ungläubig an, während sie spricht. »Welche Zeit genau?« Sina greift nach dem Buchungskalender. »Ja, da haben Sie Glück. Ein Doppelzimmer mit herrlichem Blick auf die Dünen ist noch frei. Es ist in der zweiten Etage. Ich hoffe, Treppenstufen sind für Sie kein Problem? – Nicht. Sehr schön. Wenn ich dann um Ihren Namen und die Anschrift bitten darf.« Sie schreibt die Angaben auf einen Zettel. »Ja«, sagt sie ins Telefon, »der Preis stimmt. So wie es auf der Internetseite angegeben ist.« Kleine Pause. »Genau. Sie werden sich hier wohlfühlen. Wissen Sie schon, wann Sie ungefähr ankommen werden?« Sie notiert auch die Uhrzeit. »Wunderbar. Ich erwarte Sie und wünsche eine gute Anreise. Auf Wiederhören.«

Schweigend schauen Schultes zu, wie Sina die Daten in den Buchungskalender überträgt.

»Und was ist mit der Buchungsbestätigung?«, fragt Frau Schulte. »Wir brauchen immer eine Buchungsbestätigung. Fürs Finanzamt und falls der Gast einfach nicht kommt, dann ...«

»Nun lass doch diese blöde Bestätigung, Renate«, fährt ihr Mann sie an. »Wer sind Sie, was machen Sie hier, wie kommen Sie hier rein, und wer gibt Ihnen das Recht, hier alles anzupacken?«, fragt er an Sina gewandt.

»Ich ... Das Gesetz?«

»Ha, das wüsste ich aber!«

»Ich bin die neue Eigentümerin.«

»Ha«, wiederholt Herr Schulte aufgebracht, »das wüsste ich aber.«

»Ich habe die Pension gekauft.«

»Ganz sicher nicht, junge Frau. Wer soll sie Ihnen denn veräußert haben?«

Sein sarkastischer Tonfall gefällt Sina nicht.

»Die Häusermaklerin. Heide-Bruchsal heißt sie.«

»Nie gehört«, sagen beide Schultes wie aus einem Mund.

Sina tritt einen Schritt zurück. Sie fühlt einen Schmerz, als habe ihr jemand einen Schlag auf den Solarplexus gegeben. Von dort macht er sich breit und schnürt ihr den Hals zu. Das ist ihr nicht passiert, nein – das kann einfach nicht sein. Wer macht denn so etwas? Ist sie auf eine Betrügerin reingefallen? Dabei hat sie immer gedacht, ihr würde so etwas niemals passieren. Wenn sie Berichte über Betrugsfälle im Fernsehen sieht, denkt sie immer: Wie dumm muss man sein, um denen auf den Leim zu gehen? Jetzt weiß sie es: vermutlich genauso dämlich wie sie selbst. Die Angst sitzt im Solarplexus. Das hat sie mal irgendwo gehört oder gelesen. Jetzt spürt sie es. Ihr wird übel. Sie sackt zusammen, kauert sich auf den Boden, die Arme um die Unterschenkel geschlungen, die Stirn auf den Knien. Das hat sie schon als kleines Kind getan, wenn Papa sie ausschimpfte, weil sie mal wieder irgendjemanden unhöflich behandelt hatte. Indem sie ihn zum Beispiel nicht gegrüßt hat. Er brauchte lange, um anzuerkennen, dass die Gesichtsblindheit seiner Tochter nichts mit schlechtem Benehmen zu tun hatte. Was für blöde Sachen man in so einem Fall doch denkt. Und genauso wie damals, als sie sich als Kind betrogen und hintergangen fühlte, geht es ihr jetzt.

Frau Schulte kommt zu ihr, ergreift Sinas Hände und zieht sie hoch. »Einigeln können Sie sich später immer noch, junge Dame. Jetzt müssen wir etwas tun. Gehen wir in den Salon und reden darüber.« Sie nimmt Sina am Arm und führt sie in den Frühstücksraum. »Mädchen, Sie sind ja ganz blass um die Nase. Setzen Sie sich erst einmal. – Winfried, bitte geh in die Küche und hol uns einen Schnaps.« Sie deutet in die Richtung, als wisse ihr Mann nicht, wo die Küche ist.

»Hier liegt ein Köter«, hören sie ihn Sekunden später zetern. »In diesem Haus sind Tiere unerwünscht!«

»Er redet Unsinn, wenn ihm etwas widerfährt, das er nicht einschätzen kann. Natürlich sind Hunde hier willkommen.« Etwas lauter sagt Frau Schulte: »Lass gut sein, Winfried. Wir haben jetzt Wichtigeres zu tun, als auf deine angebliche Hundephobie Rücksicht zu nehmen.«

**

»Da steht ein Mann mit einem vollen Schnapsglas in der Hand in deiner Küche und sagt, er darf das und du sitzt im Frühstücksraum.« Cloe nickt Frau Schulte kurz zur Begrüßung zu und geht vor Sina, die zusammengesunken auf einem Stuhl sitzt, in die Hocke. »Mein Gott, du bist ja ganz blass. Was ist passiert?«

Sina greift sich an den Hals und will das nicht glauben. Sie bekommt kein Wort heraus.

»Sie wurde betrogen«, sagt Frau Schulte.

»Von wem? Und woher wissen Sie das?«

»Ich bin Renate Schulte, die Eigentümerin dieses Hauses.«

»Oh nein.« Cloe schüttelt den Kopf. »Da irren Sie sich. Meiner Freundin Sina gehört jetzt die Pension.« Sie schaut Sina fragend an. Die sitzt bewegungslos auf dem Stuhl und starrt nach draußen.

In kurzen, knappen Sätzen erklärt Frau Schulte Cloe die Situation. Winfried Schulte kommt aus der Küche und flößt Sina einen Sanddornschnaps ein.

»Austrinken«, fordert er. »Es wird sich sicherlich alles aufklären.«

»Gib mir auch einen Schnaps«, verlangt Renate Schulte, »ich muss den ersten Schock hinunterspülen.«

»Ich stell mir gerade vor«, sagt Cloe und kann es immer noch nicht fassen, »wie ich aus dem Urlaub nach Hause zurückkomme, und die Haustür steht offen. Ich weiß gar nicht, was ich zuerst denken würde.«

Renate Schulte nickt wissend. »Mein erster Gedanke«, sagt sie, »war: Meine Nachbarin, die einen Schlüssel für Notfälle hat, ist im Haus, hat schon mal durchgelüftet und erwartet uns.«

»Die von nebenan?« Cloe verzieht das Gesicht.

Frau Schulte lacht. »Man muss die Menschen so nehmen, wie sie sind.«

»Ich dachte sofort an Einbrecher«, sagt Winfried Schulte. »Die sind heutzutage so dreist und kommen am helllichten Tag.«

»Erst als Herr Maibaum Ihrer Freundin den Schlüssel gab, geriet ich ein wenig in Panik«, ergänzt Frau Schulte. »Der sollte mir eigentlich nicht mehr ins Haus kommen, letztes Jahr hat er uns einen solchen Saustall hinterlassen, dass wir das Zimmer zwei Tage nicht vermieten konnten. Dann dachte ich, dass ich etwas verwechselt haben könnte und unsere Nachbarin so lieb war und ihn reingelassen hat.« Sie schaut zu Sina, der genau wie Frau Schulte immer noch die Panik im Nacken sitzt. Etwas läuft hier ganz und gar schief.

Es braucht fast eine Stunde und einen großen Becher Kaffee,

bis beide Parteien sich einigermaßen beruhigt und gegenseitig über alles informiert haben.

Ja, die Schultes hatten das Immobilienbüro vor einiger Zeit aufgesucht. »Um uns zu erkundigen, was das Haus wert ist. Wir spielen mit dem Gedanken, zu unserer Tochter zu ziehen.«

»Aber wir haben nichts ausgemacht. Und zu dem Preis, für den Sie die Pension angeblich erstanden haben«, sagt Winfried Schulte, »hätten wir niemals verkauft.«

Und nein, sie hätten auch keinen Blanko-Verkaufsvertrag oder irgendeine Vollmacht beim Makler oder einem Notar unterschrieben, geschweige denn hinterlegt. Zwar sei Herr Friedrichsen aus dem Immobilienbüro in der Pension gewesen und habe sich alles angesehen, um für alle Fälle ein Dossier zu erstellen, doch eine Auftragsvergabe könne Herr Schulte ausschließen, er sei zudem von der Seriosität des Maklers überzeugt. Ganz sicher habe der Mann bei der Gelegenheit keinen Haustürschlüssel vom Board mitgehen lassen.

»Die Firma gibt es hier schon seit Jahrzehnten. Die können sich einen Betrug gar nicht erlauben. Außerdem arbeiten dort keine Frauen, nur der Geschäftsinhaber und sein Stellvertreter, keine … Wie hieß noch gleich Ihre Dame, Frau Fuchs?«

»Tanita Heide-Bruchsal.«

»Nie gehört. Den Vornamen hätte ich mir bestimmt gemerkt.« Renate Schulte ist sich sicher.

»Ich rufe jetzt die Polizei«, sagt Sina mit zittriger Stimme.

»Das sollten Sie tun«, entgegnet Herr Schulte düster. »Ihre Anzahlung ist auf jeden Fall futsch.« Dafür bekommt er von seiner Ehefrau einen Klaps auf den Unterarm.

»Nun mach der Frau Fuchs doch nicht noch mehr Sorgen. Sicherlich ist alles nur ein Missverständnis.«

»Optimistin.«

»Wir werden die Arme jetzt nicht mit dem Schlamassel alleinlassen, Winfried. Wir müssen ihr helfen. Schließlich betrifft es uns ja irgendwie auch.«

»Wie du meinst, Schatz. Aber eines ist sicher …« Er runzelt die Stirn und verkündet in einem Tonfall, der keine Widerrede zulässt: »Die vom Maklerbüro können was erleben. Es ist kein gutes Geschäftsgebaren, wenn man Betrügern seine Büroräume überlässt.«

»Vorher holst du aber die kleine Momo wieder rein. Sie war jetzt lange genug im Garten.« Als er protestieren will, hebt seine Frau den Zeigefinger. »Es gibt jetzt Wichtigeres als deine eingebildete Phobie.«

»Aber –«

»Kein Aber. Und zieh dir etwas anderes an. Wenn du die Leute schon zur Schnecke machen willst, solltest du wenigstens einen Anzug tragen. Das macht mehr her.«

Cloe bittet Frau Schulte, sie ebenfalls einen Augenblick zu entschuldigen, und zieht Sina die Treppenstufen hinauf. »Ich muss dir was sagen. Gehen wir in mein Zimmer, da sind wir unter uns.«

In dem Doppelzimmer, das Cloe bewohnt, sinkt Sina erschüttert aufs Bett. »Ich weiß nicht, was ich tun soll.« Bis eben konnte sie die Tränen noch zurückhalten, jetzt füllen sich ihre Augen.

»Heulen kannst du später.« Cloe reicht ihr ein Papiertaschentuch. »Ich sage dir, was wir machen. Wir begleiten Herrn Schulte ins Maklerbüro.«

Sina schnäuzt sich die Nase. Sie fühlt sich auf einmal einsam und verlassen, obwohl ihre beste Freundin ihr zur Seite steht und ihr helfen will. Und sie ist Winfried Schulte dankbar, dass er sofort den Immobilienmakler aufsuchen will, um alles aufzuklären. Es ist nicht selbstverständlich, dass Fremde einem helfen. Das sagt sie Cloe, die ihr sofort den Wind aus den Segeln nimmt.

»Wir begleiten Herrn Schulte. Und ehe du fragst, sage ich dir auch, warum. Ist dir schon der Gedanke gekommen, dass die beiden«, sie deutet auf den Fußboden, »mit dieser Tanita unter einer Decke stecken könnten?«

»Die Schultes? Niemals. Die sind doch auch betrogen worden. Der Gedanke, dass jemand während deiner Abwesenheit in deinen Sachen stöbert, ist wahrlich nicht schön. Nein, die Schultes sind ebenso reingelegt worden wie wir.«

»Wirklich?« Cloe setzt sich zu Sina aufs Bett und legt einen

Arm um sie. »Was, wenn die das zusammen ausgeheckt haben? Erstens teilen sie sich die sechzigtausend. Immerhin dreißigtausend für jeden. Und zweitens haben wir eine Woche kostenlos für die Schultes gearbeitet. Wir haben Geld eingenommen, auf das sie sicherlich Anspruch erheben. Wir haben alle Zimmer für die Saison fertig gemacht und schon einige Reservierungen für sie angenommen. Also profitieren sie auch zukünftig von unserer kostenlosen Arbeit. Oder glaubst du, die werden dich und mich dafür bezahlen?«

»Nein, das glaube ich nicht – und damit meine ich deinen Verdacht. Niemand überlässt all sein persönliches Hab und Gut freiwillig einem Wildfremden.« Sina denkt an die Dinge wie Unterwäsche, Hörgerät, Fotoalben, private Briefe, Kontoauszüge, Steuerunterlagen und sonstige Papiere, egal ob privat oder geschäftlich, in die sie Einblick hatte.

»Stimmt. Das ist ein Argument, aber nur ein sehr schwaches.«

»Wenn die Schultes mit drinhängen würden, hätten sie bestimmt einiges weggeräumt. Die Liebesbriefe zum Beispiel. Die sind doch sehr privat.«

»Hast du sie gelesen?«

»Nein. Ich fand es unanständig.«

»Da siehst du's. Ganoven verlassen sich auf die Anständigkeit der Leute, die sie betrügen.«

»Na, ich weiß nicht.«

»Ich aber. Verlass dich drauf, ich werde die beiden im Auge behalten. Los jetzt. Sonst geht er noch ohne uns weg.«

»Wir begleiten Sie, Herr Schulte.« Sinas Stimme erlaubt keine Widerrede. Obwohl sie Cloes Verdacht nicht teilt, ist es richtig, mit ihm mitzugehen und den Geschäftsinhaber zur Rede zu stellen.

»Dann los.« Cloe schiebt die Ärmel ihrer Bluse hoch, als wolle sie sich auf einen Ringkampf mit den Leuten im Maklerbüro vorbereiten.

Zu dritt betreten sie wenig später das Büro. Als sie die Stufen zur Eingangstür hochsteigen, erinnert Sina sich daran, wie sie

sie zum ersten Mal mit Stöckelschuhen erklommen hat. Das scheint eine Ewigkeit her zu sein.

Winfried Schulte hält Sina und Cloe die Tür auf.

»Herr Schulte!« Die Stimme des Mannes hinter dem Schreibtisch, an dem vor wenigen Tagen Tanita Heide-Bruchsal saß, klingt angenehm überrascht. Er springt auf und kommt ihnen entgegen. Keine Spur von Verlegenheit, Angst oder Beklemmung ist an ihm zu erkennen. Er scheint ein reines Gewissen zu haben – oder er ist ein verdammt guter Schauspieler.

Der Mann schüttelt Schulte dienstbeflissen die Hand.

»Haben Sie einen Moment?« Schulte klingt unfreundlich, doch sein Gegenüber scheint es nicht zu bemerken.

»Für Sie doch immer, Herr Schulte. Der Chef ist leider nicht im Haus, aber Sie können sich darauf verlassen, dass ich mit Ihrer Pension bestens vertraut bin.« Jetzt erst wendet er sich Cloe und Sina zu und reicht auch ihnen die Hand. »Siebenkötter mein Name.« Jovial deutet er auf die beiden Besucherstühle. »Bitte, die Damen, nehmen Sie doch Platz.«

Aalglatt und ein Schleimer, denkt Sina und ist zu aufgeregt, um sich Einzelheiten seines Aussehens zu merken.

»Moment, Herr Schulte, für Sie habe ich auch einen Stuhl.« Er verschwindet durch die Tür neben dem Bild mit dem Leuchtturm, der von einer heranrauschenden Welle umschlungen wird, und kehrt mit einer weiteren Sitzgelegenheit zurück. Umständlich, so als wolle er sie Herrn Schulte unter den Hintern schieben, wieselt er um ihn herum. Als sie endlich Platz genommen haben, setzt Siebenkötter sich wieder hinter seinen Schreibtisch und strahlt, als habe er irgendeinen ersten Preis gewonnen. Er fragt: »Womit kann ich den Herrschaften dienen?«, hebt dann aber die Hand, noch ehe einer von ihnen den Mund aufmachen kann. Auf dem Drehstuhl macht er eine Kehrtwendung und nimmt ein hölzernes Kästchen vom Aktenschrank. »Ein Pralinchen, die Herrschaften?«

Schulte verneint.

Sina und Cloe wechseln einen verstohlenen Blick und lehnen ebenfalls ab.

»Sie erlauben doch?« Mit spitzen Fingern kreist seine Hand über dem Kästchen. Er findet das Objekt seiner Begierde und fischt es heraus. Umständlich schält er das glitzernde Zellophan ab und steckt die Praline in den Mund. »Möchten Sie wirklich keines?« Siebenkötter spricht mit vollem Mund, dann schluckt er die Schokoladenpracht herunter.

Vermutlich fließt hier auch Schampus, wenn ein Vertrag abgeschlossen wird.

Während Siebenkötter genüsslich schmatzt, weiß Sina nicht, ob sie sauer oder belustigt reagieren soll. Sie möchte gleichzeitig schreien und lachen. Cloe scheint es anders zu empfinden, sie ist ganz ruhig. Vielleicht ist dieses Getue ja in vornehmer Gesellschaft so üblich. Cloe hat von Schickimicki mehr Ahnung.

»Ein Gläschen Sekt, die Damen?«

Cloe und Sina möchten keinen.

»Na dann! Womit kann ich dienen?«

»Meine Pension –«, beginnt Schulte.

»Ja, mein lieber Herr Schulte. Die kann ich schnell an den Mann bringen. Dafür gibt es viele Interessenten, und wenn Sie wollen«, er zwinkert Schulte zu und faltet das Zellophan zusammen, »kann ich bestimmt noch dreißig, ach, was sage ich, fünfzigtausend Euro mehr herausschlagen. Sie müssen mir nur grünes Licht geben, dann lege ich sofort los.«

Sina holt laut Luft. Am liebsten würde sie dem Lackaffen eine Ohrfeige verpassen. »Zuerst will ich meine sechzigtausend wiederhaben«, ruft sie und springt auf.

»Wie bitte? Ich verstehe nicht.« Siebenkötter wirkt verwirrt. »Was für sechzigtausend?«

»Ich möchte auf der Stelle mit Frau Heide-Bruchsal sprechen.«

»Wer soll das sein?« Siebenkötter schaut ratlos von einem zum anderen.

»Ihre Mitarbeiterin.«

»Tut mir leid, ich kenne niemanden mit diesem Namen.«

»Ach nein? Die Frau Heide-Bruchsal, die Sie angeblich nicht kennen, kennt sich aber gut in Ihrem Büro aus.«

»Das ist … Wie gesagt, ich kenne keine …«

»Und wie erklären Sie sich dann, dass wir genau hier«, sie tippt mit dem Zeigefinger auf die Schreibtischplatte, »die Pension Krabbe gekauft haben?«

»Sie haben schon verkauft, Herr Schulte?« Siebenkötter wirkt enttäuscht. »Aber das sollte doch unser Büro machen.«

»Hat es doch auch«, mischt Cloe sich ein. »Sie Idiot. Verstehen Sie denn nicht? Genau hier hatten wir ein Verhandlungsgespräch. Die Frau hat uns alle Unterlagen gezeigt, und später sind wir uns einig geworden.«

»Das kann unmöglich sein.«

»Sechzigtausend Euro haben wir vorab bezahlt. In bar.«

»Unmöglich.«

»Glauben Sie, wir lügen?«

»In den letzten vierzehn Tagen war hier geschlossen. Makler machen schließlich auch mal Urlaub«, behauptet Siebenkötter. »Sie können also nicht hier gewesen sein. Auf gar keinen Fall. Sie irren sich, Frau …«

»Graf.« Cloe greift nach einer Praline, wickelt sie aus und stopft sie sich demonstrativ in den Mund. Siebenkötter betrachtet sie angeekelt.

Sina hingegen hat die Faxen dicke und geht zum Aktenschrank. Sie zieht eine Schublade auf. Es hängen jede Menge Hefter, versehen mit Namensschildern, darin. Ehe sie sie durchsehen kann, steht Siebenkötter neben ihr, schiebt sie beiseite und die Lade wieder zu. Sina kann eben noch die Finger herausziehen, sonst wären sie eingeklemmt worden. »Verlassen Sie sofort mein Büro.«

»Das werden wir nicht tun«, grollt Winfried Schulte, der nun ebenfalls aufgestanden ist. »Setzen Sie sich, Siebenkötter. Wir haben einiges zu klären.«

»Ich denke nicht.« Siebenkötters Zeigefinger weist zur Tür.

»Wir werden zurückkommen, wenn Ihr Chef da ist.«

»Auf keinen Fall wird der Sie noch sehen wollen.« Siebenkötter zeigt weiter auf die Ladentür. »Raus. Sonst hole ich die Polizei.«

»Das ist eine gute Idee.«

Draußen bleiben sie unschlüssig stehen.

»Gehen wir zur Polizei.« Sina kann nicht glauben, dass Siebenkötter unschuldig ist.

Cloe ist der gleichen Meinung, nur Schulte ist unsicher.

»Das«, er deutet mit dem Daumen auf das Geschäftsbüro, »ist ein renommiertes Maklerbüro. Wenn sich herumspricht, dass die ihre Kundschaft betrügen, können die dichtmachen. Und glauben Sie mir, auf einer Insel spricht sich so etwas schnell herum. Wenn an den Beschuldigungen also womöglich nichts dran ist … Wir sollten wiederkommen, wenn der Chef da ist.«

Cloe kramt in ihrer Handtasche. Zum Vorschein kommt die Visitenkarte der Notarin: »Da rufst du jetzt an.«

Sina fragt gar nicht erst, wie sie darangekommen ist, tippt die Telefonnummer ins Handy und drückt auf »Verbinden«.

»Anwälte und Notare Freitag & Sohn. Was kann ich für Sie tun?«

»Ich möchte Frau Susanne Möller sprechen.«

»Wer soll das sein?«

»Frau Möller. Die Notarin, sie arbeitet doch bei Ihnen.«

»Tut mir leid, aber eine Frau Möller gibt es hier nicht.«

Ihr wird erneut übel, ihr Magen rebelliert. Säure wandert die Speiseröhre hinauf, Sina muss heftig schlucken. Sie holt tief Luft. »Dann möchte ich Ihren Chef sprechen«, krächzt sie.

»Herrn Freitag junior oder senior?«

»Wer ist denn für Kaufverträge zuständig?«

»Beide Herren sind Anwälte und Notare. Also sind auch beide –«

»Den Senior bitte«, unterbricht Sina.

Kurz und knapp erläutert sie Herrn Freitag ihr Anliegen.

»Tja, Frau Fuchs, da kann ich Ihnen leider nicht weiterhelfen. Das letzte Mal, dass meine Kanzlei auf einer Insel einen Kaufvertrag abgeschlossen hat, ist gut und gerne zwei Jahre her. Und das war auf Amrum. Ich rate Ihnen, gehen Sie zur Polizei und erstatten Sie Anzeige. Ach, eines noch …«

»Ja?«

»Sollten Sie später einen Anwalt brauchen, wenden Sie sich vertrauensvoll an mich. Würden Sie mir zudem eine Kopie der Vollmacht zusenden, die angeblich vom Amtsgericht für mein Büro ausgestellt worden sein soll, um die Verkäufer zu vertreten?«

»Die habe ich leider nur gesehen. Aber ich habe eine Visitenkarte von Ihnen.«

»Die, meine liebe Frau Fuchs, kann man in jedem Fachgeschäft drucken lassen. Melden Sie sich bitte bei mir, wenn Sie mehr wissen. Schließlich bin ich ebenso wie Sie daran interessiert zu erfahren, wer auf diese Weise meinen Namen missbraucht.«

Sina kann nur noch »Auf Wiederhören« sagen.

»Und?«, fragen Cloe und Herr Schulte gleichzeitig.

»Die kennen keine Anwältin namens Möller.«

»Lassen Sie uns in die Pension zurückgehen und beraten, was wir tun können.«

✳✳✳

»Und?«, fragt Renate Schulte, als sie eintreten. Momo liegt auf ihrem Schoß und lässt sich kraulen. »Was habt ihr erreicht?«

Nicht viel.

»Herr Siebenkötter weiß von nichts«, sagt Winfried Schulte, und Cloe fügt leise hinzu: »Wer's glaubt.«

»Du wirst mit seinem Chef sprechen müssen, Winfried. Der ist doch bei den …«, sie schnippt mit den Fingern, »wie heißt der Club noch mal? Ist ja egal. Dein Kumpel Klaus ist da doch auch Mitglied. Der soll dem Mann mal auf die Finger klopfen.« Sie setzt Momo auf den Fußboden und steht auf. »Aber ehrlich gesagt kann ich mir nicht vorstellen, dass die mit dieser Tanita unter einer Decke stecken. Ihr Ruf wäre ruiniert.«

»Bleibt die Frage, wie diese vermeintliche Maklerin das Büro nutzen konnte, ohne dass die Eigentümer es merkten.«

Renate Schulte wedelt mit einem Blatt Papier. »Ich habe mir mal die Unterlagen angesehen, die man Ihnen gegeben hat. Die

Grundrisszeichnung ist echt. Die Angaben zum Haus auch. Aber die Rentabilitätsberechnung ist ein Witz. Kein Wunder, dass so viele Festländer«, sie hebt beschwichtigend die Hand, »nichts gegen Sie, Sina, so wild auf Ferienhäuser auf den Inseln sind.« Sie wedelt weiter mit dem Papier und setzt eine Lesebrille auf, um die Daten besser ablesen zu können. »Die gehen von fast dreihundert Vermietungstagen im Jahr aus.«

»Richtig.« Cloe wirft ihre Handtasche auf einen der Stühle im Frühstücksraum. »Die Maklerin meinte, dreihundertvierundsechzig Tage im Jahr kann man nicht schaffen. Schließlich muss man mal selbst Urlaub machen, jemand wird krank, oder man hat zwischen den Buchungen eine kleine Lücke.«

»Schön auswendig gelernt«, sagt Renate Schulte. »Alles gelogen. Wenn das stimmte, wären alle Insulaner Millionäre. Und glauben Sie mir, wir sind keine. Diese Rechnung hier«, sie wirft das Papier auf den Tisch, »ist erstunken und erlogen.«

»Aber dann stimmt doch die ganze Kalkulation nicht mehr«, sagt Sina, ehe ihr bewusst wird, dass ja sowieso alles zum Teufel ist, ihr gehört hier nichts mehr. Sie ist auf jeden Fall die Betrogene.

»Im Januar und Februar«, erklärt Renate Schulte, »lässt sich so gut wie nichts vermieten. Wer will schon bei Sturm, Regen und Eiseskälte am Strand spazieren gehen? Ja, in den Sommerferien, da können wir uns vor Buchungsanfragen kaum retten, aber das sind nur wenige Wochen im Jahr. Wenn man realistisch kalkulieren will, sollte man mit hundertzwanzig bis maximal hundertsechzig Tagen im Jahr rechnen. Alles, was dann noch hinzukommt, darüber darf man sich freuen.« Sie macht einen Schritt auf Sina zu. »Winfried«, ruft sie. »Bring uns noch einen Schnaps. Ich glaube, wir können jetzt alle einen vertragen.«

»Kommt sofort.«

Sie drückt Sina auf einen der Stühle und streichelt ihre Schulter. »Kopf hoch. Es wird alles wieder gut. Nun, vielleicht nicht sofort, aber wie sagte meine Großmutter immer: In hundert Jahren ist alles vorbei.«

»Lass deine Sprüche, Renate. Hier.« Winfried Schulte stellt

eine Flasche Sanddornschnaps und vier Gläser auf den Tisch und schenkt großzügig ein. »Oben muss das Glas voll sein«, murmelt er.

Cloe hebt die Hand, um abzulehnen.

»Keine Scheu, schönes Fräulein.« Er reicht ihr vorsichtig ein Glas. »Das hebt die Stimmung, und gesund ist es auch. Wussten Sie, dass drei dieser winzigen Sanddornbeeren mehr Vitamin C in sich tragen als eine ganze Zitrone?«

Cloe schüttelt den Kopf.

»Na, denn man prost! Nicht lang schnacken, Kopp in'n Nacken.« Er kippt den Sanddornschnaps hinunter und sieht zufrieden, dass seine Frau, Sina und Cloe es ihm gleichtun. Sofort gießt er die leeren Gläser wieder voll. »Auf einem Bein kann man nicht stehen.«

Als auch diese Schnäpse getrunken sind, fühlt sich Sina tatsächlich ein wenig besser.

»Was ich vorhin eigentlich sagen wollte«, Renate Schulte deutet auf die Unterlagen, die Tanita zusammengestellt hat, »bis auf den Schwachsinn mit den Vermietungsdaten stimmt alles, was da drinsteht. Da frage ich euch, wie kommt die Dame an die Daten ran? Das sollten wir herausfinden. Winfried, lass deine Beziehungen spielen.«

»Und du deine. Ich schlage vor, du rufst deine Chorfreundin an. Die bei den Babbelgüütjes immer so schief singt.«

»Babbelgüütjes?« Cloe schaut verwirrt.

»Borkumer Platt für Plaudertasche«, sagt Winfried Schulte tadelnd. »Ihr kommt doch aus Leer, da solltet ihr Plattdeutsch verstehen. Auf jeden Fall solltest du sie anrufen, Renate. Bei der wohnt immer dieser Kripomensch vom Festland. Vielleicht kann der ja helfen.«

»Und ich sollte jetzt zur Polizei gehen«, sagt Sina.

Cloe steht auf. »Ich komme mit.«

NEUN

»Verflucht sollen die beiden Weiber sein.« Sechs Wörter, die Sinas ganze Verzweiflung ausdrücken.

Die Freundinnen fahren auf den Rädern der Schultes über den Greune-Stee-Weg und an dessen Ende in Richtung Norden. Am Kuckucksturm, dem rot-weißen Quermarkenfeuer aus dem Jahr 1928, biegen sie nach links in die Emsstraße ein. Am Friedhof geht es nach rechts, immer die Süderstraße entlang. Sie kommen am Maibaumplatz vorbei und biegen schließlich in die Neue Straße ein. Bis zum Rathaus fahren sie. Dann müssen sie absteigen. Die Wilhelm-Bakker-Straße ist voll mit Fußgängern. Sie schieben ihre Räder bis zur Villa Scherz, deren Eigentümer das Gebäude im Stil der vorletzten Jahrhundertwende belassen haben, und stehen nach wenigen Schritten vor dem Polizeigebäude.

»Da sind Fahrradständer.« Cloe deutet darauf, und schon hat Sina ihres hineingeschoben. »Willst du nicht abschließen? Nicht dass sie geklaut werden.«

»Das macht den Kohl jetzt auch nicht mehr fett.«

»Nun lass doch den Kopf nicht so hängen.« Cloe deutet auf die Eingangstür. »Die werden uns schon helfen.«

Sina ist da weniger optimistisch. Sie drückt auf den Klingelknopf. Ein leises Summen ertönt, und sie betreten den Vorraum. Ein Uniformierter kommt ihnen entgegen. »Kann ich Ihnen helfen?«

»Ich möchte Anzeige erstatten.«

»Oh, ich habe gerade viel zu tun. Folgen Sie mir bitte. Mein Kollege, Herr Kutschbauer, wird sich Ihrer annehmen.«

Hätten die Umstände es nicht preisgegeben, Sina wäre nie darauf gekommen, dass Kutschbauer Polizist ist. In seiner Gegenwart fühlt sie sich sofort wohl und gut aufgehoben. Das ist ihr bei einem Hüter des Gesetzes noch nie passiert. Wie viele Menschen hat sie Polizisten gegenüber immer ein schlechtes

Gewissen, obwohl ihres stets rein ist. Dieser Mann ist ihr jedoch auf Anhieb sympathisch. Kutschbauer – ein komischer Name.

»Nehmen Sie bitte Platz. Was kann ich für Sie tun?«

Sina erzählt, was passiert ist. Kutschbauer unterbricht sie zweimal, um etwas zu fragen und genauer erklärt zu bekommen, die restliche Zeit hört er zu und macht sich Notizen. Cloe sitzt schweigend daneben. Endlich kommt Sina zum Ende der Geschichte. Sie fühlt sich erleichtert und in sicheren Händen. Erwartungsvoll schaut sie ihn an.

»Nun, das hört sich böse an.«

»Können Sie mir helfen?«

»Ich werde es versuchen.« Er deutet auf die Computertastatur. »Zuerst schauen Sie sich am besten die Bilder unserer Kleinkriminellen an.«

»Sechzigtausend Euro Schaden sind ein bisschen mehr als klein«, murrt Cloe.

»So ist es.« Sina kämpft mit den Tränen. »Es ist ein Vermögen und eine absolute Katastrophe.«

»Zeigen Sie uns besser gleich die Schwerverbrecher«, meint Cloe und tätschelt Sinas Hand. »Die ganz schweren Jungs.«

»Sie meinen Frauen.« Kutschbauer dreht den Bildschirm so zu Sina herum, dass sie einen guten Blick darauf hat. »Schauen Sie sich die Bilder in Ruhe an.«

Sina wechselt mit Cloe einen schnellen Blick. Auf Fotos und in Filmen jemanden wiederzuerkennen, den Sina nur kurze Zeit gesehen hat, ist viel schwerer, als wenn sie den Menschen in natura gegenübersteht. Dann kommt mehr als nur das Aussehen zum Tragen. Stimme, Bewegung, Geruch, bestimmte Ticks, der Gang und mehr.

»Wir schauen gemeinsam«, sagt Cloe.

»Natürlich.« Kutschbauer dreht den Bildschirm in die alte Position zurück. »Dann kommen Sie doch bitte zu mir herum.« Für Sina räumt er seinen Stuhl und bleibt neben ihr stehen, Cloe positioniert sich auf der anderen Seite. Zu dritt klicken sie sich durch die Bilderkartei.

»Da, das ist die Anwältin«, sagt Cloe, und Sinas Herz klopft bis zum Hals. Sie haben die erste Frau identifiziert. »Kann man das Bild vergrößern?«

Kutschbauer beugt sich vor und betätigt die Computermaus.

»Nein«, sagt Cloe. »Doch nicht. Sie sieht ihr ähnlich, ist es aber nicht.«

Es dauert eine ganze Weile, bis sie alle Fotos der betrügerischen Kriminellen durchgesehen haben.

»Die beiden sind nicht dabei?«, fragt Kutschbauer.

»Nein. Was machen wir nun?«

»Ich nehme Ihre Anzeige gegen unbekannt auf. Die geht dann zur Staatsanwaltschaft und –«

»… wird nach wenigen Wochen ungeklärt geschlossen.« Cloe zupft an ihrem Maxikleid. Seide, gelb, vorn mit elf Knöpfen. Das Original von Karl Lagerfeld in Kombination mit der gelben Handtasche »Sun Yellow« würde fast einen Tausender kosten. »Einer Arbeitskollegin ist es mit einem Taschendieb ähnlich gegangen. Die Ermittlungen gegen unbekannt wurden eingestellt.«

»Was ist mit einer Phantomzeichnung?«, fragt Sina.

Kutschbauers Miene verändert sich nur wenig, dennoch kann sie an seinem Gesichtsausdruck sehen, dass dieser Aufwand vermutlich nur bei Entführungen und Mord betrieben wird. »Zuerst nehme ich die Personenbeschreibung auf«, sagt er, »dann sehen wir weiter.«

Sina und Cloe nicken, gehen um den Schreibtisch herum und setzen sich wieder auf die Besucherstühle.

»Wer beginnt?« Sein Blick bleibt an Sina hängen. Ihre Wangen bekommen ein wenig Farbe.

»Die Maklerin ist einen Meter siebzig groß«, sagt Cloe, weil Sina den Mund nicht aufbekommt. »Etwa fünfundsiebzig Kilo, schmale Hüften und ein Po wie Jennifer Lopez. Blonde lange Haare. Sie trug sie hochgesteckt.« Sie lehnt sich zurück. »Aber Sina kann die beiden viel besser beschreiben.«

»Okay.« Kutschbauer schiebt die Computertastatur zurecht und trägt Cloes Information ins Formular der Personenbeschreibung ein.

»Ja, blonde Haare«, bestätigt Sina. »Und sie hat angewachsene Ohrläppchen.«

Kutschbauer schaut sie fragend an.

»So wie Sie.« Sina zupft an ihrem Ohrläppchen. »Nicht so wie meine.«

Kutschbauer tippt es ein. »Und die Augen?«

»Braun. Aber darauf würde ich mich nicht verlassen, denn Kontaktlinsen gibt es in allen Farben. Braun ist die beste Kontaktlinsenfarbe, um die eigene Augenfarbe zu überdecken.« Sina sieht ihn dennoch fünf Buchstaben auf der Tastatur anschlagen. »Die Brauen sind gezupft und neu gezeichnet.«

Kutschbauer tippt und brummt: »Das werde ich nie verstehen. Erst reißen sie sie sich heraus, dann zeichnen sie sie nach.«

»Verändert man die Augenbrauen, verändert sich das Gesicht.«

»Wenn Sie das sagen. Und der Mund?«

»Schmale Lippen, kein ausgeprägter Amorbogen.«

»Amorbogen? Was ist das denn?«

Sina deutet auf ihre Oberlippe und formt mit dem Zeigefinger die Welle unter der Nasenspitze nach. »Bei manchen Menschen ist der Amorbogen flach, bei anderen ausgeprägt. Frauen schminken ihn gern mit Lippenstift ein wenig größer. Es gibt auch Leute, die haben so gut wie gar keinen Amorbogen. Die Lippen der Maklerin haben keine Besonderheit, an der man sie sofort identifizieren kann.«

»Wer hat denn Ihrer Meinung nach ›besondere‹ Lippen?«

»Angelina Jolie.« Die Antwort kommt wie aus der Pistole geschossen. Angelina Jolie ist eine der wenigen Filmschauspielerinnen, die Sina auf der Mattscheibe auf Anhieb bestimmt. »Ihren Mund allein in einem Bildausschnitt erkennt jeder sofort. Die Zähne der Maklerin sind weiß. Strahlend weiß. Zahnfarbe eins, würde ein Bekannter von mir jetzt sagen. Er ist Zahntechniker und schimpft jedes Mal, wenn sich Kunden für ihre dritten Zähne statt der eigenen Zahnfarbe diese aussuchen. Da kann man sich gleich ein Schild um den Hals hängen«, Sina deutet mit zwei Fingern die Größe des Schildes an, »auf dem steht: ›Achtung, seht her, ich habe falsche Zähne.‹ Deshalb, Herr Kutschbauer, vermute ich, dass sie ihre Zähne hat machen lassen, oder sie hat zur Tarnung auf die eigenen andere aufgesetzt.« Sina macht mit dem linken Daumen eine Bewegung, als wolle sie eine Zahnprothese hochdrücken. Sie seufzt und schließt die Augen. »Die Notarin hat einen gelblichen Augenzahn rechts. Damit sollte sie zum Zahnarzt gehen, doch ich vermute mal, dass er nur aufgemalt war, um kränklich zu wirken. Sie trug nämlich definitiv eine Perücke und hatte so eine graue Hautfarbe. Wahrscheinlich bloß Schminke. In der Aufregung, man kauft schließlich nicht jeden Tag eine Pension, habe ich das nicht bemerkt.«

»Auf jeden Fall beobachten Sie besser als andere Augenzeugen. Aber eins nach dem anderen. Zuerst die Maklerin.«

Sina nickt und reibt sich mit dem Zeigefinger das Kinn. »Ihre Fingernägel sind schmal, sie waren rot lackiert, und sie rieb oft mit dem Daumen an den Nagelkanten entlang.« Ein Tick. Viele Menschen haben einen, ohne sich dessen bewusst zu sein. Sina kennt einen Mann, der alle paar Minuten den Kopf gegen die rechte Schulter drückt, als wolle er sich etwas von der Wange streichen.

»Reibt Daumen an den Fingerkanten entlang«, murmelt Kutschbauer beim Schreiben. »Das passt gar nicht ins Feld hinein. Schön, sonst noch etwas?«

»Mehr fällt mir im Augenblick nicht ein.«

»Du hast das Tattoo vergessen«, sagt Cloe.

»Genau. Am rechten Fußknöchel.«

»Wie sah es aus?«

»Ich glaube, es sind Runen. Könnten auch chinesische Zeichen sein. Sie trug kein Parfüm, roch aber leicht nach Lavendel. Vermutlich eine Seife.«

»Beeindruckend. Sonst höre ich nur: mittelgroß, mittelblond. Und die andere Frau?«

Sina beschreibt, so gut sie kann, Susanne Möllers Aussehen, und Cloe ergänzt, was für Klamotten die Frauen trugen. Hersteller und Preise inklusive. »Alles echte Ware, sündhaft teuer, Herr Kommissar. Kein Fake, das sehe ich sofort.«

»Schön.« Er klatscht sich auf die Oberschenkel. »Dann habe ich erst mal alles. Ich werde der Sache nachgehen und dem Maklerbüro heute noch einen Besuch abstatten.«

»Da waren wir schon. Die behaupten, während der vergangenen zwei Wochen gar nicht geöffnet gehabt zu haben. Und eine Tanita Heide-Bruchsal kennen sie angeblich nicht.«

»Möchte wetten, die heißt nicht so und ist auch gar keine Irin«, sagt Cloe dumpf.

»Apropos Irin. Die Notarin stammt vielleicht aus Österreich«, ergänzt Sina.

»Aha.«

»Ja, sie hat so einen Klang in der Stimme, der mir sagt, dass das sein könnte.«

»Ich frage Sie, Herr Kommissar«, hebt Cloe verdrossen an, »wie kam diese Tanita Heide-Bruchsal in die Räumlichkeiten des Maklerbüros? Woher wusste sie, dass die Schultes längere Zeit verreist sind, wie kam sie an die Schlüssel der Pension ran, und was sagen die von der ›Ostfriesenzeitung‹ dazu? Dort ist ja die Anzeige aufgegeben worden. Wie –«

»Stopp, Frau Graf. Ich kümmere mich darum. Frau Fuchs, wo kann ich Sie in den nächsten Tagen erreichen?«

Ja, wo? Sinas Wohnung besteht zwar noch, ist aber gekündigt, ebenso wie die Arbeitsstelle, und in der Pension Krabbe kann sie ja wohl nicht mehr lange bleiben.

»Bald nirgends, fürchte ich.« Sina schaut zum Fenster hinaus. Jetzt nur nicht in Tränen ausbrechen, das bringt dich keinen Schritt weiter, denkt sie.

»Nun, Ihre Handydaten habe ich. Kopf hoch. Das wird schon. Ich melde mich bei Ihnen.«

Doch so optimistisch ist Sina nicht. Die Sicherheit, die sie in Kutschbauers Nähe empfand, ist verschwunden, als sie draußen auf der Straße stehen.

»Was mach ich nur?« Jetzt kann Sina die Tränen nicht mehr zurückhalten. Cloe nimmt sie in den Arm.

»Wir schaffen das.«

»Du hast recht«, sagt Sina tapfer, allerdings mehr, um Cloe zu beruhigen, und macht sich von ihr los. »Wir machen sie fertig. Die beiden blöden Weiber stöbern wir auf, scheuchen sie aus ihren Löchern und bringen sie zur Strecke.«

»So ist es recht«, meint Cloe. »Ich bin dabei.«

Jetzt fehlt nur noch ein Plan.

✳✳✳

»Wer war denn die Frau in den schicken Klamotten?« Polizeiobermeisterin Dakota Wagner, die Kollegin von Bernhard Kutschbauer, schaut den beiden Frauen versonnen lächelnd hinterher. »Sie ist für Borkum viel zu elegant angezogen. Aber vielleicht will sie ja gleich noch zu einer Hochzeit oder einer Vernissage? Gibt es im Kurhaus zurzeit eine?«

»Keine Ahnung.« Für Kunst interessiert sich Bernhard Kutschbauer eher weniger. »Sie gefällt dir?«

Kurz wechseln die beiden einen Blick. Dakota nickt. »Vermutlich genauso wie dir der kleine Rotfuchs.«

»Du kennst Sina Fuchs?«

»Heißt sie so? Na, das passt zu ihr. Und die andere?«

»Cloe Graf.«

»Eine Gräfin, wie schön.« Dakota hält Bernhard Kutschbauer die Akte hin, wegen der sie hier ist. »Und? Was wollten die beiden von dir?«

Kutschbauer ahnt, dass sich Dakotas Frage nicht auf berufliche Dinge bezieht. Seine Kollegin ist mehr daran interessiert, wie die beiden Frauen zueinander stehen.

»Die Rothaarige, also Frau Fuchs, ist auf Trickbetrüger hereingefallen.« Er will nach den Unterlagen greifen, doch Dakota schiebt sich an ihm vorbei ins Büro und legt die Mappe auf seinen Schreibtisch. Unaufgefordert nimmt sie auf dem Stuhl Platz, auf dem vor ihr Cloe Graf gesessen hat. »Erzähl mir alles«, fordert sie Bernhard auf.

Und das tut er.

»Wir sollten sie einstellen«, meint Dakota ein wenig später.

»Wie meinst du das?«

»Diese Personenbeschreibungen. Die klingen fast so, als sei diese Frau Fuchs ein …« Sie schnippt mit den Fingern. »Wie heißen die noch gleich? Ah, ja. Super-Recognizer. Das sind Menschen, die nie ein Gesicht vergessen. Ich habe gelesen, dass die bei der Londoner Polizei mittlerweile fest angestellt sind. Sie helfen, Kriminelle zu finden, indem sie Überwachungsvideos durchforsten. – Schau nicht so skeptisch, das stimmt. Wenn beispielsweise ein Bankräuber beim Raub von einer Überwachungskamera aufgenommen wurde, kann ein Super-Recognizer ihn unter vielen Hunderten Menschen auf anderen Aufnahmen wiederentdecken. Am Bahnhof, Flughafen oder auch bloß ein paar Straßen weiter. Hat er das Gesicht einmal gesehen, ist es für immer hier oben«, sie tippt sich gegen die Stirn, »abgespeichert. Faszinierend. Bei Untersuchungen, ich glaube, es ging um Gesichtsblinde, sind Wissenschaftler über diese Fähigkeit gestolpert. Die betroffenen Menschen, man schätzt es sind etwa zwei Prozent der Bevölkerung, wissen oft gar nicht, dass sie diese Begabung haben.«

»Woher weißt du das alles?«

»Gab letztens eine Doku im Fernsehen. Wie willst du in diesem Fall vorgehen?«

»Um sie einzustellen, meinst du?«

»Quatsch, rede keinen Unsinn.«

Kutschbauer grinst und fragt sich im selben Moment, ob Sina Fuchs jetzt jedem beschreiben kann, wie seine Zähne aussehen und wie viele Nasenhaare zu sehen sind. Ein wenig verlegen drückt er sich kurz die Nasenlöcher zu. »Zuerst gehe ich zum Makler. Er hat sicherlich nichts damit zu tun, sein Ruf ist ausgezeichnet und –«

»Du kennst ihn vermutlich persönlich«, unterbricht ihn Dakota.

»Stimmt. Deswegen kann ich mir auch keinen Reim darauf machen. Vielleicht hat sein Mitarbeiter etwas damit zu tun.«

»Den kennst du auch?«

»Nein, der ist mir vollkommen unbekannt. Deswegen werde ich ihn als Ersten durchleuchten. Anschließend …« Er schaut auf die Uhr. Schon fast acht, er hat längst Feierabend. »Nein, gleich morgen früh ruf ich bei dem Anwalt an, auch wenn Sina das bereits gemacht hat.«

»Ah, ihr seid schon per Du? Guck nicht so böse. Auf jeden Fall solltest du beim Berufsverband für Anwälte anrufen. Vielleicht gibt es das Büro in Kiel ja gar nicht.«

»Das kann ich sofort nachprüfen.« Die Suchmaschine seines Computers findet die Website der Anwaltskanzlei auf Anhieb. »Doch, die gibt es.«

»Okay«, sagt sie. »Hätte ja sein können, dass die Anwälte mit drinstecken. Und was kannst du noch tun?«

»Ein Anruf bei der ›Ostfriesenzeitung‹ kann nicht schaden. Irgendjemand muss ja die Anzeige aufgegeben und bezahlt haben.«

»Soll ich mal checken, ob Ähnliches auf den anderen Inseln oder an der Nordseeküste angezeigt wurde?«

»Mach das, aber besser gleich landesweit.«

Dakota schenkt ihm ein Lächeln, bei dem die Knie eines jeden Mannes weich werden würden, nur nicht seine. Erstens ist Dakota nicht sein Typ, und zweitens hat er sich geschworen, nie mehr etwas mit einer Arbeitskollegin anzufangen. Da kann es ihm nur recht sein, dass Dakota an einer Beziehung mit Männern nicht interessiert ist.

»Ich habe da noch eine Idee«, sagt sie, steht auf und verlässt den Raum.

»Verrätst du mir auch, welche?«, ruft Kutschbauer ihr hinterher. Doch es ist zwecklos, Dakota hört ihn nicht mehr.

∗∗∗

Auch Cloe ist etwas eingefallen. »Gleich morgen früh klappre ich die Modegeschäfte ab. Vielleicht hat unsere Freundin«, sie malt mit den Fingern Anführungsstriche in die Luft, »ihre schicken Designerklamotten hier auf der Insel gekauft.«

»Ich kann mir kaum vorstellen, dass es auf Borkum Designerware zu kaufen gibt. Nach dem, was ich in den letzten Tagen gesehen habe, laufen hier nur stinknormal gekleidete Leute herum.«

»Ja. Dieser Freizeitlook ist sehr ermüdend. Nun sei doch nicht so pessimistisch, Sina. Hier wird es auch elegante Kleidung zu kaufen geben. Einen Versuch ist es wert. Haben die Schultes gesagt, wie lange wir bleiben können?«

»Darüber haben wir noch nicht gesprochen. Bis morgen auf jeden Fall, denn heute fährt ja kein Schiff mehr.« Sinas Augen füllen sich mit Tränen. »Ich weiß überhaupt nicht, wo ich hinsoll.«

Die rechtliche Lage ist klar. Sina hat keinerlei Anspruch auf die Pension. Sie kann sogar von Glück sagen, dass die Schultes keine Anzeige gegen sie erstatten. Schließlich haben Sina und Cloe ja Hausfriedensbruch oder illegale Hausbesetzung begangen. Hier kann sie also nicht bleiben. Ihre alte Arbeitsstelle wird sie bestimmt zurückbekommen, so schnell kann Frau Wollensieger keine Nachfolgerin gefunden haben. Doch die Wohnung in Leer hat sie zum Quartalsende gekündigt, und die ist garantiert schon weitervermietet worden. Wenn sie bis Ende Juni nichts anderes gefunden hat, bedeutet das zurück zu Mama und Papa ins Kinderzimmer. Oh Graus.

»Kopf hoch, Sina. Der Polizist hat auf mich einen kompetenten Eindruck gemacht. Bestimmt kann er dir helfen. Du wirst schon sehen.«

Beruhigende, aber leere Worte, das ahnen beide.

»Du musst den anderen Bescheid sagen«, sagt Cloe.

Ja, das muss sie. Es wird ein schwerer Gang werden. Hoffentlich wird es die Freundschaften nicht zu sehr strapazieren, denn Sina wird im Zweifelsfall Jahre brauchen, um ihre Schulden zurückzuzahlen.

Apropos Schulden. Siedend heiß läuft es ihr den Rücken herunter. Bei der Vertragsunterzeichnung hat sie auch Bankunterlagen unterschrieben. Was, wenn die Kreditsumme inzwischen überwiesen wurde und beide Betrügerinnen mehr als nur die sechzigtausend Euro auf Sinas Kosten ergaunert haben? In ihren Eingeweiden breitet sich kaltes Grausen aus. Vor lauter

Panik meint sie, sich gleich übergeben zu müssen. Entsetzt und unfähig, sich zu bewegen, starrt sie Cloe an.

»Was ist los? Du siehst aus, als hättest du einen Geist gesehen.«

Sina glaubt, kaum reden zu können, greift sich an den Hals und krächzt: »Ich muss sofort zur Bank.«

»Aber heute nicht mehr. Schau mal auf die Uhr.«

∗∗

»Aggen, Pension Seewind. Guten Abend, Frau Busboom.«

»Guten Abend, Frau Aggen. Gibt es Probleme mit unserer Buchung für den Sommer?«

»Nein, nein, keine Bange. Damit ist alles in Ordnung. Drei Wochen im Juli, dieselbe Ferienwohnung wie immer. Deswegen rufe ich nicht an. Es geht um etwas ganz anderes. Ist Ihr Mann zu sprechen?«

»Moment, ich hole ihn. – Focko«, ruft Gesche Busboom, »es ist für dich.« Flüsternd ergänzt sie: »Borkum – Frau Aggen.«

»Frau Aggen, guten Abend.«

»Herr Kommissar, ich hoffe, ich störe nicht. Es ist schon spät, aber es ist wichtig. Eine Freundin von mir, wir singen gemeinsam bei den Babbelgüütjes, ist betrogen worden. Oder genauer gesagt eine junge Frau, die im Moment bei ihr wohnt, hat man hereingelegt. Ihr wurde von Betrügern die Pension Krabbe verkauft, als die Schultes, die richtigen Eigentümer, verreist waren.«

Es dauert eine Weile, bis Frau Aggen dem Kriminalhauptkommissar die Details der »Räubergeschichte«, wie sie sich ausdrückt, erläutert hat.

»Und nun, lieber Herr Kommissar, frage ich mich, wo wir uns doch schon so lange kennen, ob Sie da nicht etwas tun können.«

»Zuerst sollte die Geschädigte Anzeige erstatten.«

»Das werde ich ausrichten. Und dann?«

»Wird alles seinen Weg gehen.«

»Aber sonst, können Sie da nicht … Wo Sie doch so ein hohes Tier bei der Kripo sind …«

»Ich schau mal, was ich tun kann, Frau Aggen. Aber zuerst muss eine Anzeige erfolgen. Die Borkumer Polizeidienststelle wird sich der Sache verlässlich annehmen, bei den Kollegen Becker und Kutschbauer ist die junge Frau in den besten Händen.«

»Danke, Herr Kommissar, ich werde es weiterleiten. Wir sehen uns spätestens im Juli. Auf Wiederhören.«

ZEHN

»Hallo, Papa«, sagt Sina, nachdem sie die Nummer ihrer Eltern gewählt hat. »Kann ich mal eben mit Mama sprechen?«

»So früh am Morgen? Ist etwas passiert?«

»Alles gut. Gib mir Mama.«

»Sie befindet sich auf einem spirituellen Erkenntnisweg.«

»Aha. Und wo ist der?«

»Im Wohnzimmer.«

»Papa, nur weil Mama ab und an mal Räucherkerzen anzündet, ist sie noch lange keiner philosophischen Lehre verfallen.«

»Das fehlte gerade noch. Es reicht schon, dass ich diesen Gestank aushalten muss. Jetzt schleppt sie mir auch noch Klangschalen ins Haus.«

Sina hat andere Sorgen. Sie braucht ein wenig Trost, und wenn es nur telefonisch ist. »Kann ich Mama jetzt sprechen?«

»Ich gehe ja schon.«

Sina hört, wie ihr Vater den Flur entlangläuft. Dann knistert und raschelt es in der Telefonleitung. Eine Tür schließt sich.

»Ist Papa wieder am Meckern?«, fragt ihre Mutter. »Hallo, mein Schatz.«

»Er sagt, du hast jetzt Klangschalen?«

»Vermutlich meint er die neue Obstschale, die ich mir gekauft habe.«

Trotz ihrer Anspannung muss Sina lächeln. Papa mosert immer, wenn Mama etwas Neues ins Haus bringt. Er kennt den Unterschied zwischen Porzellan und Metallschalen genau, muss aber immer einen blöden Kommentar abgeben.

»Du klingst bedrückt, Schatz.«

Ihrer Mutter konnte Sina schon als kleines Mädchen nichts vormachen. Sogar über hundert Kilometer hinweg merkt sie, wenn es ihr schlecht geht.

»Mama, hier läuft im Moment alles schief.«

»Ach, Liebes. Aller Anfang ist schwer. So eine Pension zu führen, ist kein Kinderspiel. Du schaffst das schon. Und wenn nicht, komme ich rüber und helfe dir. Im Putzen bin ich unschlagbar.«

»Danke, Mama. Aber …« Sina spürt, wie ihre Stimme kippt. Jetzt bloß nicht heulen.

»Was ist los?«

Sina erzählt ihr alles. »Und wenn ich Pech habe, Mama, sind die verlorenen sechzigtausend Euro meine kleinste Sorge.« Sie rückt mit ihrem Verdacht heraus, dass die Betrügerinnen inzwischen die ganze Summe für den Pensionskauf einkassiert haben könnten. »Du warst ja dabei, als ich den Vertrag unterschrieben habe. Die Überweisung erfolgt automatisch.« Sina schluchzt auf und greift nach einem Papiertaschentuch.

»Zuerst beruhigst du dich mal«, mahnt Ella Fuchs, und Sina ist unendlich dankbar, keine Gardinenpredigt zu bekommen. »Wir finden bestimmt eine Lösung, Liebes.« Die Stimme ihrer Mutter klingt, als sei sie fest davon überzeugt. »Jetzt trockne deine Tränen, und dann rufst du sofort bei der Bank an und verlangst einen Termin, damit wir wissen, woran wir sind.«

Das hat Sina schon längst getan. Der Termin mit dem Kreditsachbearbeiter ist in ein paar Stunden. »Mama?«

»Ja, mein Schatz?«

»Ich habe dich lieb.«

Sina betritt mit klopfendem Herzen die Bank und geht an den Schalter. Im Stillen betet sie, dass noch kein Geld angewiesen wurde und es noch möglich ist, den Kredit zu kündigen.

»Ist Ihnen nicht gut?« Die Bankangestellte schaut besorgt. »Sie sind ganz blass.«

»Danke, geht schon. Ich habe in zehn Minuten einen Termin. Es geht um einen bereits bestehenden Kredit.«

»Sicherlich bei unserem Herrn Flörcher. Er ist ein netter Kerl, vor dem muss sich niemand fürchten. Kredite sind unser Geschäft. Also kein Grund zur Sorge. Ich sehe mal nach, ob er jetzt schon für Sie Zeit hat.«

Herr Flörcher hat.

Sina sitzt ihm an seinem Schreibtisch gegenüber. Der Mann sieht aus, wie man sich einen Bankangestellten vorstellt. Anzug, Krawatte, Hemd. Blaue Augen mit passender blauer Brille, schmaler Oberlippenbart, klein und hager. Die Haare kurz, Scheitel links. Sina wird ihn aufgrund der ausgefallenen Sehhilfe und seiner schiefen Unterlippe wiedererkennen können. Sie erzählt ihm ihre Geschichte.

Der Banker schüttelt bestürzt den Kopf und macht ein mitleidiges Gesicht. »Da sind Sie aber einem gehörigen Schwindel auf den Leim gegangen. Haben Sie den Kreditvertrag mitgebracht?«

Sina überreicht ihm die Unterlagen.

Flörcher schiebt die Brille auf die Nasenspitze und schaut sich die Unterlagen an. »Ja«, murmelt er, »der sieht aus, als käme er von uns.« Es dauert eine gefühlte Ewigkeit, bis er vieles gelesen und das meiste überflogen hat. »Soso«, nuschelt er zwischendurch. Gefolgt von einem »Nee, oder?« und »Komischer Zinssatz«.

Sina fühlt sich gar nicht wohl. Bittere Gallenflüssigkeit steigt ihr die Kehle hoch. Sie schluckt ein paarmal heftig. Jetzt nur nicht dem Herrn Flörcher auf den Schreibtisch spucken. Der Schweiß steht ihr auf der Stirn, ihr Unterhemd ist schon durchgeschwitzt.

»Dann schauen wir mal.« Flörcher legt die Papiere beiseite und wendet sich seinem Computerbildschirm zu.

Jetzt kommt es. Sina schließt die Augen, als könnte sie das, was er gleich feststellt, einfach ausblenden. Lieber Gott, bitte hilf mir, fleht sie.

»Wie bitte?« Flörcher schaut sie kurz an, dann wendet er sich erneut dem Bildschirm zu.

»Ich habe wohl laut gedacht.« Sinas Puls rast. Sie fühlt, wie alles Blut in ihre Füße sackt. Wenn sie nicht sitzen würde, wäre sie jetzt vermutlich umgefallen. Ihr ist schwindlig, helle Flecken flimmern vor ihren Augen. Sie schließt sie und reißt sie wieder auf. Was ist nun mit dem Kredit?

Sinas Hals fühlt sich an wie zusammenschnürt. Verflucht, ist das hier heiß. Sie schwitzt, als hätte sie einen Marathon hinter sich. Das Blut rauscht in ihren Ohren.

»Was?«

»Ich habe es gleich, einen Moment noch.« Flörcher schaut immer noch konzentriert auf seinen Bildschirm. Ab und an klickt die Computermaus.

Tief Luft holen, sonst erstickst du, ermahnt Sina sich selbst in Gedanken. »Was ist nun mit …?«

»Dem Geld?«, vollendet er den Satz. »Tja, ich habe es gleich«, wiederholt er.

Für seine Schnelligkeit müsste er den Spitznamen »Prinz Valium« bekommen. Flörcher blickt weiter auf den Bildschirm, dann steht er auf und nimmt eine Akte aus dem Regal. Die schlägt er auf und setzt sich wieder. Blättert. Schaut Sina besorgt an, blättert erneut. »Fuchs ist Ihr Name?«

»Ja. Sina Fuchs.«

Er seufzt. Lehnt sich auf dem Stuhl zurück, schiebt die Brille hoch und lächelt ein wenig. Gequält? Verkniffen? Entschuldigend oder als wäre er bei etwas Verbotenem erwischt worden? Sina kann aus seinem Gesicht nichts herauslesen.

»Nun sagen Sie schon.«

»Tja, es ist so.« Er lehnt sich wieder vor, legt die Unterarme auf den Schreibtisch und sieht Sina an. »Der Kredit ist …« Er stockt.

Sadist, denkt Sina. Oder will er das Unvermeidliche hinausschieben, um sie zu schonen? Sie spürt die harte Rückenlehne des Stuhls. Die Sitzfläche ist auch nicht sehr bequem. Irgendwo in der Bank hört sie ein Telefon klingeln, eine Frau lacht kurz auf, Stimmengemurmel. An der Wand hinter Flörcher hängt das Bild schief, und die Wand könnte ein wenig Farbe gebrauchen.

Flörcher räuspert sich. »Ich habe drei Kredite auf den Namen Fuchs.«

Sina wird schwindlig. Gleich fällt sie vom Stuhl.

»Aber keinen auf den Vornamen Sina. Ihr Kreditvertrag ist, wie ich schon vermutet habe, eine Fälschung. Das wäre ja auch noch schöner, wenn jeder, gute Beziehungen hin oder her, für andere Leute Kredite aufnehmen könnte. Und das in dieser Höhe.«

Sinas erster Impuls ist, aufzuspringen und den Mann zu küssen. Doch sie bleibt still sitzen. Eine Träne läuft ihr über die Wange. Mit dem Ärmel wischt sie sie weg. Ihr Gefühl der Ohnmacht ist verschwunden. Erleichterung stellt sich ein. Und Wut auf die Betrügerinnen.

Das werden sie ihr büßen. Diese beiden Betrügerinnen müssen sich warm anziehen, sollte Sina sie jemals erwischen.

»Frau Fuchs? Frau *Fuchs*?« Herr Flörcher tätschelt Sinas Hand. »Alles in Ordnung?«

»Ja.«

»Den Wisch«, er deutet auf Sinas Kreditvertrag, »können Sie zerreißen.«

»Oder zur Polizei bringen.«

»Stimmt, Frau Fuchs. Er ist vermutlich ein Beweismittel. Ich hoffe, dass größerer Schaden nun von Ihnen abgewendet ist. Wenn ich sonst noch etwas für Sie tun kann, wissen Sie ja, wo Sie mich finden. Für eine junge Frau ist die Investition in eine Frühstückspension genau das Richtige, wenn Sie mich fragen. Meine Bank wird Sie darin gern unterstützen, sollten Sie noch mal ein geeignetes Objekt finden.«

»Schön wäre es, aber mein Eigenkapital ist leider futsch.«

Er schüttelt zum Abschied Sinas Hand. »Ich wünsche Ihnen alles Gute.«

✳✳✳

»Wow, Schwein gehabt.« Cloe, die mit Momo während des Banktermins in der Fußgängerzone auf und ab gelaufen war, schließt Sina in die Arme. »Fast wärst du Minus-Millionärin geworden. Gib mir mal dein Handy.«

»Wen rufst du an?«

Cloe hat vor Aufregung einen hochroten Kopf. »Liam. Er kann uns helfen.«

»Liam, unser Computernerd?«

»Kennst du noch einen anderen? Ich denke, wir sollten ihn nicht so nennen. An ihm ist ein Hacker verloren gegangen. Auf den Computertasten ist er flink wie ein Wiesel. Wenn es überhaupt jemand schafft, etwas über diese beiden kriminellen Weiber herauszubekommen, dann er.«

»Mein Schwager Henning hat auch Informatik studiert.«

»Der ist zu ehrlich. Liam muss ran.«

Anrufen muss ich Henning trotzdem, denkt Sina. Und ebenso die anderen. Es müssen alle erfahren, dass ihre Investition futsch ist.

»Liam? Hier ist Cloe. – Ja, ich weiß, es ist Sinas Handy. Hör zu, du musst mir helfen. Sina braucht dich, ganz dringend. Warum, erzähl ich dir später. – Nein, das hat keine Zeit. Komm einfach her.«

»Tu mir den Gefallen«, ruft Sina in Richtung Handy.

»Da hörst du's. Also, schwing deinen hübschen Arsch auf die Insel. Und Liam – bring dein Equipment mit. – Genau. Deine Hackerqualitäten sind gefordert.« Cloe gibt Sina das Handy zurück. »Er kommt. Du solltest mit den Schultes sprechen. Vielleicht können wir alle noch ein paar Tage bei ihnen wohnen.«

»Alle?« Sina schnauft. Schlecht ist Cloes Gedanke nicht. Zehn Gehirne denken mehr als zwei. Sie beide, Björn und Rebecca sind ja schon da, Liam ist auf dem Weg. Fehlen noch Wolfgang, Sinas Schwester und Schwager und ihre Eltern. Doch sie will die Freundlichkeit der Schultes nicht über Gebühr beanspruchen.

»Wäre es nicht einfacher, wir verlassen die Insel?«

»Sina, du wirst doch jetzt nicht aufgeben.«

»Nachforschen können wir auch vom Festland aus.«

»Nein, Sina. Irgendetwas sagt mir, dass wir hierbleiben müssen. Ruf alle an.«

»Aber nicht Papa.« Seine Vorwürfe klingen Sina schon jetzt in den Ohren. Sie seufzt. Irgendwann wird er es ohnehin erfahren müssen. »Also gut. Einige Zimmer sind noch frei.« Sina hat den Vermietungskalender für diesen Monat im Kopf. »Ich werde mit den Schultes sprechen.«

Die beiden sind sofort einverstanden. Sie fühlen sich ebenfalls hintergangen und möchten die Angelegenheit geklärt wissen. Sinas »Investoren« können alle im Haus übernachten. »Wir werden gemeinsam beratschlagen, wie es weitergehen soll.«

»Oh, eines muss ich Ihnen noch beichten.« Fast hätte Sina vergessen zu erwähnen, dass sie bereits Personal eingestellt hat.

»Viel schlimmer kann es wohl kaum werden«, sagt Renate Schulte mit einem Lachen, doch sie sieht angespannt aus.

Sina muss tief Luft holen. »Ich habe eine Reinigungshilfe eingestellt.«

»Was?« Frau Schultes Augen werden groß. »Sie haben *was*?«

»Tut mir leid.«

Doch statt zu schimpfen, nimmt Frau Schulte sie in den Arm und drückt sie fest an sich. »Sina, Sie sind wunderbar. Putzfrauen sind eine aussterbende Spezies.«

»Genau das hat Ihre Nachbarin auch gesagt.«

»Frau Surkamp? Na, die wird vor Neid platzen, wenn sie hört, dass wir eine Reinigungskraft haben. Wie heißt die gute Frau, wer ist sie, wann kann sie anfangen, und was für ein Gehalt haben Sie vereinbart?«

»Sie heißt Elena und ist schon seit zehn Jahren auf Borkum. Sie ist verheiratet, ihr Ehemann lebt auch hier. Und sie plant, bald eine Familie zu gründen. Ich habe ihr gesagt, ein Baby zur Arbeit mitzunehmen sei kein Problem. Der vereinbarte Lohn ist ein paar Euro höher als der gesetzliche Stundenlohn, ich hoffe …«

Weiter kommt Sina nicht. Renate Schulte drückt ihr einen Kuss auf die Wange. »Das war goldrichtig. Sina, Sie sind ein Schatz. Wissen Sie, wie lange ich schon nach einer Hilfe suche? Und dann kommen Sie, und zack«, sie schnippt mit den Fingern, »stellen Sie eine ein.«

»Morgen früh werden Sie sie kennenlernen.«

»Elena und wie weiter?«

»Die Daten habe ich hier.« Sina kramt den Zettel, auf dem sie Elenas Namen und Telefonnummer notiert hat, aus den Tiefen ihrer Hosentasche hervor und reicht ihn Frau Schulte.

✳✳✳

»Verrätst du mir jetzt, warum Liam all sein Computerequipment mitbringen soll?«

»Der Gedanke kam mir, als du in der Bank warst. Du weißt, dass mein Schaufensterbummel einem bestimmten Zweck diente. Leider gibt es hier keinen Gucci-Laden oder Ähnliches. Wir sind nun mal nicht auf Sylt, dennoch haben einige Geschäfte Qualitätsware.«

»Du meinst Schickimicki-Klamotten?«

»Designerware, Sina. Sei froh, dass ich mich da auskenne. Wenn ich den Laden, in dem die Maklerin eingekauft hat, nämlich erst mal gefunden habe, sind wir ihr auf der Spur, dann muss Liam ran.«

»Liam? Der trägt Jeans, die er seit zwanzig Jahren im Schrank hängen hat.«

»Klar. Aber er kann herausbekommen, wem die Kreditkarte gehört, mit der die Klamotten bezahlt wurden. Er kann das Konto der Betrügerin hacken. Und schwupp, kennen wir ihren richtigen Namen.«

»Okay. Dann müssen wir ja nur noch den Laden finden und die Verkäuferin davon überzeugen, dass sie uns einfach so ihr Zahlungsgerät überlässt.«

»Sei doch nicht so pessimistisch, Sina. Sollten wir auf Widerstand stoßen, können wir ja immer noch diesen netten Polizisten auf sie ansetzen. Der wird sie schon dazu zwingen.«

✳✳✳

Sina sitzt mit Momo auf der Terrasse und betrachtet die wilden Dünenrosen im rückwärtigen Teil des Gartens. Den Gang nach

Canossa hat sie hinter sich gebracht und die Anrufe erledigt, mehr kann sie heute nicht tun.

Die Sonne wird bald untergehen, die Luft beginnt sich bereits abzukühlen. Ihre letzten Strahlen werden sich hinter den Birken am Grundstücksende verkriechen und Schatten auf die Rosen werfen. Wenn die Büsche in voller Blüte stehen, werde ich nicht mehr hier sein, denkt Sina und möchte am liebsten für immer hier sitzen bleiben. Sie sollte Lucie und Frau Schulte bei der Zubereitung des Abendbrotes helfen, doch sie mag sich nicht bewegen und verspürt auch keinen Appetit.

Lucie und Henning sind gleich nach dem Telefonat losgefahren und mit dem Flugzeug herübergekommen. Aus der Pensionsküche dringen Laute, als habe ihre Schwester erneut Porzellan zerschlagen. Lucies Hilfe hat Frau Schulte bislang einen Teller, zwei Gläser und das, was eben zu Bruch gegangen ist, gekostet. Dennoch zaubert das Klirren ein Lächeln auf Sinas Gesicht. Weder von ihrer Schwester noch von Henning hat sie Vorwürfe gehört. Im Gegenteil. Henning hadert eher mit sich selbst. Schließlich war er beim Vertragsabschluss und der Hausbesichtigung dabei und schöpfte keinerlei Verdacht.

Sina hört Schritte und sieht zur Seite. Es ist Lucie. Sie hat eine große Tüte Krabben gekauft, die sie jetzt auf den Terrassentisch legt. Unter dem Arm hat sie eine alte Zeitung, die sie auseinanderfaltet und mit deren Seiten sie die Tischfläche bedeckt. Dann schüttelt sie gut hundert Granat aus der Tüte auf den Tisch, ein paar fallen zu Boden.

Momo will sich sofort über die Köstlichkeit hermachen.

»Momo, nein.« Mit dem Handrücken wischt Sina sich eine Träne fort und blickt in Momos Augen. Die Hündin senkt den Kopf, als habe sie ebenfalls Kummer. Sie weiß genau, dass sie keine Krabben fressen darf, da sie für Hunde zu salzig sind.

»Sie bettelt nur«, sagt Lucie. Mit flinken Fingern schält sie die Krabben aus ihrem Panzer heraus. Die Tierchen sind schön dick und genau richtig gekocht, sodass sie leicht zu pulen sind. Die Granathülsen landen links auf dem Papier, das Fleisch rechts in einer kleinen Schüssel. »Los, mithelfen«, fordert Lucie

Sina auf. »Wenn die anderen kommen, haben sie sicherlich Hunger.«

Eine Stunde später sind alle Krabben gepult. Lucie schafft es sogar, alles schadenfrei zurück in die Pensionsküche zu bringen. Sina bleibt mit Momo allein zurück.

»Was sitzt du hier herum und leckst deine Wunden?« Henning versperrt ihr den Blick in den Garten. »Komm endlich rein. Wir haben drei Tische zusammengestellt. Lucie hat eingedeckt und dabei nur eine kleine Vase umgeworfen.«

»Wozu brauchen wir zum Abendessen eine Vase?«

»Komm schon. Es sind alle da.«

Kriegsrat. Trotz miesen Anlasses haben die Krabben auf Schwarzbrot gut geschmeckt.

Sina, Lucie, Cloe, Henning, Wolfgang, Björn und Liam sitzen zusammen mit den Schultes im Frühstücksraum. Rebecca ist nicht dabei, sie hat das letzte Schiff zum Festland genommen, weil sie schon um acht Uhr morgen früh eine Ultraschalluntersuchung hat. In der Mitte der Tische liegt die Präsentationsmappe vom Haus, die jeder von ihnen schon gesehen hat.

»Sie können alle Winfried und Renate zu uns sagen. Schließlich sitzen wir ja irgendwie in einem Boot.« Winfried Schulte schaut in die Runde. »Wir möchten auch gern wissen, wer mit unserer Pension Schindluder treibt. Doch wenn wir stören, ist das kein Problem für uns, dann lassen wir Sie allein.«

Sina lächelt ihm zu, dankbar, dass er quasi die Sitzung eröffnet. »Danke, dass ihr uns helfen wollt. Ich bin euch allen dankbar«, ergänzt sie, »dass ihr überhaupt noch mit mir sprecht. Das Geld ist futsch, und wenn kein Wunder geschieht, wird es eine Ewigkeit dauern, bis ich alles zurückzahlen kann.«

Wolfgang macht ein betretenes Gesicht, die anderen blicken Sina erwartungsvoll an. Nur gut, dass Papa nicht dabei ist, der hätte ihr sicherlich Vorwürfe gemacht. Mama wollte lieber zu Hause bleiben und auf ihre Enkeltochter aufpassen. »Und Papa sagen wir erst einmal nichts«, hatte sie ins Telefon geflüstert. »Sein Herz. Er regt sich doch immer so auf.« Mama weiß, dass Papa nur so tut, dennoch ist Sina die Ausrede ganz recht.

Nun sitz hier nicht rum wie ein Häufchen Elend, ermahnt sie sich. Deine Freunde erwarten, dass etwas geschieht.

»Was hast du vor?«, fragt Lucie.

»Um das zu besprechen, sind wir hier.«

»Wir sollten das der Polizei überlassen«, meint Wolfgang.

Cloe zupft an ihrem Kleid. Kurz hat es den Anschein, als wolle sie aufstehen, um eine Rede zu halten. »Ich für meinen Teil will meine zweitausend Euro wiederhaben. Und zwar nicht von Sina, sondern von diesen beiden blöden Weibern. Und wenn ich dieser Tanita-Tussi dazu die teuren Klamotten vom Leib reißen muss, um sie zu verticken. Auf jeden Fall sollen sie es büßen.«

»Gut gebrüllt, Löwe.« Henning reibt mit einer Hand seinen Nacken. Das tut er immer, wenn er nachdenkt oder sich unwohl fühlt. »Hast du auch eine Idee, wie wir an sie rankommen können?«

»Liam wird herausfinden, wo die beiden stecken.«

»Und wie, meine liebe Cloe, soll Liam das machen?«, will Liam wissen.

»Was fragst du mich. Du bist doch der Computerfreak.« Ihr Blick wandert zwischen Liam und Henning hin und her. »Ihr seid es beide. Ihr verdient doch eure Kohle damit. Könnt ihr euch nicht irgendwo online einhacken?«

»Und wie stellst du dir das vor?« Henning greift nach seinem Bierglas und leert es in einem Zug. »Soll ich in die Suchmaschine eingeben«, seine Finger deuten Anführungsstriche an, »›Immobilienmaklerin plus kleinkriminell plus gut gekleidet‹, und schwups, steht da der richtige Name dieser Tanita und auch gleich noch die Adresse dazu?«

»Ja geht denn das?« Lucie knabbert an Salzstangen, die Schale mit den Erdnüssen hat sie schon leer gefuttert.

»Natürlich nicht, Liebes.« Henning nimmt ihr eine Stange ab und steckt sie sich selbst in den Mund.

»Mal verlieren die einen«, murmelt Liam, »mal gewinnen die anderen.«

»Am Ende werden wir gewinnen«, prophezeit Lucie. Die meisten der anderen scheinen da weniger Hoffnung zu haben. Sina rollen Tränen über die Wangen.

Cloe springt auf, fasst sie am Kinn, zieht es hoch, sodass sie sie ansehen muss. »Heulen kannst du später. Gemeinsam schaffen wir das, hörst du? Den beiden dämlichen Trullas werden wir jeden einzelnen Cent wieder aus der Tasche ziehen. Das verspreche ich dir.«

»Deine Zuversicht möchte ich haben.« Wie eigentlich immer sieht Wolfgang aus, als wäre er eben erst von der Bühne gehüpft und als hätte das Theaterstück irgendetwas mit den Golden Twenties zu tun. Die Pomade in seinem Haar passt zu seinen blank polierten Schuhen. Die schwarz-weißen Treter hat er sich für einen Tangotanzkurs gekauft. Sie sind neu, und er muss sie einlaufen.

»Ich habe genug für uns beide«, sagt Lucie. Von Sinas Freunden mag sie Wolfgang am liebsten.

Cloe setzt sich wieder, greift zur Sanddornschnapsflasche und schraubt sie auf. »Wir müssen uns eine Strategie ausdenken. Wie wollen wir es angehen?«

»Schnaps hilft da wenig«, sagt Liam. Er hält dennoch sein Gläschen hoch.

»Kann aber kaum schaden«, entgegnet Renate Schulte.

»Wenn der Typ aus dem Immobilienbüro die Wahrheit gesagt hat und er Tanita Heide-Bruchsal wirklich nicht kennt, müssen wir herausfinden, wie die Frau an die Unterlagen und den Schlüssel für den Laden gekommen ist.«

»Vielleicht hat sie früher mal da gearbeitet.«

»Daher könnte sie einen Schlüssel zu den Räumen haben, und es würde erklären, warum sie sich dort gut auskennt«, sagt Wolfgang. »Doch woher hat sie die Unterlagen?«

»Aus dem Aktenschrank«, sagt Winfried Schulte. »Wir waren vor einiger Zeit dort und haben uns erkundigt, quasi mit einem Verkauf geliebäugelt. Daher stammen sicherlich die Unterlagen. Und dass die Firma für zwei Wochen schließt, stand bestimmt auf deren Internetseite.«

»Sie könnte also tatsächlich schon mal als Maklerin auf der Insel gearbeitet haben.«

»Oder sie ist dort eingebrochen und hat sich alle offen zugänglichen Unterlagen angesehen. So würde ich es machen«, sagt Henning. »Die sind doch nicht so dumm und hinterlassen so eine breite Spur.«

»Jemand muss die Frau während dieser Zeit gesehen haben«, meint Björn. »Die fällt eurer Beschreibung nach doch auf wie ein aufgetakelter Weihnachtsbaum im Hochsommer.«

»Was schaust du mich dabei so an?«, fragt Cloe.

»Wir sollten uns umhören.«

»Das machen wir.« Renate Schulte deutet auf sich und ihren Ehemann. »Wir kennen hier Gott und die Welt.«

»Vielleicht gibt es ja in der Nähe des Immobilienbüros eine Kameraüberwachung?« Lucie langt nach dem gefüllten Schnapsglas, das Liam ihr weiterreicht. Beim Abstellen schwappt ein wenig von der orangefarbenen Köstlichkeit auf die Tischdecke.

»Darum können wir uns kümmern«, sagt Henning mit Blick auf Liam. »Und wir werden mal sehen, was wir alles aus dem Internet herauskitzeln können. Ist gut möglich, dass die Maklerin die Fotos der Pension, die sie auf Hochglanz ausgedruckt und mit irgendwelchen erfundenen Daten versehen hat, aus dem Internet heruntergeladen hat. Dann lässt sich die Spur vielleicht zu einer IP-Adresse zurückverfolgen.«

Cloe deutet auf die Mappe, auf der Liam die Schnapsflasche abgestellt hat. »Ein Blatt darin sieht aus, als wäre es ein Auszug aus dem Katasteramt. Ist vielleicht auch ein Ansatzpunkt.« Sie nimmt die Flasche, greift nach der Mappe und schlägt sie auf. »Hier, schaut am besten selbst noch mal nach. Sieht echt aus. Gib mir noch einen Schnaps, Liam.«

»Was, wenn es keine Kameraaufnahmen gibt? Wie sollen wir die Leute in den umliegenden Geschäften dann fragen, ob sie sie gesehen haben? Wir brauchen ein Phantombild.«

»Was sie anhatte, weiß ich genau. Bilder von den Klamotten finde ich bestimmt im Netz.«

»Am besten druckst du sie farbig aus und machst so eine Art Moodboard daraus«, bestimmt Henning. »Liam?«

Liam schaut auf und weiß sofort, was Henning meint. »Klar, habe ich.«

»Was hat er?«

»Ein Programm, mit dem man Phantombilder erstellt. Sina kann uns alle Details verraten, die sie sich gemerkt hat, dann ergibt sich bestimmt eine deutliche Ähnlichkeit. Das machen wir gemeinsam.« Er meint Cloe, Sina, Liam und sich selbst.

»Was ist mit Sinas Eltern?«, fragt Cloe. »Die haben die Betrügerinnen auch gesehen.«

»Die beiden lassen wir außen vor, solange es geht.« Er zwinkert Sina zu, nicht ahnend, dass seine Schwiegermutter bereits über den Betrug Bescheid weiß.

»Mal angenommen«, Wolfgangs Finger spielen mit dem leeren Schnapsgläschen, »unsere Betrügerinnen haben alle Informationen aus dem Internet gezogen und den Schlüssel zum Maklerbüro gestohlen. Dann mussten sie ja auch noch irgendwie an die Schlüssel der Pension rankommen. Wie geht das?«

Eine Weile bleibt es still, alle überlegen.

Renate Schulte gibt ein erschrockenes Geräusch von sich. »Sie war als Gast hier«, sagt sie und mag es selbst nicht glauben.

»Eine Kopie zu machen ist leicht«, meint Björn. »Dafür muss sie nicht als Gast hier gewesen sein.«

»Stimmt«, sagt Winfried Schulte. »Im Sommer, wenn es warm ist, steht oft den ganzen Tag die Eingangstür offen. »Da kann jeder reinkommen und sich flink einen Schlüssel vom Schlüsselboard mopsen. Wenn er später wieder da hängt, fällt es niemandem auf.«

»Genau so könnten die beiden es auch im Maklerbüro gemacht haben«, meint Cloe. »Sina? Hast du bemerkt, ob der Ladentürschlüssel bei unserem letzten Besuch irgendwo zu sehen war?«

»Ja, er steckte auf der Innenseite in der Tür.«

»Da braucht man sich nur als Kunde ausgeben, den Makler kurz ablenken, den Schlüssel abziehen und einstecken.«

»So einfach kann es gehen«, meint Björn.

»Oder«, nimmt Lucie den Faden auf, »sie hat sich von dem Makler zum Essen einladen lassen oder *ihn* eingeladen. Da fand sich sicher die Gelegenheit, ihm kurz den Schlüssel abzunehmen. Die Komplizin machte während des Essens einen Abdruck, und Tanita schmuggelte ihn an einen Platz zurück. Zack, schon konnte sie in den Laden, sooft sie wollte.«

»Wir werden dem Makler unser Phantombild zeigen müssen. Der Chef von diesem Siebenkötter ist hoffentlich ein hilfsbereiter Mensch.« Sina fühlt sich besser. Es ist schön, Freunde zu haben, die Ideen entwickeln und helfen.

»Sie könnte sich auch mit einem Dietrich Zutritt verschafft haben. Frag den Makler, ob dort vielleicht mal vom Hinterhof aus eingebrochen wurde und ob irgendwo in den Büroräumen ein Ersatztürschlüssel rumliegt, der jetzt weg ist.«

»Ich glaube ja immer noch, dass die beiden mit dem Kerl vom Maklerbüro unter einer Decke stecken«, meint Wolfgang.

»Möglich. Obwohl der Polizist es sofort ausgeschlossen hat.« Sina denkt an Kommissar Kutschbauer. Sie hofft, dass er sich wie versprochen in den Betrugsfall reinknien wird.

»Okay. Was ist mit der Anwaltskanzlei?«

»Ich denke, die können wir ausschließen.«

Henning nickt, doch Liam schüttelt den Kopf. »Schauen wir lieber mal, was wir über die so alles ausgraben können. Sicher ist sicher. Ich könnte mir gut vorstellen, dass die ganze Sache von denen kommt.«

»Liam traut keinem Anwalt über den Weg«, sagt Lucie.

»Wenn die Phantombilder fertig sind«, fragt Björn, »kannst du die durch ein Erkennungsprogramm jagen?«

»So was hat nur die Polizei.« Lucie macht ein enttäuschtes Gesicht. »Oder hast du so ein Programm, Schatz?«

Hennings Antwort ist ein vages Kopfwackeln, und Lucie macht große Augen, ehe sie zwei weitere Salzstangen in den Mund stopft. »Super. Wie heißt es?«

»Darf er dir nicht verraten«, antwortet Björn an Hennings Stelle. Nicht alles, was Liam und Henning mit ihren Computern so treiben, trägt den Stempel »legal«. »Topsecret.«

»So wie bei dir?« Lucie tippt sich gegen den Nasenflügel, und Björn nickt.

Lucie lächelt. Sie ist stolz auf ihren Mann, dann greift sie in die Schüssel mit den Chips. Einige davon fallen auf den Boden, sehr zur Freude von Momo.

»Pass auf, Schatz«, mahnt Henning. »Dem Hund bekommen die gar nicht.«

Ehe Lucie die Chips vom Fußboden einsammeln kann, hat Momo sie vertilgt. Kurz darauf verschwindet der Terrier in der Küche, und man kann ihn an seinem Wassernapf schlabbern hören.

»Also«, fasst Henning zusammen, »wir haben im Augenblick eine winzige Chance, den Ladys auf die Schliche zu kommen. Was noch?«

»Wir könnten in allen Zeitungen nachsehen, ob ähnliche Anzeigen aufgegeben worden sind«, sagt Björn.

»Darum kümmere ich mich«, verspricht Wolfgang.

»Die Polizei?«, ruft Lucie, springt auf und wirft ein Glas um. Zum Glück war es leer. Mit spitzen Fingern, die Mappe nur an den Rändern anfassend, nimmt sie sie vom Tisch. »Hat mal jemand eine Plastiktüte?«

»Wofür denn?«

»Na, wegen der Fingerabdrücke.«

»Da sind inzwischen wenigstens zehn verschiedene drauf. Wir alle haben sie angefasst, und das gleich mehrmals.«

Ja, jeder von ihnen hat das Dossier durchgeblättert.

»Auch die beiden Frauen?«

Cloe und Sina nicken heftig. »Keine von ihnen trug Handschuhe.«

»Da sieht man es mal wieder.« Liam grinst zufrieden. »Jeder Verbrecher macht irgendwann einen Fehler.«

»Okay.« Björn deutet auf Sina. »Du bringst morgen die Mappe zur Polizei. Henning und Liam, ihr seht zu, was ihr aus euren Computern herauszaubern könnt. Wolfgang, du telefonierst die Zeitungen ab. Renate, Sie lassen Ihre Beziehungen spielen und fragen jeden, den Sie kennen.«

»Das sind ganz schön viele.«

»Je mehr, umso besser.«

»Und was mache ich?«

»Du, Lucie, klapperst mit unserem Phantombild, das wir gleich erstellen, die Nachbarschaft rund um das Immobilienbüro ab. Cloe tut das, was sie ohnehin vorhatte und am besten kann, sie besucht alle Klamottenläden.«

»Und ich«, Winfried Schulte deutet auf sich, »stelle ein paar Erkundigungen bei bestimmten Fachleuten an. Schließlich gibt es mehr als ein Maklerbüro auf der Insel. Vielleicht ist bei denen ja Ähnliches vorgekommen. So etwas hängt man sicherlich nicht an die große Glocke.«

»Und was tust du?« Lucie schaut zu Björn hinüber. Der starrt aus dem Fenster.

Dort ist jedoch nur die Spiegelung des Zimmers und der Freunde zu erkennen, draußen ist es dunkel.

»Schon klar«, beantwortet sie sich die Frage selbst. »Nicht nachfragen.« Es klingt sarkastisch. »Sonst musst du uns sicher alle erschießen.«

✳✳✳

Am kommenden Morgen bringt Sina die Phantombilder und die Plastiktüte mit der Infomappe zur Polizei, damit sie dort auf Fingerabdrücke untersucht werden kann.

Der sympathische Kommissar Kutschbauer ist leider nicht da. Den hätte sie garantiert wiedererkannt. Südländischer Typ, Kinngrübchen, hohe Wangenknochen, angewachsene Ohrläppchen, kleiner Leberfleck links neben dem Adamsapfel, dunkle Haare auf den Unterarmen und eine Windpockennarbe kurz vor dem rechten Ohrläppchen. Sie weiß sogar, dass er seinen Kaffee süß mag. Als sie beim ersten Mal sein Büro betreten hat, hat sie gesehen, wie er drei Stück Zucker in seinen Becher fallen ließ. Den Kaffee hat er während ihrer Anwesenheit jedoch nicht getrunken, was darauf schließen lässt, dass er ein höflicher Mensch ist.

Sina spricht mit Dakota Wagner. Eine auffallend hübsche Polizistin mit drei grünen Sternen auf ihrer Schulterklappe. Trotz des breiten Mundes und leicht übereinanderstehender Vorderzähne ist sie sehr apart. Dunkelbraune Augen, schwarzes Haar bis zum Kinn. Sie scheint Sport zu treiben und ist recht dünn. Gern würde Sina erfahren, woher der Name Dakota stammt. Vielleicht hat sie Vorfahren in der amerikanischen Urbevölkerung. Vom Typ her könnte es passen, doch das kann auch Einbildung sein. Auf jeden Fall duftet sie nach Limetten, vermutlich eine Körperlotion.

»Fingerabdrücke?«, fragt Dakota Wagner. »Hat der Kollege das angeordnet?«

»Nein. Die Idee ist von mir. Auf jeden Fall sind die Abdrücke von Tanita Heide-Bruchsal darauf zu finden.«

»Schön. Und wer hat die Mappe noch angefasst?«

Sina zählt die Namen auf.

»Zehn Personen? Das wird schwierig. Zuerst«, Dakota Wagner zeigt ihren Daumen, »müssen alle zehn hierherkommen, um erkennungsdienstlich erfasst zu werden. Das heißt, jeder muss seine Fingerabdrücke hierlassen.« Sie hebt zusätzlich den Zeigefinger. »Dann muss die Spurensicherung alle Abdrücke von der Mappe nehmen und abgleichen, damit schlussendlich einer übrig bleibt. Das hilft uns aber nur, wenn drittens«, sie hebt den Mittelfinger, »diese Abdrücke bereits bei uns registriert sind. Sollten dann jedoch mehr als elf verschiedene Abdrücke drauf sein, zum Beispiel noch die von einer Verkäuferin, bei der Ihre Betrügerin die Mappe gekauft hat …« Dakota Wagner spricht den Satz nicht zu Ende, es ist klar, was sie damit sagen will. Sie lässt die Hand sinken, öffnet die Plastiktüte, schaut hinein und dann Sina an.

Wenn ich so aussehe, wie ich mich fühle, denkt Sina, wird die Polizistin Mitleid haben.

Hat sie. Dakota Wagner seufzt und nickt. »Es ist zumindest einen Versuch wert. Ich gebe es an den Kollegen weiter und verspreche, mich für Sie einzusetzen. Wir melden uns.«

Damit ist Sina entlassen. Schon fast zur Tür hinaus, hört sie die Stimme der Polizistin: »Lassen Sie den Kopf nicht hängen und grüßen Sie Ihre Freundin.«

✳✳✳

»Wir können die Gastfreundschaft der Schultes nicht ewig in Anspruch nehmen«, sagt Björn. »Jeder sollte zurück in seine eigene Kaserne.«

Björn, Henning und Liam wollen die Insel verlassen, haben aber zugesichert, zurückzukommen, sobald es notwendig wird. Sie müssen ihrer Arbeit nachgehen und können ihre Nachforschungen ebenso gut vom Festland aus betreiben. Lucie möchte noch bleiben, ihre Tochter ist ja gut bei den Eltern untergebracht. Rebecca ist in Leer geblieben, kann aber mit der Information, dass mit dem Kind alles in Ordnung ist, wenigstens etwas Positives berichten. Und sie kann unerwartet noch mit etwas anderem punkten. Beim Ultraschall sprach sie mit dem Gynäkologen, der von einer ähnlichen Betrügerei schon gehört hatte. Er kennt jemanden, der wiederum jemanden kennt, der auf genau den gleichen Trick hereingefallen sein soll wie Sina. Nur war das auf Langeoog oder Norderney, er wusste es nicht mehr genau. Jedenfalls scheint Sina nicht das erste Opfer des Betrügerpärchens zu sein.

Mehr Betrugsfälle bedeutet eine größere Chance, die beiden zu finden. Sina ruft Kommissar Kutschbauer an, um ihm das mitzuteilen. Der sucht sowieso schon nach ähnlich gelagerten Fällen und verspricht, sich sofort darum zu kümmern.

Auch Wolfgang plant, das nächste Schiff von Borkum nach Emden zu nehmen. Im Internet kann er in keiner Tageszeitung eine entsprechende Anzeige finden, doch einer seiner Kollegen ist ein Viel-Zeitungleser und hortet sämtliche Ausgaben. Bei ihm hofft Wolfgang, ähnliche Immobilienangebote zu finden. Das wird viel Zeit in Anspruch nehmen, aber sein Dienst im oldenburgischen Theater beginnt zum Glück erst wieder morgen Abend.

Sina und Cloe haben sich noch nicht entschieden, ob sie

auf der Insel bleiben oder nach Leer zurückkehren sollen. Die Schultes haben Sina jedenfalls angeboten, so lange zu bleiben, wie sie möchte.

»Wir warten die kommenden Stunden ab«, sagt Sina. »Ich will am späten Nachmittag noch mal bei der Polizei nachfragen.«

»Es gibt da außerdem noch zwei, drei Textilläden, die ich noch nicht besucht habe, da werde ich heute noch hingehen.«

Viel mehr bleibt den beiden Freundinnen im Augenblick nicht zu tun.

✳✳✳

Cloe betritt einen der vielen kleinen hübschen Läden in der Fußgängerzone. Zum Verkauf stehen neben Damenkleidung auch Handtaschen, Gürtel und diverse Lederwaren.

Die Handtasche der Notarin hat Cloe noch deutlich in Erinnerung. Natürlich eine echte, von Gucci. Ophidia, beige-braun kariert, mit einem grün-rot-grünen Streifen. Der Preis liegt bei um die tausend Euro.

Cloe sieht auf den ersten Blick, dass die hier verkauften Lederwaren zwar Markenartikel sind, jedoch keine hochpreisigen. Eine Weile stöbert sie im Laden herum, dann hat eine der Verkäuferinnen Zeit für sie.

Gleichgesinnte erkennen sich auf Anhieb. In diesem Fall ist die Gemeinsamkeit auch für Außenstehende leicht zu bemerken: Beide Frauen kleiden sich gern extravagant. Die Verkäuferin möchte Cloe sogleich ihre ausgefallensten Stücke zeigen, doch Cloe winkt ab. »Vielen Dank für Ihr Angebot. Ich komme ganz bestimmt darauf zurück. Doch im Moment habe ich keinen Kopf dafür. Es geht um etwas anderes. Sie als Fachfrau …«

»Womit kann ich helfen?«

»Vor wenigen Tagen habe ich eine Frau mit einer traumhaft schönen Handtasche gesehen.«

Schon bei der Beschreibung nickt die Verkäuferin. »Oh ja. Die habe ich ebenfalls gesehen. Wer ein Auge dafür hat, dem fällt das sofort auf. Nur leider führen wir die Marke nicht. Für diese hochpreisigen Artikel gibt es auf Borkum leider kein Publikum. Wir sind eher eine Familieninsel. Anoraks, Sweatshirts, T-Shirts, Rucksäcke und im Herbst und Frühjahr natürlich Schals, Handschuhe und Mützen. So was läuft immer. Die vergessen die meisten Touristen. Und hier an der See ist es immer frischer als auf dem Festland.«

»Kennen Sie zufällig die Frau?«

»Nein. Tut mir leid. Leider nicht.«

»Haben Sie sie zuvor schon mal gesehen?«

Die Verkäuferin spitzt die Lippen und kräuselt nachdenklich die Stirn. »Nein, ich glaube, sie ist mir nur dieses eine Mal begegnet. Etwas schicker gekleidete Leute sind hier selten, es sei denn, irgendwo ist eine Hochzeit oder im Kurhaus findet ein Ball statt.«

Enttäuscht nickt Cloe.

»Mein Gott, Sie sehen ja richtig geknickt aus. Warten Sie, ich frage meine Kollegin.«

Zwei Minuten später ist sie zurück. »Meine Kollegin sagt, sie hätte die Frau schon öfter gesehen, weiß aber leider nicht, wie sie heißt oder wo sie wohnen könnte.«

»Öfter?«

»Ah, jetzt strahlen Sie wieder. Ja. Sie sagt vor ein paar Tagen, aber auch zu Silvester und im vergangenen Sommer bei einem Konzert in der reformierten Kirche. Entweder ist sie ein Stammgast oder jemand, der hier eine Zweitwohnung besitzt.«

»Keine Einheimische?«

»Eher nicht. Die meisten kennen wir, und dann hätte ich sie auch öfter gesehen.«

»Tun Sie mir einen großen Gefallen?«

Zuerst schaut die Verkäuferin skeptisch, dann nickt sie.

Cloe kramt in ihrer Handtasche und reicht ihr eine Visitenkarte. »Würden Sie mich bitte sofort anrufen, wenn Sie die Frau wiedersehen?«

***

Vor dem Café am Fuße des alten Leuchtturmes sitzen Gäste und genießen den Blick auf den Turm, dessen südwestliche Seite von der Sonne beleuchtet wird. Sina, Cloe und Lucie haben ebenfalls einen Tisch ergattert.

»Wusstet ihr, dass sich auf der Nordseite des Turmes keine Uhr befindet?«

»Nein.«

»Als er gebaut wurde, wohnte im nördlichen Bereich kein Mensch. Bis auf einen einzigen Bauern. Da dachte man, dass es sich für den nicht lohnt, eine Uhr einzubauen. Der Bauer fand das nicht, er beschwerte sich, und damit er endlich Ruhe gab, hat die Gemeinde ihm eine Taschenuhr geschenkt. Das war preiswerter als der nachträgliche Einbau einer vierten Turmuhr. So ist es bis heute geblieben. Und wusstet ihr, dass in diesen Räumen«, Sina deutet hinter sich, »jahrzehntelang ein Fischgeschäft untergebracht war?«

Die Luft riecht nach Meer und Kaffeeduft, das Aroma von frisch gebackenem Kuchen, der vermutlich noch im Ofen steckt, zieht zu ihnen herüber. Ein Schild gleich neben dem Eingang zum Café – »Selbst gemachte Torten und Kuchen, auch zum Mitnehmen« – weist darauf hin.

»Das hätte ich in meiner Pension auch anbieten können«, sagt Sina mit Blick auf die Werbetafel.

»Meinst du nicht, du hättest dich verzettelt?« Cloe verrührt das Muster auf ihrem Cappuccino und leckt den Löffel ab. »Neue Gardinen für jedes Gästezimmer nähen, den Eingangsbereich der Pension in einer anderen Farbe streichen, modernere Deko für die Frühstückstische basteln und was weiß ich noch alles. Vielleicht«, Cloe berührt kurz Sinas Hand, »geht dein Traum von einer eigenen Pension eines Tages doch noch in Erfüllung. Es treibt dich doch keiner.«

»Doch, ich selbst.« Sina nippt an ihrem Ostfriesentee.

»Ich finde«, sagt Lucie, »Cloe hat recht.« Auf einmal stellt sie ihre Tasse so heftig auf die Untertasse zurück, dass Sina Angst hat, das Porzellan könnte zerbrechen. »Dahinten«, Lucie fasst Sina am Arm, »nicht hinschauen. Ist das nicht unsere Maklerin?«

Trotz Warnung blicken Sina und Cloe sofort zu der Dame im roten Etuikleid und dem großen schwarzen Hut hinüber. Sina erkennt kein einziges Detail an der Frau wieder. Weder den Gang noch die Haltung. Die Frau trägt eine Brille. Zudem verbirgt der Hut die Form der Ohren, an denen Sina die falsche Immobilienmaklerin wiedererkennen würde.

Hinter der Frau laufen im Eilschritt drei Herren in Anzügen und zwei Kinder mit kleinen Blumensträußen in der Hand. Die Gruppe eilt in Richtung Rathaus, das von hier aus zu sehen ist. Vermutlich findet da gleich eine Hochzeit statt.

»Nein«, sagt Cloe, »sie ist es nicht. Aber schaut doch, sie trägt ein Baby-Kaschmir-Halstuch von –«

»Cloe«, Lucie hat die Stimme erhoben, »das interessiert jetzt niemanden.«

»Das kann man auch netter sagen«, entgegnet Cloe beleidigt. »Wer von uns sieht denn hier Gespenster? Du oder ich?«

»Hört auf, ihr beiden. Wir haben jetzt andere Probleme.«

»Aber Lucie hat recht.« Cloe klingt schon wieder versöhnlich. »Ich glaube auch an jeder Ecke, diese verflixte Tanita zu sehen.«

»Dabei ist sie sicherlich längst nicht mehr auf der Insel.«

Das erinnert Sina daran, dass sie bald selbst keine Bleibe mehr auf der Insel haben werden.

Lucie bringt das Problem auf den Punkt: »Wir müssen es Papa sagen.« Sie schaut zur Turmuhr. »Zeit aufzubrechen. Meine Fähre fährt in zwanzig Minuten. Vielleicht solltest du mitkommen. Papa wird dir schon nicht den Kopf abreißen.«

ELF

Am nächsten Morgen verlassen auch Sina und Cloe die Insel. Sina setzt Cloe vor ihrer Wohnungstür ab und fährt mit einem mulmigen Gefühl im Bauch, weil sie den Gang nach Canossa antritt, weiter in die Leeraner Innenstadt. Lucie fängt sie auf dem Parkplatz gegenüber ihrem Elternhaus ab. Es liegt mitten in der Altstadt, im reformierten Kirchgang. Gleich hinter dem Haus gibt es nur einen winzigen Hof, dann kommt schon das Kirchengelände. Die Große Kirche, die Hauptkirche der evangelisch-reformierten Gemeinde von Leer, wurde 1787 als Ersatz für die abgängige St.-Liudgeri-Kirche fertiggestellt. Ihr Glockengeläut hat Sina die ganze Kindheit begleitet.

»Gut, dass du die Kiste«, Lucie deutet auf Sinas orangefarbenen Flitzer, »noch nicht verkauft hast, weil du auf Borkum ja sowieso nur wenig damit fahren kannst.«

»Den werde ich jetzt wohl abgeben müssen, um wenigstens an etwas Geld zu kommen.«

»Ob Mama und Papa etwas ahnen?«

»Mama weiß längst Bescheid. Aber ob sie es Papa gesagt hat, keine Ahnung.«

»Oh, ich höre ihn schon. Bestimmt kommt er wieder mit dem blöden Spruch von der Blinden und der Tollpatschigen. Ich kann es nicht mehr hören.« Lucie nimmt ihre Schwester kurz in den Arm und drückt sie an sich. »Das wird schon. Augen zu und durch.«

Sina legt sich ihre Worte zurecht. Wie soll sie beginnen?

»Papa, ich muss dir was sagen.«

Nur sechs Worte. Sechs Worte, die kein Vater gern hört, und besonders nicht ihrer, weil sie meistens eine Katastrophe einleiten. »Ich muss dir sagen, dass ich für immer wegziehe, dass die Tante gestorben ist, dass ich todkrank bin.«

Lucie klingelt, und Papa öffnet die Tür.

»Hallo, ihr beiden. Warum klingelt ihr, habt ihr eure Schlüssel vergessen?« Er schüttelt den Kopf und geht auf dem schwarz-weißen Fliesenboden in Richtung Küche voran.

Mama sitzt am Tisch und schält Kartoffeln. Ein schneller Blickwechsel verrät Sina, dass sie Papa kein Wort gesagt hat. Lucie merkt es auch, öffnet die Terrassentür und betritt den kleinen Hinterhof.

»Papa?«, beginnt Sina.

»Ja?«

Sina reibt sich die Nasenspitze und schaut zu Lucie hinaus.

»Es ist was Fürchterliches passiert«, stellt Papa fest.

»Woher weißt du das?« Sina blickt ihre Mutter an, die zuckt nur mit der Schulter.

»Ich kenne doch meine Töchter.«

»Sina wird es dir erklären«, ruft Lucie vom Hof herüber.

∗∗∗

Selten ist Bernhard Kutschbauer so ruhelos bei der Arbeit. In der Nacht hat er kein Auge zubekommen. Was ist nur mit ihm los? Liegt es am Vollmond? Einer seiner Nachbarn kommt in der Woche um Vollmond regelmäßig sturzbesoffen nach Hause. Die restlichen drei Wochen bis zum nächsten Mondwechsel ist er trocken. Doch Bernhard Kutschbauer hat in der vergangenen Nacht kein Gegröle gehört. Und ein Blick auf die Tidenuhr, die in der Küche hängt, hat ihm verraten, dass es gerade auf Neumond zugeht. Also das komplette Gegenteil. Trotzdem hat er unruhig geschlafen. Sogar das Frühstück hat ihm nicht geschmeckt, dabei lag das Ei auf den Punkt genau fünf Minuten im kochenden Wasser. So, wie er es mag. Der Tee war genau so stark, wie er sein sollte, und die Brötchen waren knackfrisch.

»Du siehst mies aus«, begrüßt ihn Dakota Wagner, als sie zu Beginn ihrer Schicht in sein Büro kommt.

»Dir auch einen schönen guten Morgen.«

»Wohl die ganze Nacht durchgesumpft, was? Und komm mir nicht mit dem Vollmond. Der muss bei euch Insulanern ja immer herhalten, wenn ihr einen über den Durst trinkt.«

»Ich hatte keinen Tropfen, das kannst du mir glauben. Ich habe einfach nur ziemlich schlecht geschlafen. Weiß gar nicht, warum.«

»Ich aber.« Mit einem überlegenen Blick schaut sie ihn an. »Du bist verliebt. Da kann es schon mal vorkommen, dass man schlecht schläft.«

»Ich, verliebt? In wen denn?«

»In den hübschen Rotfuchs.«

Dakota hat recht. Seit Sina Fuchs Anzeige gegen unbekannt erstattet hat, muss er ständig an sie denken. »Es ist nur der Fall, der mich so beschäftigt.«

»Klar, was sonst?« Dakota schenkt ihm ein Lächeln, für das viele Männer alles gegeben hätten. »Und wie kommst du mit den Ermittlungen voran?«

»Du kennst den Stand von gestern Abend. Mehr ist nicht hinzugekommen.«

»Nun, das ist einerseits ganz viel, andererseits …« Dakota wendet sich zum Gehen. »Ach, das hatte ich gestern ganz vergessen zu erzählen, dein Füchschen war noch mal da, als du gerade im Maklerbüro warst, und hat eine Mappe gebracht, auf der sich vermutlich die Fingerabdrücke der Trickbetrüger befinden. Becker«, damit meint sie den Dienststellenleiter, »hat mich angewiesen, sie in die Kriminaltechnik zu schicken. Wenn die Auswertung da ist, nehme ich die Fingerabdrücke der Leute, von denen wir wissen, dass sie die Mappe angefasst haben. Mal sehen, ob was übrig bleibt.«

»Schneller geht es, wenn du gleich alle Abdrücke durch den Computer jagst. Wenn ein Treffer dabei rauskommt, kannst du dir den Rest sparen.«

Dakota deutet mit dem Zeigefinger auf ihn. »Du bist doch ganz ausgeschlafen.«

✳✳✳

Felix Fuchs reagiert gelassen, fast so, als habe er nichts anderes erwartet.

»Papa wusste schon längst Bescheid«, verrät Mama ihren Töchtern.

»Von wem?«

»Björn hat angerufen. Du weißt, er konnte schon immer gut mit eurem Vater umgehen.«

Ja, Björn war und ist in den Augen von Felix Fuchs ein Mann, wie er ihn sich als Schwiegersohn wünschen würde. Um es in Björns Jargon zu sagen: Mit ihm kann man im Schützengraben liegen. Henning kann da leider nicht mithalten, denkt Sina. Sie sieht Lucie an, dass sie den gleichen Gedanken hat. Auf jeden Fall ist Sina Björn dankbar, dass er das erste Donnerwetter auf sich genommen hat.

Mama hat aufgetischt. Was sie kocht, könnte ohne Bedenken in einem der besten Restaurants Ostfrieslands auf die Speisekarte gesetzt werden. Heute gibt es das Lieblingsessen ihrer Töchter. Dröge Bohnen mit Speck und Emder Kleikartoffeln. Lucie greift anständig zu, wie immer. Da fragt sich jeder zu Recht, wo sie das alles lässt. Papa behauptet gern, sie hätte einen Bandwurm, was Henning stets auf die Palme bringt. Feinfühlig wie immer antwortet er dann, und schon geht die Kabbelei los.

»Hat Henning keine Zeit, oder mag er das Essen seiner Schwiegermutter nicht?« Papa lässt seinen Frust auch in dessen Abwesenheit an Henning aus.

»Er kümmert sich um Paula und arbeitet.«

»Du meinst, er liegt auf dem Sofa.« Die alte Leier. »Björn hatte wenigstens den Mumm, mir mitzuteilen –«

»Man muss heutzutage nicht mehr aus dem Haus, um seinem Job nachzugehen«, unterbricht Lucie ihn.

»Ist ja klar, dass du deinen Mann in Schutz nimmst. Ich sehe genau, wann du zur Arbeit gehst, und dein –«

»Stehen wir etwa unter Beobachtung?«, schnappt Lucie. Sie und Henning wohnen keine hundert Meter Vogelfluglinie weiter, gleich um die nächste Straßenecke. Wenn man sich aus dem Fenster des Gästeklos lehnt, kann man ihr Haus sehen.

Ella haut mit der flachen Hand auf den Tisch. »Jetzt ist aber

Schluss mit den andauernden Sticheleien, Felix. Wenn du noch ein Wort darüber verlierst, schrei ich.«

Die Familie schaut Ella Fuchs erstaunt an.

»Ist doch wahr. Es gibt wichtigere Dinge zu besprechen. Und von dir«, ermahnt sie ihren Ehemann, »will ich erst wieder ein Wort hören, wenn du einen konstruktiven Vorschlag hast.«

**

Sina verbringt den Rest des Tages damit, mit ihrer ehemaligen Arbeitgeberin und ihrem Vermieter zu sprechen.

Die Wohnung: »Schon weitervermietet – sorry.« Bis zum Ende des Quartals muss sie raus.

Die Arbeit: Frau Wollensieger hat bereits Vorstellungsgespräche geführt und jemandem zugesagt. Die Person will sich die Tage melden und einen Termin zur Vertragsunterschrift vereinbaren. Wenn es nichts wird, kann Sina liebend gern wieder in der Buchhandlung arbeiten.

Ein abschließender Anruf bei der Borkumer Polizei ergibt auch nichts Neues.

Was soll nur aus ihr werden? Keine Arbeit, keine Wohnung, dafür jede Menge Schulden.

**

Sina kann nicht mehr auf der Seite schlafen. Sie dreht sich auf den Rücken, verschränkt die Hände im Nacken und starrt an die Decke. Noch liegt sie in ihrer eigenen Wohnung, aber in sechs Wochen muss sie das Apartment räumen. Sie wird sich eine neue Bleibe suchen müssen. Zur Not kann sie bei den Eltern unterkriechen, doch wer mag das schon?

Wie soll sie jemals aus diesem Schlamassel herauskommen? Nie wieder wird sie ihren Freunden und der Familie unbefangen in die Augen schauen können. Jedenfalls nicht, ehe sie jedem das geliehene Geld bis auf den letzten Cent zurückgezahlt hat. Das kann ewig dauern. Sie schämt sich, ist enttäuscht, stinksauer und fühlt sich gleichzeitig klein und wertlos angesichts der Tatsache, so erbärmlich hereingelegt worden zu sein. Tränen laufen ihr über die Wangen und in den Nacken. Mit dem Handrücken wischt sie sie weg und sucht unter dem Kopfkissen nach einem Taschentuch, schnäuzt sich die Nase.

Irgendwann musst du aufstehen, denkt sie, obgleich sie nicht weiß, ob sich das überhaupt noch lohnt. Der Job im Buchladen ist futsch und die Pension nicht mehr ihr Eigentum – sie ist es nie gewesen. Nur kurz kommt ihr der Gedanke, in der Krabbe als Mädchen für alles anzufangen. Die Schultes sind nette Leute, scheinen sich irgendwie mitverantwortlich zu fühlen und werden sie vielleicht einstellen. Doch das wäre nicht das Gleiche wie die eigene Selbstständigkeit. Und was würde dann aus Elena?

Papa hat recht, wenn er sie und Lucie foppt, er habe zwei Töchter, eine blinde und eine tollpatschige. Auf seine Art ist es liebevoll gemeint und im Spaß gesagt, und doch schmerzt es. Die Situation gibt Papa allerdings recht. Sina ist nicht in der Lage, ohne Hilfe und eigenständig durchs Leben zu gehen. Ein Sorgenkind für alle Zeiten.

Die Decke fliegt beiseite. Sina springt aus dem Bett. Nein, sie wird sich wehren, Papa soll sich irren. Sie muss mehr unternehmen, als bereits angeleiert ist.

Nach dem Frühstück ist die Energie jedoch schon wieder verpufft.

Das Telefon klingelt. Es ist Cloe.

»Wie ich dich kenne, sitzt du am Tisch und bläst Trübsal. Ich komm rüber.«

Während sie auf Cloe wartet, erhält Sina einen weiteren Anruf.

»Ja bitte?«

»Renate Schulte, Pension Krabbe. Ich möchte Frau Fuchs sprechen.«

»Am Apparat.«

»Schön. Ich glaube, ich habe gute Nachrichten.«

Sina klopft das Herz bis zum Hals. Am liebsten würde sie »Yippie« rufen, da plappert Frau Schulte schon weiter.

»Ich habe Elena fest eingestellt. Sie hatten ja noch keinen Vertrag mit ihr gemacht.«

Fast fällt Sina der Hörer aus der Hand. Toll, und was soll daran jetzt die gute Nachricht sein?

»Schön.« Mehr mag sie dazu nicht sagen.

»Und ob das schön ist. Aber deswegen rufe ich nicht an.«

Erneut keimt Hoffnung in Sina auf.

»Wie vereinbart hat mein Winfried sich umgehört. Es heißt ja immer, Frauen reden viel, wenn sie zusammenhocken, aber ich sage Ihnen, Kindchen, die Kerle können das genauso gut. Jedenfalls hat er herausbekommen, dass jemand die beiden Frauen, die Ihnen das angetan haben, kennt. Die Phantombilder sind ja auch fast so gut wie Fotos.« Renate Schulte lacht.

»Wie heißen sie?«

»Keine Ahnung. Das wusste Winfrieds Informant auch nicht. Oh, *Informant*! Das klingt wie aus einem Agentenfilm, finden Sie nicht? Ach, Schätzchen, ich spann Sie auf die Folter. Bitte entschuldigen Sie. Der Bekannte meines Mannes, Epi Brinkmann von ›Brandschutz Brinkmann‹, durch seine Firma kommt er in viele Borkumer Häuser rein, glaubt, dass die beiden ein Ferienhaus auf der Insel besitzen.«

Gauner, die in ihrem eigenen Revier jagen? Die Gefahr, auf so einer kleinen Insel wiedererkannt zu werden, ist doch recht hoch. Ob die Betrügerinnen sich diesem Risiko wirklich ausgesetzt haben? Sinas Euphorie schwindet.

»Es ist einen Versuch wert«, meint Renate Schulte, die vermutlich Ähnliches gedacht hat. »Denn er wusste auch, welches Haus es ist. Eines in den Bantjedünen. So heißt die Straße. Sie wissen schon, etwas außerhalb des Ortes. Es ist wirklich sehr idyllisch dort. Sina, Sie sollten wieder auf die Insel kommen und es sich ansehen. Vielleicht haben Sie ja Glück und die beiden oder wenigstens eine von ihnen ist da. Ich würde ja selbst auf Beobachtungsposten gehen, aber das hilft wenig, oder?«

Stimmt, nur Sina und Cloe können die Frauen einwandfrei identifizieren.

»Ich komme.«

»Schön. Und Kindchen …«

»Ja?«

»Bis die Sache geklärt ist, sind Sie in unserem Hause jederzeit willkommen.«

»Danke.«

»Und darüber hinaus natürlich auch.«

✳✳✳

Auf dem Weg zu Sina erhält auch Cloe einen Anruf. Es ist die Verkäuferin aus dem Textilgeschäft, der sie ihre Visitenkarte dagelassen hat.

»Ich habe die Frau mit der Handtasche gesehen.«

»Wunderbar. Wo?«

»In den Bantjedünen.«

Cloe überlegt gerade, ob es wirklich sein kann, dass eine Frau mit so einer teuren Handtasche am Arm durch die Dünen streift, Spaziergang hin oder her. Da redet die Anruferin weiter.

»Das ist der Name einer Straße. Etwas außerhalb gelegen. Auf dem Weg zum Flughafen passiert man eine Kreuzung. Dort, am ehemaligen Café Reetdach, beginnt die Straße. Ich habe gesehen, wie sie im Haus Nummer 105 verschwunden ist. Ich kann Ihnen aber leider nicht sagen, ob sie da wohnt oder nur jemanden besucht hat.«

»Das macht nichts. Das finde ich schon selber raus. Herzlichen Dank für die Information.«

»Verraten Sie mir auch, wozu Sie die brauchen?«

»Bald. Ich erzähle Ihnen die ganze Geschichte, wenn ich wieder auf der Insel bin.«

Ehe die Frau weiter nachhaken kann, verabschiedet Cloe sich.

»Wir haben einen Ansatzpunkt«, ruft Cloe, als Sina ihr die Wohnungstür öffnet.

»Woher weißt du das?«

»Sie hat es mir eben gesagt.«

»Frau Schulte?«

»Nein, Sina. Eine der beiden Verkäuferinnen, denen die Handtasche aufgefallen war, hat mich angerufen. Die betrügerische Maklerin wohnt vielleicht –«

»In den Bantjedünen«, wirft Sina ein.

»Woher weißt du das?«

»Frau Schulte hat es mir gesagt.«

»Was hat sie dir erzählt?«

Erschrocken zucken die beiden Freundinnen zusammen. Felix Fuchs steht im Treppenhaus.

»Papa, was willst du denn hier?«

Papa will unbedingt mit. Wenn das man gut geht. Sina überlegt schon, ob es sich lohnt, eine Zehnerkarte für die Fähre zu kaufen, unterlässt es dann jedoch.

Am frühen Nachmittag erreichen sie auf ihren Mietfahrrädern die Bantjedünen. Fast am Ende der Straße steht ein Haus, noch keine zehn Jahre alt. Die Schultes, bei denen sie zuerst vorbeigeschaut haben, wussten leider nicht, wem es gehört.

»Fremde, die ihr Geld auf der Insel investieren«, meinte Winfried Schulte mit düsterer Miene. »Die meiste Zeit sind die Rollläden heruntergelassen, nur in den Ferienzeiten, in erster Linie sind es die Sommermonate, halten sich die Besitzer auf der Insel auf.« Er griff zum Telefon. »Ich frage mal den Nachbarn links, vier Häuser weiter. Wir sind zusammen bei der freiwilligen Feuerwehr. Nicht mehr aktiv, dazu bin ich zu alt. Wir gehören inzwischen beide zur Altersriege, sind quasi nur noch im Einsatz, um unseren Durst zu löschen.«

»Das stimmt nicht, Winfried«, sagte seine Frau. »Ihr helft immer mit, wenn es was zu tun gibt. Am Tag der offenen Tür zum Beispiel. Aber das interessiert jetzt niemanden. Ruf Manfred an und frag ihn, was er über die Eigentümer weiß.«

Manfred wusste leider auch nicht mehr, als sie bereits in Erfahrung gebracht hatten.

»Dann schauen wir uns das mal an«, sagt Sina.

Es ist ein schönes Anwesen, mit hohem Zaun und kameraüberwacht.

»Vermutlich kommt man nur über die Rückseite an das Haus heran, ohne von jemandem bemerkt zu werden«, sagt Sinas Vater. Das Grundstück grenzt an eine Dünenkette, dahinter kommt ein Wäldchen und dann noch mehr Dünen. Naturschutzgebiet bis hin zum Flugplatz. Sollte also kein Problem sein, sich aus dieser Richtung heranzupirschen.

»Ich frage mich, ob rückwärtig auch Kameras installiert sind«, überlegt Cloe. »Die müssten zunächst ausgeschaltet werden.«

»Dafür wird Henning sorgen. Schau nicht so, Papa, der kann das.«

»Na, jedenfalls ist es gut, dass ich das hier«, Felix Fuchs deutet auf das Fernglas, das an seinem Hals baumelt, »mitgenommen habe.«

»Ehe wir den weiten Umweg durch die Dünen machen, will ich versuchen, über das Nachbargrundstück näher heranzukommen.« Sina deutet auf das Haus rechts neben dem Anwesen. Ebenfalls ein großes, neues Gebäude mit weitläufigem Grund rundherum. Schon öffnet sie die Gartenpforte und geht auf das Haus des Nachbarn zu. Es scheint trotz Saisonbeginn noch unbewohnt zu sein. Auch hier sind alle Rollläden heruntergelassen.

Sina eilt an der Haustür vorbei um die Ecke und betritt den hinteren Teil des Grundstücks. Cloe folgt ihr. Die Absätze ihrer Pumps klappern laut auf den Pflastersteinen. Papa steht auf der Straße Schmiere.

»Es ist ganz leicht, da rüberzukommen.« Cloe deutet auf die Begrenzung zwischen den beiden Grundstücken. Dünenrosen und im hinteren Drittel ein mit Reed bewachsener, gut einen Meter breiter Entwässerungsgraben, der am Ende zwischen Holunderbüschen und Sanddorn in den Dünen verschwindet. Kein Zaun.

»Da drüben sind keine Kameras«, stellt Sina mit Blick auf die hintere Seite des Hauses Nummer 105 fest.

»Es kommt jemand«, ruft Papa verhalten von der Straße zu ihnen herüber und benimmt sich so auffällig unauffällig, dass man schon von Weitem erkennen kann, dass er etwas zu verheimlichen hat. Fehlt nur noch, dass er ein fröhliches Liedchen pfeift und sich bückt, um fiktive Schuhbänder an seinen Turnschuhen mit Klettverschluss zuzubinden. Sollte Tanita Heide-Bruchsal, falls sie wirklich hier wohnt, jetzt auf ihn aufmerksam werden, können sie alle nach Hause fahren.

Ein Pärchen mit Kinderwagen spaziert vorbei. Die jungen Eltern haben nur Augen für ihr Kind, das lustig vor sich hin brabbelt.

»Wir verschwinden«, sagt Sina. »Lass uns zurück in die Pension gehen und den anderen Bescheid geben.«

»Du musst deinen Vater loswerden, Sina. Der bringt es fertig und stürzt sich auf die Frau, wenn er sie sieht. Du weißt, was dann passiert.«

»Sie wird alles abstreiten und behaupten, uns nie gesehen zu haben.«

»Und sie ist gewarnt, dann können wir nichts mehr ausrichten. Sobald die merkt, dass wir ihr auf den Fersen sind, ist sie weg. Und das für immer.«

»Keine Bange, ich habe gesehen, dass Papa sich nur eine Tagesfahrkarte gekauft hat. Das letzte Schiff ist also seins. Und ich habe Frau Schulte gebeten, ihm auf keinen Fall eine Übernachtungsmöglichkeit anzubieten.«

Cloe grinst. »Du bist ein Fuchs.«

✳✳✳

Stunden später stehen Sina und Cloe erneut vor dem Nachbargrundstück. Beide Häuser scheinen im Augenblick unbewohnt zu sein. Nirgends brennt Licht. Ihre Fahrräder haben sie gut fünfzig Meter weiter zwischen einigen parkenden Autos abgestellt.

»Soll ich wirklich nicht mitkommen?« Cloe schaut die Straße rauf und runter, niemand ist zu sehen. Auf der gegenüberliegenden Seite gibt es keine Beobachter, denn die ganze Straße ist nur auf einer Seite bebaut. Einzig die Kühe und Wildgänse – die

Vögel sitzen zu Tausenden auf den Weiden, um das Grünzeug zu fressen – sind Augenzeugen.

»Du bleibst hier.« Sina klopft auf ihre Hüfte. In der Jackentasche steckt ihr Handy. »Wenn es brenzlig wird, ruf mich an.«

»Bist du verrückt? Das Klingeln weckt die halbe Nachbarschaft.«

»Ich habe es auf Gänseschnattern eingestellt.« Forschen Schrittes betritt Sina das Grundstück. Am Eingang geht ein Licht an. Bewegungsmelder. Sie saust hindurch und bleibt im hinteren Teil des Grundstücks stehen. Wartet, bis das Licht erlischt. Sie wedelt mit den Armen und geht ein paar Schritte. Es bleibt dunkel. Hier hinten gibt es zum Glück keine weiteren Bewegungsmelder.

Sina durchquert den Garten. Dort, wo die kurz gemähte Wiese zum Graben hin nicht länger durch Heckenrosen begrenzt wird, steigt Sina in den Schlot und watet ein Stück nach hinten. Gleich muss die Stelle kommen, an der auch auf der gegenüberliegenden Seite leicht durchzukommen ist. Das Wasser ist kalt, es reicht ihr bis zu den Knien. Jetzt nur nicht auf dem schwammigen Untergrund ausrutschen. Etwas wickelt sich um Sinas Beine. Schlingpflanzen, die sie abreißt und fortwirft. Es wird immer dunkler, je weiter sie sich von der Straße entfernt. Vermutlich befindet sie sich inzwischen gar nicht mehr auf Privateigentum, sondern im Naturschutzgebiet. Kurz überlegt sie, ob sie sich aufrichten kann, die gebückte Haltung wird unangenehm.

Ein Zweig kratzt Sina durchs Gesicht. Sie stolpert, stützt sich ab und greift am Grabenufer in Brennnesseln. Doch die halten sie nicht auf. Sie findet eine geeignete Stelle am gegenüberliegenden Ufer und schaut über die Grabenkante. Hier kann sie die Böschung hinaufklettern.

Auf der Rückseite des Hauses Nummer 105 sind die Fenster sehr klein. Sie sehen aus wie schwarze Rechtecke vor einem etwas helleren Untergrund. Inzwischen haben sich Sinas Augen an die Dunkelheit gewöhnt. Sie läuft auf das Haus zu. Immer darauf gefasst, sofort zurückzuspringen, falls irgendwo Lichter angehen sollten. Nach vorn kann sie nicht flüchten, denn dann wird die Kamera sie aufnehmen. Gut, dass ihr das noch rechtzeitig eingefallen ist, schlecht, dass sie vergessen hat, Liam zu bitten, sich in das Smart-Home-System einzuhacken, um sie abzustellen. Ihr Herz pocht heftig, es rauscht in ihren Ohren, und sie meint kurz, nichts anderes als ihr eigenes Blut zu hören, das ihr in den Kopf steigt.

Auf einmal quaken Gänse vor ihrem Bauch. Cloe. Gut, dass sie das Handy umgestellt hat.

»Was?«, flüstert Sina.

»Alles klar bei dir? Du bist schon so lange weg. Ich mache mir Sorgen.«

»Alles okay.«

»Hier auch. Soll ich zu dir kommen?«

Mit Pumps durch den Schlot? Bloß nicht. »Untersteh dich. Bleib, wo du bist. Ruf Liam an, er soll die Kamera für zehn Minuten abstellen. Und ruf erst wieder an, wenn –«

Es knackt im Gebüsch. Sina drückt Cloe hastig weg und steckt das Handy ein. Das Licht soll sie nicht verraten. Ganz still steht sie da und lauscht. Vorn an der Straße fährt ein Auto vorbei, im vorbeigleitenden Licht sieht Sina zwei Augen im Gebüsch aufblitzen. Eine Katze, ein Fuchs oder ein Kaninchen? In den Dünen wimmelt es von den Mümmelmännern. Wenn die hier umherstreifen, ist es kein Wunder, dass die Eigentümer keine Bewegungsmelder im Garten installiert haben.

Sina entschließt sich, mutiger zu werden. Sie tritt an ein Fenster und blickt hinein. Nichts zu erkennen. Auch hinter der Scheibe daneben ist nur Dunkel. An der Hausecke bleibt sie stehen, geht in die Hocke und kramt leise in ihrer Tasche. Mit Hilfe eines Spiegels schaut sie um die Ecke. Wie vermutet. An der Kamera unter dem Dachfirst blinkt ein rotes Lämpchen. Cloe hat Liam vielleicht gar nicht erreicht. Die Kamera erfasst die komplette Vorderseite und eventuell sogar einen Teil der Außenwände zu beiden Seiten des Hauses. Schöne Einbrecher sind sie. Ins Haus kommt sie so nicht.

Immerhin gelangt man von hinten heran. Ob sie damit etwas

anfangen können, wird sich zeigen. Sina kann jetzt nur hoffen, dass sie keinen stillen Alarm ausgelöst hat.

Auf dem Rückweg durch den Graben macht sie sich noch einmal ordentlich nass.

»Mein Gott, wie siehst du denn aus?« Cloe schlägt die Hände vor den Mund.

»Ist nur dreckiges Wasser.«

»Dein Gesicht, es blutet.«

Sina wischt mit dem Ärmel darüber. »Halb so schlimm.«

»Nichts wie weg hier.« Cloe will gehen, doch Sina hält sie am Arm fest.

»Du bleibst hier. Falls ich Alarm ausgelöst habe, wird ja gleich jemand kommen. Ich muss verschwinden. Wenn man mich in diesem Aufzug erwischt, weiß jeder sofort Bescheid.«

Cloe nickt. So war es verabredet. Sie wird ihr Fahrrad nehmen, es langsam in Richtung Ostfriesenstraße schieben und, falls ein Polizeiwagen kommt, so tun, als wolle sie jemanden besuchen. Das Auto kann nur aus dieser Richtung kommen, die Straße Bantjedünen ist für Autos eine Sackgasse.

»Zehn Minuten«, sagt Cloe und zupft an ihrem schicken Kostümrock. Niemand wird sie darin des versuchten Einbruchs oder unrechtmäßigen Betretens eines Grundstücks verdächtigen.

Sie eilen etwa fünfzig Meter in die andere Richtung, dorthin, wo sie ihre Fahrräder abgestellt haben, und Sina radelt davon.

Zwanzig Minuten, sicher ist sicher, läuft Cloe die Straße auf und ab, bis ihre Füße schmerzen. Zwei Autos und drei Fahrradfahrer kommen vorbei, sonst bleibt alles ruhig. Die Bantjedünen sind für Cloes Geschmack ein wenig zu einsam.

Endlich steigt sie aufs Fahrrad und macht sich ebenfalls auf den Weg zurück in die Pension.

∗∗∗

Frisch geduscht und umgezogen wartet Sina auf Cloe.

»Kein stiller Alarm.« Cloe streift die Pumps von den Füßen. »Jedenfalls keiner, der jemanden auf den Plan gerufen hätte.«

»Du meinst, Tanita Heide-Bruchsal wird jeden Kontakt zur Polizei von vornherein vermeiden?«

»Ich würde es tun. Was machen wir jetzt?«

»Henning und Liam anrufen.«

Gesagt, getan.

»Ah, Sina, gut, dass du anrufst. Ich habe einiges herausbekommen.« Liam hat sich nach dem Telefonat mit Cloe sofort an den Computer gesetzt und sich ins System des Hauses eingehackt. Das hat man davon, wenn man sich ein intelligentes Haus baut. Das schützt niemanden vor Spionage, auch keine Trickbetrüger. »Es wurde kein Alarm ausgelöst«, sagt Liam. »Und ich kann jetzt jederzeit die Kameras abstellen, ohne dass es jemandem auffällt. Außerdem weiß ich nun, dass sie einen Tresor hat. Ein ziemlich neues Modell. Ich habe mit Henning gesprochen. Wir werden versuchen, an die Zugangsdaten zu kommen. Das kann ein paar Stunden dauern. Auf jeden Fall sollten wir morgen Nacht reingehen.«

»Wir? Hältst du das in deinem Fall für eine gute Idee?« Sina denkt daran, dass Liam schon mal beim Einhacken in einen Behördencomputer erwischt wurde, da sollte er nicht noch zusätzlich bei einem Einbruch auf frischer Tat ertappt werden. »In fremde Computer eindringen ist schon gefährlich genug.«

»Das kann man zum Glück nicht vergleichen. Das hier ist privat. Da kann mir nichts passieren. Und mal ganz ehrlich, Sina. Ich glaube kaum, dass die Frau uns bei der Polizei anschwärzen wird. Ich muss da rein. Vielleicht gibt es dort einen Laptop zu finden, den ich mir mal ansehen kann.«

»Den schleppt sie sicherlich mit sich rum, wenn sie nicht auf der Insel ist.«

»Dann wenigstens Sicherungskopien. Wir wollen schließlich nicht nur das Geld zurück, sondern auch Beweise finden, damit sie und ihre Komplizin hinter Gitter kommen.«

Das möchte Sina tatsächlich. Und sie ist froh, dass ihre Freunde ihr dabei helfen werden.

ZWÖLF

»Träumst du, Bernhard?« Dakota Wagner stupst ihren Kollegen mit dem Ellbogen an.

Kutschbauer zuckt zusammen, als habe man ihn bei etwas Verbotenem erwischt.

»Ah, ich sehe schon, die hübsche Rothaarige geht dir nicht aus dem Kopf. Die ist wirklich süß. Konntest du etwas für sie herausfinden?«

»Leider nichts. Wie du weißt, habe ich zuerst mit dem Makler und seinem Angestellten gesprochen. Die wissen von nichts, und ich glaube ihnen. Dann war ich in jedem Immobilienbüro auf Borkum.«

Dakota nickt. Da gibt es einige auf der Insel. Das Geschäft mit dem Betongold boomt. Kein Wunder, wenn man so gut wie keine Zinsen mehr auf sein Erspartes bekommt.

»Es hat niemand etwas Ähnliches berichtet. Zumindest auf Borkum gibt es also keinen weiteren Betrugsfall, das ist sicher. Und weil du anderweitig beschäftigt warst –«

»Es gibt noch mehr zu tun, als nur in diesem einen Fall zu ermitteln.«

»Schon gut, Dakota. Sollte kein Vorwurf sein. Es ist ja schließlich mein Fall. Jedenfalls habe ich als Nächstes sämtliche Inseldienststellen von Juist bis Wangerooge angerufen und unseren Computer durchforstet.« Er deutet auf seinen PC. Dann legt er einige Unterlagen vor sie hin, ähnliche Fälle, die er entdeckt und ausgedruckt hat. Kein kleiner Stapel. »Bei allen fing es gleich an. Mit einer Zeitungsannonce.« Auch hiervon zeigt er Dakota Kopien. »Ich habe bei den Zeitungen angerufen. Niemand hat diejenigen, die die Anzeigen aufgegeben haben, persönlich gesehen.«

»Aber die müssen doch irgendwie bezahlt haben?«

»Natürlich haben sie das. Das Geld wurde entweder in bar dem Anzeigentext beigelegt oder per Postanweisung überwiesen. Sprich: bar beim Postamt auf das entsprechende Konto eingezahlt. Jedenfalls folgte bei allen nach der Annonce ein telefonisches Kontaktgespräch, bei dem den Interessenten nahegelegt wurde, sich das Objekt möglichst zeitnah persönlich anzusehen, die Nachfrage sei groß. Alle Betrüger gaben an, die Hauseigentümer seien für lange Zeit verreist und sie hätten eine Vollmachtsurkunde, um den Kaufvertrag abwickeln zu können. Bei dem am längsten zurückliegenden Betrug, den ich bisher ermitteln konnte –«

»Oh Mann. Wie viele gibt es denn?«

»Eine ganze Menge. Es scheint ziemlich einfach zu sein, auf diese Weise an anderer Leute Geld zu kommen. Zwei Anzeigen, eine aus Bensersiel und eine aus Esens, sind schon fast drei Jahre alt. Da haben die Damen die Kaufinteressenten zu Hause besucht, es gab wohl noch kein Büro. Sicherlich ein weniger glückliches Geschäftsmodell. Ich nehme an, es haben zu viele Lunte gerochen. Deshalb haben sie sich weiterentwickelt und sind auf die Idee mit den Immobilienbüros gekommen. Das wirkt seriöser, die Kunden können vorab im Internet nachschauen, wie lange es die Firmen schon gibt, oder sogar im Handelsregister nachsehen, ob sie tatsächlich existieren. Und es ist leicht festzustellen, wann die Büros Betriebsferien haben. Jeder Betrug endet auch auf die gleiche Weise. Ist die Kundschaft per Anzeige geködert und das Schnäppchen mit geschönten Zahlen ausreichend beworben, wird brav in bar das Geld auf den Tisch gelegt.«

»Wie beim Enkeltrick. Von dem hat jeder schon gehört, und dennoch fallen die Leute immer wieder darauf herein.«

»Nur dass es hier um wesentlich mehr Geld geht. In sämtlichen Fällen haben die Geschädigten, nachdem das Geld geflossen war, nichts mehr von den Frauen gehört. Du kannst dir vorstellen, dass zumeist mehrere Tage, bei einem Fall sogar Wochen vergangen sind, ehe die Leute den Betrug bemerkt haben und zur Polizei gegangen sind.«

»Für die Ladys Zeit genug, um sich aus dem Staub zu machen und ihre Spuren zu verwischen. Gibt es Personenbeschreibungen?« Dakota zupft einen Fussel von ihrer Uniform und pustet ihn weg.

»Zwei Frauen, beide um die fünfunddreißig bis Anfang vierzig. Die eine schlank, die andere etwas fülliger, aber nicht dick. Mal waren die Haare lang, mal kurz, mal blond, dann wieder brünett oder grau.«

»Perücken.«

»Ganz bestimmt. Keine besonderen Merkmale, außer dass sie immer stark geschminkt waren. Das Tattoo am Fußgelenk der Maklerin ist niemandem aufgefallen.«

»Vielleicht war das Wetter in diesen Fällen nicht gut genug für Kleidchen und Stöckelschuhe.«

Kutschbauer blättert in seinen Unterlagen. »Stimmt. Die drei Fälle auf den Inseln, Sylt ist auch dabei, ereigneten sich alle zwischen Mitte November und Mitte Dezember.«

»Urlaubszeit für die Insulaner. Da liegen nicht nur die meisten Geschäfte und Restaurants im Winterschlaf, sondern auch die Immobilienbüros.«

»Hier ist eine Anzeige aus Schleswig-Holstein.« Kutschbauer schiebt ihr die Kopie über den Tisch. »Da hat der Käufer mit der vermeintlichen Maklerin in einem Gasthaus Kontakt aufgenommen. Sie legte ihm nahe, dass sie für Bargeld seine Bewerbung bevorzugt behandeln und dem Eigentümer erzählen würde, dass nur sein Kaufangebot vorläge.«

»Wie viel?«

»Zweiunddreißigtausend. Der Mann hat um Bedenkzeit gebeten. Es kam zur Anzeige, aber –«

»Lass mich raten: Die Telefonnummer gab es nicht mehr, und die im Gasthof hatten die Frau niemals zuvor gesehen.«

»Genau. Zwischenzeitlich, etwa vor zwei Jahren, haben die beiden dann unter falschem Namen Räumlichkeiten angemietet und wie Immobilienbüros ausgestattet. Die Geschädigten in diesen Fällen sagten aus, die Betrügerin habe behauptet, die Firma gerade erst eingerichtet zu haben, weswegen alles noch ein wenig provisorisch sei. Dennoch ließen sie sich blenden. Später stellte die Polizei fest, dass das Büro zwei Tage zuvor angemietet worden war und die Mieter danach nicht mehr aufgetaucht waren. Die wenigen Möbel und einen Stapel leerer Aktenordner, die alle nur hochtrabende Etiketten wie ›Fotos Villa Nord‹, trugen, ließen sie da.«

»Ich kann mir vorstellen, dass der Vermieter auch keine Miete erhalten hat«, vermutet Dakota.

»Richtig. Alle Angaben im Mietvertrag waren falsch.« Kutschbauer zieht ein Blatt aus dem Stapel und liest vor: »Alex Sommer, Kai Winter, Luca Herbst, Maxi Winter, Toni –«

»Frühjahr?«

»Fast richtig. Lenz. Danach erfanden sie Doppelnamen wie Andy Gerdes-Malchow, und die Beute wurde von Mal zu Mal höher. In den Anfängen noch zwanzigtausend, ging es aufwärts. Sylt und Norderney schießen da den Vogel ab.«

»Weißt du, was mir auffällt?«

»Nein. Was?«

»Die Vornamen. Sie sind sowohl weiblich wie männlich.«

»In unserem Fall angeblich irisch.«

»Wie gesagt, sie haben ihr Vorgehen immer weiter verfeinert. Was machen die Fingerabdrücke?«

»Kein Treffer in der Datenbank. Was willst du weiter unternehmen?«

»Ich habe keine Ahnung.«

»Ich hätte da eine Idee.«

»Die hattest du neulich auch schon. Was ist aus der eigentlich geworden?«

Dakota winkt ab. »Die war nicht gut durchdacht. Diese aber schon.«

»Und? Verrätst du sie mir?«

＊＊＊

Kutschbauer findet Dakotas Idee hervorragend. Darüber muss er genauer nachdenken und sich anschließend mit seinem Dienststellenleiter Becker besprechen. Danach wird er diverse Zeitungen um Mithilfe bitten. Zudem möchte er mit Kriminalhauptkommissar Busboom auf dem Festland sprechen, denn um den Plan umzusetzen, benötigt er Busbooms Hilfe.

Doch zuerst hat er Sina Fuchs angerufen und sie gebeten vorbeizukommen. Keine halbe Stunde später steht sie in seinem Büro, und er kann ihr das Gleiche wie Dakota und noch ein wenig mehr erzählen. Etwa, dass in dem Immobilienbüro auf Norderney auf die exakt gleiche Weise verfahren wurde wie hier. Der ortsansässige Ermittler stellte fest, dass die Angewohnheit der Inhaberin, den Ladentürschlüssel von innen im Schloss stecken zu lassen, vermutlich dazu geführt hat, dass der Schlüssel kopiert werden konnte. Die Norderneyerin erinnerte sich daran, einige Zeit zuvor den Türschlüssel gesucht und ihn dann statt innen im Türschloss außen steckend vorgefunden zu haben. Vermutlich nachdem ihn jemand kopiert hatte.

»Nachträglich konnte natürlich nicht mehr mit Sicherheit festgestellt werden, wer das gewesen sein könnte. Das war im vergangenen Sommer. Da gingen in dem Laden so viele Menschen ein und aus, dass die Inhaberin sich beim besten Willen nicht an jeden erinnern konnte.

Die Polizeibeamtin von Wangerooge hat in ihrem Fall Ähnliches ermitteln können. Der Makler konnte es sich nur so erklären, dass man ihm den Ladenschlüssel aus der Jacketttasche gestohlen hatte. Er gab zu Protokoll, einer Frau Anfang vierzig, sehr schick und vornehm, der man ansehen konnte, dass sie Geld an den Hacken hatte, einmal ein Glas Wasser aus der Büroküche gebracht zu haben, weil sie einen schlimmen Hustenanfall hatte. Es könnte gut sein, dass die Frau sich während seiner kurzen Abwesenheit den Schlüssel geschnappt hat. Im Nachhinein meint er sich zu erinnern, dass der Schlüssel am Feierabend in einer anderen Tasche steckte, aber das konnte natürlich auch Einbildung sein.«

Fazit der beiden Ermittlungen jedoch ist, dass man keine einzige brauchbare Spur finden konnte, um die Betrügerinnen ausfindig zu machen. Kutschbauer hat die auf Sylt und Norderney gesicherten Fingerabdrücke mit denen verglichen, die Dakota von der Mappe abgenommen hat. Es gab eine Übereinstimmung.

»Jetzt wissen wir zumindest, dass es sich um dieselbe Person handelt, nur bringt uns das im Moment leider nicht weiter.«

»Und was sagt der hiesige Makler? Ich meine den Chef von diesem unsympathischen Siebenkötter.«

»Ihm ist nichts aufgefallen. Doch es kommt vor, dass er mehrmals in der Woche sein Schlüsselbund sucht. Er hat schon überlegt, einen Sender daran anzubringen, den er dann mit seinem Handy orten kann.« Kutschbauer lacht. »Leider bringt das wenig. Denn sein Handy sucht er genauso oft.«

»Also nichts, was mir weiterhilft?«

»Es tut mir leid. Aber ich bleibe dran, versprochen. Sobald ich mehr weiß, melde ich mich.«

»Danke.«

Kutschbauer hat den Eindruck, dass Sina Fuchs ihm noch etwas sagen will, doch da wendet sie sich auch schon wieder von ihm ab.

»Auf Wiedersehen«, sagt sie.

»Ja, tschüss. Bis bald.«

✳✳✳

»Kutschbauer, Polizeistation Borkum. Ich möchte mit Kriminalhauptkommissar Busboom sprechen.«

»Ich verbinde.«

Die Musik in der Leitung ist nicht nach seinem Geschmack. Endlich meldet sich Focko Busboom. Der Auricher Kriminalhauptkommissar ist auch für Borkum zuständig, wenn es um Kapitaldelikte geht. Die beiden kennen sich gut, sie haben schon einige Fälle miteinander aufklären können.

»Ich wollte mich auch schon bei Ihnen melden, Herr Kutschbauer«, sagt Busboom, nachdem sie einige Worte der Begrüßung gewechselt haben. »Ich vermute mal, Sie rufen wegen der Immobiliengeschichte an. Frau Aggen, Sie wissen schon, meine Vermieterin auf Borkum, hat mich informiert. Es geht um Betrügereien im höheren Bereich?«

»Genau, deswegen rufe ich an.«

»Ich habe in der Angelegenheit meine Fühler ausgestreckt und mit den Kollegen aus der Betrugsabteilung in Düsseldorf gesprochen. Die sind an einem ähnlichen Fall dran, ist noch gar nicht lange her. Es ging um den Verkauf eines Hauses in Neuharlingersiel. Die Kollegen wollten sich mit Ihnen in Verbindung setzen.«

»Hier hat niemand angerufen.«

»Was kann ich also für Sie tun?«

Kutschbauer trägt Busboom Dakotas Idee vor. Dienststellenleiter Becker hat sie auch gefallen, und er hat die Maßnahme abgesegnet.

»Sie wollen also den Betrügerinnen eine Falle stellen!«

»Genau.«

»Das setzt voraus, dass die Frauen einen neuen Coup planen.«

»Die Katze lässt das Mausen nicht.«

»Das könnte aber dauern.«

»Nun, einen Versuch ist es wert.«

»Und wie wollen Sie herausbekommen, ob und in welcher Zeitung sie ihre nächste Annonce aufgeben?«

»Ich habe bereits jede in Frage kommende Zeitung angerufen und um Mithilfe gebeten. Eingehende Anzeigen über Immobilienverkäufe werden mir sofort gemeldet.«

»Da werden viele echte Angebote darunter sein. Wie wollen Sie da die Spreu vom Weizen trennen?«

»Es geht nur um die Annoncen, bei denen Barzahlung per Postanweisung oder über den Hausbriefkasten vorliegt. Auch Anzeigen mit ausführlichen Angaben zum Objekt und über einen längeren Zeitraum wiederholt inserierte Verkäufe können wir aussortieren, ebenso Anzeigen von Maklern, die mehrere Objekte auflisten. Ich gehe mal davon aus, dass da nur wenig übrig bleiben wird. Sollten wir dann eine verdächtige Anzeige haben, wird die Telefonnummer mit einem Zahlendreher in der Zeitung veröffentlicht werden, damit die Damen keinen Verdacht schöpfen, wenn nur ein einziger Interessent anruft.«

»Ein guter Gedanke«, lobt Busboom.

»Aber werden sich die Betrügerinnen dann nicht wundern, dass überhaupt jemand die richtige Nummer gewählt hat?«

»Das ist das Risiko dabei. Vorausgesetzt, dass sie den Zahlendreher überhaupt bemerken. Allerdings könnten wir sie bis dahin zumindest lokalisiert haben. Noch besser wäre es natürlich, wenn die beiden auf unseren Köder hereinfallen. Dann könnten wir sie auf frischer Tat ertappen. Und im Notfall kann unser Lockvogel ja behaupten, dass er es nicht so mit Zahlen hat.«

»Dann hoffen wir mal, dass sie schon bald wieder zuschlagen. Sie melden sich, wenn es so weit ist?«

»Natürlich. Wir bleiben in Verbindung.«

DREIZEHN

Am späten Vormittag sitzen Sina und Cloe in der Bismarckstraße im Außenbereich eines Cafés. Der gegenüberliegende
Park ist erst vor Kurzem neu angelegt worden. Das Einzige, was
die Gemeinde aus der alten Anlage übernommen hat, sind die
beiden steinernen Seehunde, die wasserspeiend in einem Brun-
nen das Bild des Parks prägen. Jetzt ist die Anlage inseltypisch
mit Sanddorn und Strandhafer bepflanzt, diverse Bänke laden
dazu ein, das Eis oder die Pommes, die gegenüber in einer der
Lokalitäten gekauft wurden, in Ruhe zu genießen.

Sina hat gerade einen Schluck Kaffee genommen, da zuckt
sie zusammen und greift nach Cloes Handgelenk. »Nicht hinter
mich sehen.« Sie drückt zu, als Cloe aufblicken will.

»Warum nicht, was ist da?«

»Schau nicht hin, schau einfach mich an.«

»Was ist denn?«

»Ich habe sie gehört.«

»Wen?«

»Na, wen schon? Die Stimme, die seit Tagen durch meine
Alpträume geistert. Die kann ich vermutlich aus Hunderten
heraushören.«

»Die Immobilientussi? Wo?«

»Irgendwo hinter mir. Schau nicht hin.«

»Aber ich *muss* hinsehen. Vielleicht bildest du dir das nur
ein, und sie ist es gar nicht.« Cloe greift nach der Speisekarte.
»Möchtest du auch ein Eis?« Ihre Stimme klingt ein wenig
künstlich und ist zu laut. Sina hält die Luft an, als Cloe über
den oberen Rand der Karte hinweg in die angegebene Richtung
schaut.

Cloe duckt sich wieder hinter die Speisekarte und flüstert:
»Die Frau ist dunkelhaarig und geschminkt wie ein … Wie
heißen die noch gleich? Alles schwarz und blass.«

»Vampire?«

»Genau. Nur eleganter und ohne lange Zähne. Aber sie ist es, ganz eindeutig. Unter all der Schminke und der Perücke erkenne ich sie trotzdem wieder.«

»Hat sie ein Tattoo?«

»Wo war das noch mal?«

»Am Fußknöchel.«

Wieder späht Cloe über den Rand der Speisekarte. »Kann ich nicht erkennen. Aber sie ist es, Sina. Was machen wir jetzt?« Ihre Wangen glühen vor Aufregung. »Ich weiß, ich geh da rüber und –«

Gut, dass Sina sie noch immer am Handgelenk gepackt hält. »Lass das. Das bringt nichts. Sie wird alles abstreiten und ist dann gewarnt. Wir dürfen uns nicht zu erkennen geben.« Zum ersten Mal in ihrem Leben verflucht sie Cloes auffällige Erscheinung. Immer schick, als wolle sie gleich zu einer Hochzeit oder zum Empfang des Bürgermeisters gehen.

»Was, wenn sie uns bereits gesehen hat?«, flüstert Cloe eindringlich. »Den Einbruch heute Nacht können wir vergessen.«

Sina schaut auf ihre Uhr. Liam und Henning sind inzwischen auf der Fähre. Sie müssen sich etwas einfallen lassen. Im Augenblick bleibt nur zu hoffen, dass Tanita oder wie immer die Frau heißen mag sie nicht entdeckt hat. »Wir gehen.«

»Aber … Na gut.« Cloe will aufstehen.

»Cloe, warte.«

»Was denn jetzt? Warten oder gehen?«

»Du gehst schon mal die Straße hoch. Ich muss noch zahlen. Schnapp dir Momo und klemm sie dir unter den Arm.«

»Momo kann laufen.«

»Sie fällt aber genauso auf wie du. Und schau dich bloß nicht um«, mahnt Sina.

Mit gesenktem Kopf begleicht Sina die Rechnung und folgt Cloe zwei Minuten später die Bismarckstraße entlang in Richtung Strand. Ihre Freundin steht ein Stück weiter mitten auf der Straße und blickt in einen Handspiegel, als wolle sie ihr Make-up überprüfen.

»Was tust du da?«

»Ich sehe nach, ob diese Tanita uns bemerkt hat«, flüstert Cloe, obwohl sie längst außer Hörweite sind. »Scheint nicht der Fall zu sein.«

»Wo ist Momo?«

Cloe deutet nach unten. Der Yorkshireterrier sitzt in Cloes Handtasche, die sie auf den Boden gestellt hat. Der Reißverschluss ist so weit zugezogen, dass der Hund nicht heraushüpfen kann.

»Los, weiter.«

Hinter dem Buddha vor dem Eingang zum chinesischen Restaurant bleiben sie stehen. Wenn sie um den dicken steinernen Bauch herumschauen, können sie Tanita Heide-Bruchsal zwischen all den Menschen entdecken, aber nur, weil sie genau wissen, wohin sie schauen müssen.

»Was jetzt, Sina?«

»Wir verfolgen sie. Mal sehen, was sie tut.«

»Und wenn sie in Richtung Bahnhof verschwindet?« Cloe deutet die Straße hinunter.

»Wir teilen uns auf. Du bleibst hier, ich schleiche mich über die Parallelstraße zurück und verstecke mich hinter den Kutschen, die beim Kaufhaus Akkermann stehen.«

»Lass mich das tun.«

»Nein, du fällst auf wie ein Papagei im Möwenschwarm. Ich bin eine graue Maus, mich sieht niemand. Außerdem kann ich in meinen Schuhen viel schneller laufen als du. Momo«, der Hund hebt den Kopf und versucht, der Tasche zu entkommen, »du bleibst bei Cloe. Und wenn Tanita diese Richtung einschlägt, versteckt ihr euch hinter ihm hier, damit sie euch nicht bemerkt.« Die menschengroße Figur klingt hohl, als Sina dagegenklopft.

Zwanzig Minuten später kommt die betrügerische Immobilienmaklerin auf Sina zu. Die krault halb abgewandt einem der Pferde die Mähne und hofft, dass die Kutsche noch ein paar Sekunden stehen bleibt, denn alle Plätze sind besetzt, und der Kutscher hockt bereits auf dem Bock. Sie hat Glück, die Kutsche bleibt stehen, und Tanita Heide-Bruchsal geht an ihr vorbei, ohne sie zu entdecken. Und da kommt auch schon Cloe auf ihren hohen Pumps herangetrippelt. Mit etwas Abstand folgen sie ihr.

»Wenn die bis in die Bantjedünen läuft, bin ich erledigt.« Die gut zwei Kilometer lange Strecke auf hohen Hacken zurückzulegen, wird Cloe schwerlich schaffen.

Sie beobachten, wie Tanita Heide-Bruchsal einer jungen Frau mit Kinderwagen ausweicht. Die beiden nicken sich grüßend zu.

»Ist das die Notarin?«

»Nein, die ist kleiner und fülliger.« Sina zeigt mit den Händen den Umfang an ihren Hüften an.

Die Maklerin überquert die Schienen am Inselbahnhof, geht einige Meter in die Franz-Habich-Straße hinein. In der Fußgängerzone ist sie plötzlich verschwunden.

Überrascht bleibt Cloe stehen. »Wo ist sie hin?«

»Sie muss in einem der Läden sein.«

»Scheiße.« Das kommt von Herzen. »Dann ist sie weg. Wir können nicht einfach warten, bis sie wieder rauskommt. Sie würde uns bemerken.«

»Das macht nichts. Es ist sowieso zu gefährlich, sie zu verfolgen. Wir wissen jetzt, dass sie im Moment auf der Insel ist. Das bedeutet ...«

»Wir müssen damit rechnen, dass sie heute Nacht in ihrem Haus ist. Wir werden es beobachten müssen, bevor wir dort einsteigen. Um zu sehen, wann sie fortgeht.«

»Das könnten Björn und Wolfgang übernehmen. Die beiden hat sie noch nie gesehen. – Achtung!«

Nur wenige Schritte entfernt betritt Tanita Heide-Bruchsal in diesem Moment erneut die Fußgängerzone. Sina packt Cloe am Handgelenk und zieht sie in den Hauseingang zwischen zwei Geschäften. Vorsichtig späht sie um die Hauswand herum. »Da ist sie. Mist, sie kommt uns entgegen.«

Cloe tut so, als würde sie versuchen, die Namen auf dem Briefkasten neben der Eingangstür zu entziffern. Das wird sie jedoch kaum davor schützen, gesehen zu werden.

Da öffnet sich die Haustür. Eine vierköpfige Familie, unverkennbar Touristen, tritt hinaus auf die Straße. Sina und Cloe nutzten die Gelegenheit, gehen einfach hinein und schließen die Tür hinter sich.

»Das war knapp.«

In dem langen Hausflur ist niemand zu sehen. Sie warten ein paar Minuten, dann verlassen sie das Haus wieder.

»Wohin jetzt?«, fragt Cloe.

»Wir gehen in den Laden.« Sina deutet auf das Geschäft.

»*Du* willst jetzt shoppen? Deine Nerven möchte ich haben.«

»Nur was fragen. Hast du es nicht gesehen? Die Maklerin hatte eine Papiertüte in der Hand. Also hat sie etwas gekauft. Wenn wir Glück haben, hat sie mit ihrer EC- oder Kreditkarte bezahlt.«

»Und wie willst du das rauskriegen?«

»Ich frage. Ein Nein habe ich, ein Ja kann ich bekommen.«

»Du hörst dich schon fast an wie deine Mutter.«

Sie betreten den Laden.

»Der Hund muss bitte draußen bleiben«, schallt es ihnen entgegen.

»Aber er sitzt in meiner Tasche.«

»Trotzdem. Wir verkaufen hier auch Lebensmittel.«

Cloe geht sofort hinaus.

»Guten Tag«, sagt Sina. »Darf ich Sie etwas fragen? Die Dunkelhaarige, die eben mit einer Einkaufstüte hier herauskam, kennen Sie die?«

»Frau Wagner-Lichtenfels?«

»Ja, genau die. Dann hatte ich doch tatsächlich recht. – Es ist unsere liebe Freundin«, ruft Sina in Cloes Richtung, ehe sie sich wieder der Verkäuferin zuwendet. »Ich habe sie lange nicht mehr gesehen. Wir kennen uns von früher. Wissen Sie zufällig, wo sie hier auf der Insel wohnt?«

»Keine Ahnung. Wenn es eine Freundin von Ihnen ist, fragen Sie sie doch selbst.« Die Verkäuferin schaut skeptisch, und Sina verzichtet lieber auf weitere Fragen. Jetzt hat sie zumindest schon mal einen Namen, mit dem Liam und Henning vielleicht etwas anfangen können.

»Sie nennt sich im wirklichen Leben Wagner-Lichtenfels«, informiert Sina Cloe, kaum dass sie sie erreicht hat. Momo, endlich aus Cloes Handtasche befreit, springt zur Begrüßung an ihr hoch, als wäre Sina stundenlang fort gewesen.

»Heide-Bruchsal, Wagner-Lichtenfels! Die Dame hat einen Hang zu Doppelnamen.« Cloe reicht Sina die Leine.

»Sollen wir es der Polizei sagen?«

»Warte lieber noch ein Weilchen«, rät Cloe. »Erst mal hören, was die Männer dazu sagen.«

Cloe hat recht. Wenn die Polizei die Betrügerin unter ihrem echten Namen ausfindig macht und befragt, können sie ihren Plan vergessen. Es erscheint Sina allerdings immer mehr wie eine Schnapsidee, in das Haus einzubrechen, während die Eigentümerin auf der Insel ist.

✧✧✧

Als sie in die Pension zurückkehren, ist Henning da.

»Wo ist Liam?«

»Der konnte nicht kommen.«

Aber dafür hat Henning Björn und Lucie mitgebracht.

»Man könnte meinen, ihr hättet sonst nichts zu tun«, foppt Cloe die beiden.

»Lucie hat sich extra freigenommen. Und ich …« Wie immer lässt Björn den Rest des Satzes offen.

»Bei der Bundeswehr müsste man sein.« Cloe seufzt und führt die Freunde zusammen mit Sina ins Frühstückszimmer der Pension Krabbe, wo die Eheleute Schulte bereits auf sie warten.

Henning stellt seine Segeltuchtasche auf einen der Tische und packt aus.

»Was ist das?«

»Lauschantennen. Wenn ich sie montiert habe, kann ich in jedem Raum des Hauses die Spinnen furzen hören.«

»Tatsächlich?« Lucie macht große Augen. »Wusste gar nicht, dass Spinnen das tun.«

»Lausche und lerne, meine Liebe.« Henning blickt seine Lucie mit ernster Miene an. »Winfried?«, fragt er dann.

»Hier.«

»Haben Sie ein Auto, das Sie uns leihen können?«

»Ich besorge eines.«

Sina hebt die Hand. »Wir können das heute nicht durchziehen, Henning. Ich habe es dir doch vorhin schon am Telefon gesagt. Selbst wenn das Haus am Abend leer sein sollte, kann sie doch jeden Moment zurückkommen.«

»Wird sie nicht.« Björn ist sich sicher.

»Woher willst du das wissen?«

Björn schaut zu Henning hinüber. Der grinst wie ein Honigkuchenpferd. »Auf den Namen Wagner-Lichtenfels wurde eine Fahrkarte für einen Pkw zur Überfahrt nach Emden für heute Abend gebucht. Die Rückfahrt ist erst in einer Woche.«

»Woher …?« Sina verkneift sich den Rest. Henning hat sicherlich einen nicht ganz legalen Weg ins Buchungssystem der Reederei gefunden.

»Wir haben also jede Menge Zeit.«

»Und wozu dann die Antennen?«, will Lucie wissen. »Wenn sie die ganze Woche weg ist, gibt es dort doch nichts zu hören.«

»Um auch wirklich ganz sicher zu sein, dass die Luft rein ist. Es könnte ja noch jemand im Haus sein, den wir nicht auf dem Schirm haben«, sagt Björn und tut, als lege er ein Gewehr zum Schuss an. »Es will schließlich keiner vom Panzer überrollt werden.«

»Wir sind doch nicht im Krieg«, meint Renate Schulte und blickt besorgt auf Hennigs Tasche.

»Klar sind wir das. Aber keine Bange, die Waffen habe ich auf dem Festland gelassen.«

»Bundeswehrsoldat, ein toller Typ«, murmelt Cloe leise und ergänzt: »So ein kleiner Schuss ins Bein der schönen Tanita hätte mir allerdings gefallen.«

Auch Sina kann sich gut vorstellen, wie ihre Peinigerin von Björn über den Haufen geschossen wird. Doch so bekommen sie ihr Geld nicht zurück.

»Immer langsam mit den jungen Pferden«, mischt Winfried sich ein. »So weit wollen wir lieber nicht denken.«

»Herr Schulte hat recht. Einen Schritt nach dem anderen. Erst einmal müssen wir ins Haus gelangen. Ist das geschafft, suchen wir nach dem Geld.«

»Das bestimmt nicht offen herumliegt«, meint Winfried.

»Davon ist auszugehen. Und weil wir nicht alles auf Teufel komm raus durchsuchen können, um keine Spuren zu hinterlassen, installieren wir die hier.« Henning zieht eine kleine Dose aus der Segeltuchtasche. »Das sind Wanzen. Die deponier ich in jedem Raum.«

»Wozu das denn?« Winfried und Renate sind noch nicht in alle Details eingeweiht.

»Zur Sicherheit, ich kann ja schlecht Tag und Nacht mit den Lauschantennen da herumstehen. Falls wir keinen Laptop, irgendwelche Sticks oder sonstige Unterlagen finden, auf denen Angaben für kommende oder schon erledigte Coups gespeichert sind, können wir in Zukunft wenigstens ihre Gespräche belauschen. Priorität hat aber auf jeden Fall der Tresor. Den sollten wir finden und wenn möglich öffnen.«

»Wie kommen Sie darauf, dass es einen gibt?« Renate Schultes Blick wandert von Björn zu Henning.

»Das konnten wir anhand einiger Daten aus dem Netz ermitteln. Dazu hat der Name, den Sina heute erfahren hat, einiges beigetragen. Auch wenn der ebenfalls falsch sein sollte, so haben sie ihn wenigstens für einen Handyvertrag und für die Installation ihrer Alarmanlagen genutzt.«

»Schön.« Cloe klatscht in die Hände. »Brechen wir ein und sehen nach, was wir finden.

»Bleibt nur noch eine Frage«, sagt Sina und hebt den Zeigefinger, »wie kommen wir ins Haus hinein?«

Alle Blicke sind auf Björn gerichtet. Er nickt und schnaubt. »Das lasst mal meine Sorge sein.«

»Ich brauche frische Luft«, verkündet Sina, nachdem sie alles besprochen haben, und geht in den Garten. Björn folgt ihr.

»Ich wollte es vor den anderen nicht erwähnen, Sina, aber das Tattoo geht mir nicht aus dem Kopf. Kannst du es für mich aufzeichnen?« Er greift in seine Jackentasche und reicht ihr einen Bleistift und einen kleinen Schreibblock.

Sina kennt Björn lange genug, um aus dem Unterton in seiner Stimme herauszuhören, dass ihn etwas beunruhigt. »Was macht dir Kummer?«

»Nichts. Es interessiert mich nur.«

»Ach komm, mir machst du nichts vor. Wäre es nichts, würdest du nicht fragen.« Noch während sie das sagt, weiß Sina auf einmal, was ihn quält. Es gibt genügend kriminelle Gruppierungen, deren Mitglieder ihre Zugehörigkeit mittels Tattoos verkünden. »Du glaubst, die beiden Frauen arbeiten nicht auf eigene Rechnung?«

»Doch, vermutlich schon. Ich will nur sichergehen, Sina. Mach dir bitte keine Sorgen.«

»Na danke. Das hast du prima hingekriegt. Jetzt habe ich Angst.«

»Keine Bange. Es ist nur so ein Gedanke, der mich beschäftigt. Also, wie sieht sie aus, die Tätowierung?«

Sina überlegt. »Ich glaube, es sind Runen.« Sie nimmt Block und Stift und beginnt zu zeichnen. »So ungefähr sieht es aus.«

Björn betrachtet das Bild. Dreht es auf den Kopf und stutzt. »Nun sag schon.«

»Moment, gleich habe ich es.« Er nimmt Sina den Kugelschreiber ab, dreht das Blatt erneut und nickt. Dann fügt er rechts einen Haken hinzu, streicht in der Mitte einen Bogen fort und beginnt zu lachen. »Der Tätowierer muss ein lustiger Typ sein.«

»Du weißt, was es heißt?«

»Klar. Diese Tanita muss ihn wohl ziemlich verärgert haben, wenn er das da«, er tippt auf das Blatt Papier, »auf ewig in ihre Haut eintätowiert hat.«

»Du kannst Runen lesen?«

»Das sind chinesische Schriftzeichen. ›Du bist blöd wie ein Esel.‹«

»Na, danke schön.«

»Nicht du.« Er tippt weiter auf die Zeichnung. »Das steht hier.« Er steckt Block und Stift wieder ein und holt stattdessen eine Schachtel Zigaretten heraus. Kurz darauf pafft er den Rauch in die Abendsonne.

»Seit wann rauchst du wieder?«

»Seit ich einen neuen Auftrag habe.«

»Geheim?«

Björn nickt.

»Und dann komme ich auch noch mit meinem Kram.«

»Das lenkt mich ein wenig ab.«

»Wann musst du weg?«

»Der Termin steht noch nicht fest.« Er legt den Zeigefinger auf den Mund und sagt: »Aber kein Wort zu den anderen.«

»Die werden es merken. Der Nikotingeruch bleibt an dir kleben, auch wenn Raucher das nicht wahrhaben wollen.«

»Das meine ich nicht.«

»Ich weiß.«

Björn drückt die Zigarette aus und flitscht sie in den Garten. Eine Weile stehen sie schweigend nebeneinander.

»Pssst.« Björn ergreift ihr Handgelenk und hält es fest. »Beweg dich nicht.« Er deutet zum Ende des Grundstücks, wo Nebel aufzieht.

Sina ist starr vor Angst. Sind sie jetzt schon aufgeflogen? »Ist es die Maklerin?«

»Quatsch. Schau genau hin.«

»Ich sehe nichts«, flüstert sie.

»Ein paar ganz junge Kaninchen.«

»Ach, die gibt es hier überall. Scheinen richtige Plagegeister zu sein.« Von Frau Schulte weiß Sina, dass sie in den Gärten die Blumenbeete kahl fressen und Löcher graben, in denen man sich die Hacken brechen kann.

Aber niedlich sind sie trotzdem.

∗∗∗

Was hat die ganze Sache nur aus ihr gemacht? Sie war eine ehrliche Buchhändlerin, jetzt ist sie auf einmal eine gemeine Einbrecherin.

Draußen wird es langsam dunkel, Zeit für Sina und Cloe, sich auf den nächtlichen Einbruch vorzubereiten. Dunkle Kleidung und bequeme Schuhe gehören ebenso dazu wie eine Taschenlampe.

»Stell dein Handy auf Vibration«, mahnt Sina, als sie die Treppe hinuntergehen.

»Das sagst du jetzt schon zum dritten Mal.«

»Ich bin nervös.«

»Ich nicht«, sagt Cloe. »Endlich mal was Interessantes. Wann hat dir zum letzten Mal das Herz bis zum Hals geschlagen?«

»Als die Schultes zurückkamen und mir die Pension flöten ging.«

»Ich meine, vor Aufregung. Das wird super werden.«

»Nicht, wenn uns jemand erwischt.«

»Wird schon gut gehen.«

»Dein Wort in Gottes Ohr.« Sina knabbert immer noch an dem Gedanken, sie könnten sich hier womöglich mit einer brutalen Gang oder gar dem organisierten Verbrechen anlegen. Es wäre besser gewesen, wenn Björn den Mund gehalten hätte. Sie traut ihm zu, dass er nur behauptet, es sei ein blöder Spruch gewesen, und in Wirklichkeit steckt doch eine kriminelle Gruppierung dahinter. Wirklich chinesisch sehen die Zeichen jedenfalls nicht aus.

»Gibt es etwas, das ich wissen sollte?« Cloe kennt sie gut.

»Ich bin einfach nur nervös«, wiederholt Sina. »Und Angst habe ich auch.«

»Du holst dir nur zurück, was dir weggenommen wurde.« Cloe hält ihr die Tür zum Frühstücksraum auf. »Nicht mehr und nicht weniger. Daran ist nichts kriminell.«

Ja, einfach nur ihr Eigentum zurück, mehr will Sina nicht. Trotzdem fühlt sie sich wie ein gemeiner Dieb, und das macht sie wütend. »Du hast recht«, sagt sie, um sich selbst Mut zuzusprechen. »Scheiß auf ein schlechtes Gewissen.«

»Genau.« Cloe zwinkert ihr zu. »Die beiden Betrügerinnen haben schließlich auch keines. Du nimmst dir nur, was dir ohnehin gehört.«

»Und keinen Euro mehr.«

»Wirklich nicht?« Björn schaut von der Grundrisszeichnung des Hauses Bantjedünen 105 auf. Vermutlich haben Liam und Henning sie vom Bauamt stibitzt. Lieber nicht fragen, wie sie darangekommen sind. »Ich finde, wenn wir schon einbrechen, sollte es sich auch lohnen.«

»Ja«, pflichtet Henning ihm bei. »Wäre doch nett zu wissen, dass die blöden Weiber sich so richtig ärgern. Zumal sie uns garantiert nicht anzeigen werden.«

»Wie kommst du auf den Gedanken?«

»Das Risiko, erklären zu müssen, wie sie an ihr Vermögen gekommen sind, scheint mir recht groß.«

»Ich finde auch, sie sollen merken, was für ein mieses Gefühl es ist, wenn man plötzlich pleite ist«, bekräftigt Cloe.

Björn lacht. »Du glaubst doch nicht ernsthaft, dass die keinen Cent mehr haben, nur weil wir ihren Safe leer räumen. Schon allein deshalb sollten wir alles abgreifen, was wir finden können.«

»Dann sind wir nicht besser als die.«

»Sina, die haben es nicht verdient, dass du Mitleid mit ihnen hast.«

»Lassen wir das. Reden wir lieber über den Safe.« Henning legt ein paar Blätter auf den Tisch. »Vermutlich sieht er so aus.«

»Woher weißt du das?«

»Liam konnte zu dem neuen Doppelnamen einiges herausfinden. Neben einer Handynummer –«

»Du hast gesagt, die ist inaktiv, oder?« Lucie schaut ihren Ehemann an. Der nickt und streichelt ihren Handrücken.

»Liam ist ein Zauberer, was Handys und Computer angeht.«

»Ich dachte immer, das wärst *du*.«

»Sie sind es beide, Lucie.« Cloe wirkt genervt. »Lass ihn weitererzählen.«

»Okay. Zu erklären, was wir dank der Handynummer alles machen konnten, würde jetzt zu lange dauern. Auf jeden

Fall konnten wir sehen, was sich die Eigentümerin des Hauses Bantjedünen 105 in den vergangenen Monaten im Internet angeschaut hat. Und diesen Safe«, er tippt auf das Blatt Papier, »hat sie bestellt.«

»Sieht aus wie ein normaler Hotelsafe.«

»Ist aber wesentlich effizienter.«

»Dann müssen wir das Ding nur noch finden.« Sina sieht sich schon im Schein der Taschenlampe jedes Bild von der Wand nehmen, um zu sehen, ob dahinter der Safe verborgen ist. Sie werden das ganze Haus durchsuchen müssen, jeden Schrank, jede Schublade, alles.

Darin hast du doch jetzt Übung, stichelt eine hässliche Stimme in Sinas Ohr. Bei den Schultes war es ihr peinlich und unangenehm. Es fühlte sich an wie Leichenfledderei, obwohl sie sich im Recht wähnte. Im Haus in den Bantjedünen sollte sie versuchen, es als einen Triumph zu sehen. Rache ist süß, so sagt man doch.

»Und wenn kein Bargeld da ist?« Die Frage haben sie schon etliche Male durchgekaut. »So viel wird eine Kriminelle ihres Schlages nicht im Haus liegen haben.«

»Auf ein Konto kann sie es jedenfalls nicht einzahlen. Da wird ihr irgendwann das Finanzamt aufs Dach steigen, und sie muss erklären, woher die Moneten stammen.« Björn ist fest davon überzeugt, dass sie jede Menge Bargeld finden werden.

»Sonst nehmen wir andere wertvolle Sachen mit. Die können wir irgendwo verhökern«, sagt Lucie, und Henning nickt wie ein Wackeldackel auf der Rückbank eines Autos.

Das wäre dann Hehlerware. Kein schöner Gedanke. Zudem kennen sie niemanden, der heiße Ware ankauft.

»Schmuck ist okay.« Cloe grinst schief, als alle sie anstarren. »Juwelen oder Gold kann Wolfgang an den Mann bringen.«

»Wow, Wolfgang? Da tun sich ja Abgründe auf.« Björn klingt eher hochachtungsvoll als sarkastisch.

»Wo ist der überhaupt?«, will Lucie wissen.

»Er arbeitet. Steht vermutlich in diesem Augenblick hinter der Bühne und reicht den Schauspielern die Kostüme.«

Für Cloe das Stichwort, einen Blick in ihren Taschenspiegel zu werfen. »Wie hoch ist zurzeit der Goldpreis?«, fragt sie und steckt, zufrieden mit ihrem Aussehen, das Teil wieder ein.

»Das ist doch jetzt vollkommen unwichtig.«

»Ich werde wohl doch mit euch einsteigen müssen.« Cloes Stimme lässt keinen Widerspruch zu. »Wache schieben kann Lucie auch allein. – Schaut nicht so. Wenn weder Geld noch Schmuck da ist, könnten doch wertvolle Bilder oder Skulpturen herumstehen. Keiner von euch kennt sich damit aus.«

»Sag mir nicht, du kannst einen echten Klimt, van Gogh oder was weiß ich für Maler von einer Fälschung unterscheiden? Das ist etwas anderes als Gucci, Lagerfeld und Co.«

»Auch andere haben versteckte Talente und Geheimnisse, mein lieber Björn. Ich kann das, verlass dich drauf.«

»Dann rufen wir dich, sollten wir deine Hilfe brauchen. Bis dahin bleibst du an der Straße stehen.«

»Kennt Wolfgang auch einen Hehler für Kunst?«

Oje, das hat Sina laut ausgesprochen.

»Jetzt macht euch keine Sorgen um ungelegte Eier.« Einer von Mamas Lieblingssprüchen, den Lucie da herausgehauen hat. »Falls kein Geld im Tresor sein sollte, entscheiden wir vor Ort, was zu tun ist.«

Aktien, denkt Sina, oder Wertpapiere. Vielleicht finden wir ja nur so was. Aber die liegen doch vermutlich in Bankdepots und nicht bei den Aktionären zu Hause herum, oder? Wie sonst wollen sie an ihre Dividenden herankommen?

Schluss jetzt. Denk an etwas anderes, hör auf, dich selbst verrückt zu machen.

Das ist leichter gesagt als gedacht. Niemand kann auf Kommando das Grübeln abstellen.

»Apropos Tresor.« Björn deutet auf das Bild, das in der Mitte des Tisches liegt. »Ich sehe da kein Schlüsselloch. Ich hoffe doch, Henning, du weißt, wie man das Ding aufkriegt?«

٭٭٭

Endlich ist es so weit. Die Freunde sehen aus, wie man sich Einbrecher vorstellt. Alle in dunkler Kleidung und mit einer Taschenlampe ausgestattet.

»Vergesst die Gummihandschuhe nicht, wir wollen schließlich keine Fingerabdrücke hinterlassen.«

Es fehlt nur noch die Skimaske vor dem Gesicht. Die konnten sie Lucie ausreden.

»Schatz, manchmal bist du wirklich naiv.« Henning küsst ihre Lippen, um der Kritik den Stachel zu nehmen. »Erstens fallen wir damit bei diesen Temperaturen garantiert auf und zweitens: Wo sollen wir die jetzt noch so schnell herkriegen?«

Cloe, Sina und Björn wenden sich ab, damit Lucie ihre schmunzelnden Gesichter nicht sehen kann.

Die von den Schultes vorhergesagte Wetterprognose ist eingetroffen. Am späten Nachmittag zog Nebel auf. Die Sonne hatte nicht mehr genug Kraft, ihn zu durchdringen, und auch jetzt kann man den Dunst fast mit den Händen fassen. Die Schultes erzählten, dass bei diesem Wetter früher ein Nebelhorn zu hören gewesen war, das den Schiffen unablässig in längeren Abständen verkündet hatte, sich in gefährlichen Gewässern, sprich: der Nähe einer Insel zu befinden. Es war überall auf Borkum und bis weit auf das Meer hinaus zu hören gewesen. Seit es GPS und Echolot gibt, sind diese akustischen Warnsignale nicht mehr erforderlich.

Es ist kalt und klamm, jedoch die ideale Witterung für ihr Vorhaben.

Am Haus angekommen, hat Henning die Kameras auf dem Grundstück und die Bewegungsmelder, die ebenfalls mit dem Smart-Home-System verbunden sind, längst deaktiviert. Nach fünf Minuten »Lauschangriff« vom Wagen aus gibt er Entwarnung: »Niemand drin.«

Sie steigen aus. Cloe hält auf der Straße Wache, die anderen laufen geduckt zur Rückseite des Gebäudes. Immer dicht an der Hauswand entlang, um von den Nachbarn nicht gesehen zu werden. Drüben ist zwar auch alles dunkel, aber Vorsicht ist die Mutter der Porzellankiste.

Während Sina und Henning Björn dabei zusehen, wie er

sich an der Terrassentür zu schaffen macht, geht Lucie ein paar Schritte in den Garten, um die Rückseite vor unerwartetem Besuch zu sichern. Dabei tritt sie in ein Kaninchenloch, stolpert, kann sich fangen, muss aber nach einem Gartenstuhl greifen, um Halt zu finden. Der fällt scheppernd um und knallt gegen den Gartentisch. Sina, Henning und Björn stehen sekundenlang wie in Bronze gegossen und rühren sich nicht. Es war ein Fehler, Lucie mitzunehmen, doch hinterher ist man immer schlauer. Aus der Dunkelheit sind Geräusche zu hören, die vermuten lassen, dass Lucie alles wieder aufstellen will.

»Lass das«, zischt Björn, schiebt die Terrassentür auf und ist im nächsten Moment im Haus verschwunden.

Die anderen folgen ihm.

»Lucie, du bleibst an der Tür stehen und rührst dich nicht«, befiehlt Björn.

Im Taschenlampenlicht ihrer Handys sehen sie sich im Wohnzimmer um. Schick, alles vom Feinsten – und vom Geld anderer Leute. Sinas Angst, erwischt zu werden, verpufft. Sie fühlt nur noch Wut. Kurz kommt ihr der Gedanke, etwas zu zerstören, doch das hilft niemandem, schon gar nicht ihr selbst.

»Sieh dir die Vase an«, flüstert Lucie, die hinter ihr steht, und deutet auf eine Bodenvase. Niemand hat wirklich damit gerechnet, dass sie sich an Björns Anweisung hält. »Die ist sicherlich ein kleines Vermögen wert.«

Sina führt den Lichtstrahl ihrer Taschenlampe über die Wand. Das Bild, das dort hängt, erinnert sie an die Werke von Salvador Dalí. Cloe wüsste Bescheid, doch die steht auf Abruf an der Straße und hält Schmiere.

Lucie errät ihren Gedanken. »Soll ich Cloe ablösen?«

Sina nickt. »Mach das«, flüstert sie, da Lucie auf ihr Nicken nicht reagiert.

»Was dauert das denn so lange?«, raunt besagte Freundin im selben Moment von der Terrassentür herüber. »Meine Frisur ist bei dem Wetter zum Teufel.«

»Ich habe doch gesagt, wir sollten Skimützen aufsetzen.« Lucie klingt verschnupft.

Cloes Blick fällt auf das Kunstwerk, das Sinas Interesse geweckt hat. »Das ist eine Fälschung. Das Original hängt, glaube ich, im –«

»Quatscht nicht rum, sucht den Safe«, grätscht Björn dazwischen. »Sina und Lucie, ihr geht nach oben. Schaut vorsichtig nach, ob das Geld irgendwo in den Schlafzimmern herumliegt.«

Lucie schwitzt, sie zieht ihre Jeansjacke aus. Der Ärmel streift die Bodenvase. Die wackelt. Sina stürzt herbei, hält sie fest und seufzt. Das ist gerade noch mal gut gegangen. Björn flucht leise und verschwindet im Nebenzimmer. Worte wie »Festbeleuchtung« und »Blaskapelle« hört sie, dann sind sie an ihm vorbei und im Obergeschoss. Leise öffnen und schließen sie Schrank- und Schubladentüren. Zwischen der Unterwäsche liegt eine Brieftasche, in der fünf Zweihundert-Euro-Scheine stecken. Sina zögert, da hat Lucie sie schon eingesteckt. »Kleine Anzahlung«, flüstert sie.

In einem der Schränke stehen reihenweise Handtaschen. Sina nimmt eine nach der anderen heraus, öffnet alle Fächer und hält sie ihrer Schwester hin. Einmal hineingeleuchtet, ein Kopfschütteln, fertig. Kein Schmuck, kein Geld, nichts.

»Sina!« Björns verhaltene, aber dennoch fordernde Stimme dringt nach oben. »Henning hat ihn gefunden.«

Als würden sie gespannt darauf warten, dass ein Küken dem Ei entschlüpft, stehen die fünf Freunde kurz darauf vor dem Safe. Eingefasst in ein Möbelstück, vorn Bar, hinten Safe, steht er im Wohnzimmer in einer Wandnische. Achtzig Kilo schwer und brandneu. Er wurde erst vor wenigen Wochen geliefert.

Björn lässt sich die mitgebrachte Tasche mit seinem technischen Equipment reichen. Höchstens noch fünf Minuten, dann sollte er ihn offen haben.

Doch so einfach ist es nicht. Als die moderne Technik die Kombination nach einer Viertelstunde immer noch nicht ermittelt hat, hören sie, wie ein Schlüssel ins Haustürschloss gesteckt wird. Noch ehe Björn und Henning ihr Werkzeug zurück in die Tasche stecken können, ist Lucie, die der Terrassentür am nächsten stand, nach draußen verschwunden, gefolgt von den beiden Männern und schließlich Sina und Cloe.

Cloe hat die Tür fast erreicht, als in ihrem Rücken das Licht angeht. Reflexhaft schaut sie sich um. Sie stockt und bleibt stehen.

»Du? Was machst du denn hier?«, rufen sie und ihr Gegenüber unisono.

Dann macht Cloe blitzschnell auf dem Absatz kehrt und folgt den Freunden, die schon fast die Straße erreicht haben. Als wären Furien hinter ihnen her, hetzen sie weiter, springen in den Wagen und erreichen in Rekordzeit die Pension Krabbe.

»Verflucht, Cloe, warum bist du nicht draußen geblieben und hast aufgepasst?«

»Mir war kalt und –«

»Pssst. Nicht so laut.« Sina legt den Zeigefinger auf die Lippen. »Die Pensionsgäste müssen uns ja nicht hören.« Sie geht voran in den Frühstücksraum.

»War sie das?« Björn stellt die Tasche, die sie zum Einbruch mitgenommen hatten, auf einen der Tische und kontrolliert zusammen mit Henning, ob sie auch alles wieder eingesteckt haben. »War das eure Tanita?«

»Unsere Tanita! Wie sich das anhört.« Cloe wendet sich zum Gehen.

»Wo willst du hin?«

»Mir ein Handtuch für die Haare holen.«

»Das kann warten. Wer war die Frau?«

»Das würde ich auch gern wissen.« Sina schaut Cloe an.

»Das war Elena.«

»Elena?«

»Eure Putzfrau?« Lucie reißt die Augen auf. »Aber wie kann die sich so ein Haus leisten?«

»Reinigungsfachkraft«, korrigiert Henning.

»Wie bitte?«

»›Putzfrau‹ klingt so herablassend.«

»Deine Sorgen möchte ich haben«, brummt Björn. »Sehe ich

das richtig? Die Putzfrau ist in Wirklichkeit eine Trickbetrügerin?«

»Das müssen wir sofort der Polizei sagen.« Lucie wirft ihre durchweichte Jacke in Richtung Garderobe, die sie verfehlt. Die Jacke landet auf dem Sideboard daneben über einer Vase. Die scheint unter der Stofflast umgekippt zu sein, denn jetzt tropft Wasser vom Board herunter.

»Stopp.« Henning lässt sich auf einen der Stühle fallen. »Das sollten wir erst genau besprechen.«

Björn setzt sich zu ihm. »Richtig. Es sind noch viele Fragen offen.«

»Die da wären?« Auch Sina und Lucie nehmen Platz. Cloe verschwindet kurz und kommt mit einem Handtuch, das sie sich um den Kopf gebunden hat, zurück.

»Warum arbeitet Elena hier in der Pension, wenn sie es erstens nicht nötig hat und zweitens Gefahr läuft, von uns erkannt zu werden?«

»Sie ist nicht Tanita«, sagt Sina.

»Du meinst, sie ist die Notarin?«

»Nein, auf gar keinen Fall.« Da ist Sina sich sicher.

»Angenommen, sie ist es doch«, sagt Henning nachdenklich, »warum ist sie dann hier?«

»Um herauszufinden, was wir wissen?«, schlägt Lucie vor.

»Verstehe ich nicht«, meint Björn. »Es wäre doch sinnvoller, sich von euch fernzuhalten.«

»Ich finde es ja sowieso schon dreist«, ergänzt Henning, »dass die Frauen quasi vor der eigenen Haustür dieses Ding abgezogen haben. Da setzt man sich doch nicht solch einer zusätzlichen Gefahr der Entdeckung aus.«

»Was machen wir?«

»Sina ruft sie an. Sie soll herkommen.«

Sina hat schon ihr Handy in der Hand. Sie lässt es lange klingeln, doch Elena geht nicht ran.

»Kannst du sie orten?« Alle blicken Henning an.

Klar kann er das.

VIERZEHN

Nachdem Henning das Handy geortet hatte – Elena war zu dem Zeitpunkt nicht mehr in den Bantjedünen, sondern bei sich zu Hause –, beschlossen die Freunde, erst einmal keinen Kontakt zu ihr aufzunehmen. Es war unwahrscheinlich, dass sie die Insel in den kommenden Stunden verlassen würde, jedenfalls nicht ohne eigenes Boot. Sie entschieden, erst einmal eine Nacht darüber zu schlafen und am kommenden Morgen beim Frühstück darüber zu sprechen.

Ich sollte Kommissar Kutschbauer anrufen, denkt Sina kurz vor dem Einschlafen, und alles Weitere ihm überlassen. Er sollte Namen und Adresse der Maklerin erfahren.

Bevor Sina jedoch am nächsten Tag den Frühstücksraum betritt, trifft sie in der Pensionsküche auf Elena.

»Guten Morgen, Elena.«

»Guten Morgen, Sina.«

Die beiden Frauen schweigen, sehen sich nur an.

»Was …«, beginnt Elena dann, »was du machen in Haus von Frau Eilers-Hohenfels?«

»Ich denke, sie heißt –«

»Die Frau hat viele Namen.« Elena klingt verächtlich. »Ich glaube, nicht Wagner-Lichtenfels, wie an Haustür steht, sondern andere ist richtige. Habe Pass mit Name Eilers-Hohenfels gesehen. Sie ist keine gute Frau.«

»Was hast du da gemacht?«

»Was hast du und Cloe da gemacht?«

»Antworte du zuerst, Elena.«

»Ich arbeite dort.«

»Mitten in der Nacht?«

Elena wird rot, dann lächelt sie. »Genau wie du. Aber keine Angst, ich haben Terrassentür zugemacht. Niemand merkt, dass wir waren da. Ist sie die Frau, die …?« Elena macht eine Geste, die wohl die gesamte Pension umfassen soll – und deren Verlust.

Sina nickt.

»Ja, das passt. Sie immer verächtend.«

»Verächtlich?«

»Genau. Ich nehme zum Putzen von Fliesen immer Schrubber und Lappen«, Elena macht mit den Armen die Bewegung nach, »dann einen Tag sie nimmt mir Schrubber ab und zeigt mit Finger nach unten.« Auch Elenas Finger deutet auf den Fußboden. »›Für fünfzehn Euro die Stunde‹, sagt sie, ›will ich, dass du gehst auf Knie‹.«

»Und trotzdem arbeitest du für sie?«

»Jetzt nicht mehr. Sie mir schuldet Geld für zwei Monate.« Elena hebt ihren Zeige- und Mittelfinger. »Deswegen ich war da. Sie mich nicht bezahlt. Aber ich habe immer noch Haustürschlüssel.«

Elenas Lächeln ist vielversprechend. Zufrieden fügt sie hinzu: »Und ich kenne Nummer von Tresor.«

✳✳✳

»Da haben Sie aber Glück, Herr Saathoff«, verkündet die Frau am Telefon. »Sie sind der Erste, der sich auf die Anzeige meldet.«

Und der Einzige, der echtes Interesse zeigen wird, denkt Focko Busboom. Weitere Kollegen werden anrufen, aber noch während des Gesprächs aus irgendeinem Grund zurückrudern. Mögliche Begründungen dafür gibt es viele. Falsche Lage, schlechte Infrastruktur, zu klein, zu groß, zu weit weg von wer weiß wo. Busboom verkneift sich ein Grinsen. Es heißt, dass es Menschen gibt, die an der Stimmlage heraushören können, wenn am anderen Ende der Telefonleitung jemand Grimassen schneidet. Er konzentriert sich voll und ganz auf die Absicht, von der Maklerin, die sich mit »Immobilienbüro Eilers und Hohenfels, Kim Eilers-Hohenfels am Apparat« gemeldet hat, ein Haus kaufen zu wollen.

Für dieses Gespräch wurde extra ein neues Handy angeschafft. Man weiß ja nie, über welche Verbindungen Trickbetrüger verfügen. Sollte sie auf den Köder hereinfallen, würde sie garantiert auch zurückrufen wollen. Als Decknamen wählte Busboom den Geburtsnamen seiner Ehefrau. Ein Name, der ihm geläufig ist, auf den er reagieren wird, wenn man ihn entsprechend anspricht. In der Vergangenheit gab es einen Fall, der wegen eines ungewohnten Namens schiefgegangen war. Ein Kollege hatte einen Decknamen verwendet, der ihm nicht leicht über die Lippen kam. Als er ihn buchstabieren sollte, musste er kurz nachdenken. Dieses winzig kleine Zögern ließ ihn damals auffliegen. Das kann Busboom mit dem Namen Saathoff, zwei a, zwei f, nicht passieren. Er hofft, dass der Plan, den Bernhard Kutschbauer und Dakota Wagner sich ausgedacht haben, funktionieren wird.

»Wir«, flötet Kim Eilers-Hohenfels am Telefon, »gehen hier streng der Reihe nach vor.« Sie lacht künstlich, als habe sie einen Scherz gemacht.

Busboom gibt einer Kollegin, die nebenan in der Küche an einem Laptop sitzt und ihn durch eine Durchreiche sehen und hören kann, einen Zettel mit dem Namen der Maklerin. Sie wird sofort herausfinden, ob es diese Person und das Maklerbüro überhaupt gibt. Wenn ja, muss sie recherchieren, wo es sich befindet, wenn nicht, haben sie auf jeden Fall die Betrügerin am Apparat, auf die sie gehofft haben.

»Wer zuerst kommt, mahlt zuerst.« Sie lacht erneut und fällt übergangslos in den Verkaufsmodus. Wunderbares Haus, hervorragende Lage, gute Rendite, die Besitzer müssen es leider schnell verkaufen, Scheidung, Sie verstehen? Eine denkbar ungünstige Notsituation für die Verkäufer. Daher auch der Spottpreis, fast ein Drittel unter dem Verkehrswert. »Da sollten Sie sofort zugreifen.«

»Nun, wat dem einen sien Uhl, ist dem anderen sien Nachtigall.« Ein friesisches Sprichwort, das Busboom einfällt.

»Oh, ich höre schon, Sie sind ein waschechter Ostfriese. Wenn Sie möchten, Herr …«

»Saathoff. Mit zwei a und zwei f.«

»Herr Saathoff. Wenn Sie möchten, können Sie das Haus sofort besichtigen.«

»Das ist ja wunderbar«, lügt er. »Ich möchte mein Geld schnell anlegen, wenn *Sie* verstehen!«

Kim Eilers-Hohenfels kapiert sofort, worauf er hinauswill, und gurrt, entzückt ob der Aussicht auf eine ordentliche Summe Schwarzgeld: »Na, dann wollen wir beide doch keine Zeit verlieren. Von meiner Seite aus können wir das Geschäft innerhalb der nächsten achtundvierzig Stunden durchziehen. Bei Bargeschäften geht es sogar noch schneller.«

Bingo. Er hat die Richtige gefunden.

»Haben Sie denn heute noch Zeit?«

»Gern. Wie spät?«

»Ich rufe Sie zurück. Wie ist Ihre Nummer?«

Busboom liest sie vom Zettel ab.

»Wunderbar. Ich werde für Sie nur kurz einen anderen Termin verschieben und melde mich dann in wenigen Minuten zurück.«

Busboom wartet genau dreizehn Minuten, dann klingelt sein Handy. Das Display zeigt keine Ziffernfolgen an, die Nummer ist unterdrückt. »Saathoff.«

»Herr Saathoff, da bin ich wieder. Ich sitze gerade in meinem Wagen und bin unterwegs zum Objekt. Ist es Ihnen möglich, in einer Stunde am Haus zu sein?«

Die Betrügerin hat ihn also geortet und weiß, dass er es schaffen kann. Gut, dass er vorsorglich im Haus seiner Schwiegermutter sitzt.

»Gern. Wo muss ich hin?«

Sie nennt ihm die Adresse.

»Dann bis gleich, Frau Eilers-Hohenfels.«

✲✲✲

Während sich die Polizei in Ostfriesland auf den ersten persönlichen Kontakt zur Trickbetrügerin vorbereitet, haben Sina und ihre Freunde auf der Insel ihrerseits alles für den zweiten Einbruch vorbereitet. Diesmal wissen sie dank Elena ganz sicher, wann sie mit Elenas Haustürschlüssel am helllichten Tag hineingehen können, ohne Aufmerksamkeit zu erregen.

Nur Sina und Elena werden hineingehen, da sind sich alle einig. Keiner der Nachbarn wird sich wundern, wenn die Reinigungskraft das Haus betritt. Sie ist dort bekannt. Und wenn sie in Begleitung einer weiteren Frau erscheint, werden die Anwohner vermutlich bloß denken, dass sie sich eine Hilfe mitgebracht hat. Man kennt das ja: Wenn die Schönen und Reichen abreisen, hinterlassen sie ihrer Putzfrau ein Chaos. Es lebe das Vorurteil.

»Es wird also niemand Verdacht schöpfen, wenn wir beide da reingehen. Soll ich einen Besen und einen Eimer mitnehmen?«

»Wozu?«

»Als Tarnung. Vielleicht kann Frau Schulte mir eine Kittelschürze leihen, damit es authentischer wirkt.«

»Keine gute Idee«, findet Elena. »Ich reden mit dir Polnisch, du nur nicken. Dann wissen alle, wir beide Putzfrauen.«

»Und du hast wirklich die Zahlenkombination?«

Elenas Lächeln kann man nur als verschmitzt bezeichnen. »Frau Tanita, wie ihr sie nennt, ist arrogant, selbstbewusst und dumm. Gefährliche Kombination. Aber Elena ist gute Beobachterin. Ich weiß Nummer auswendig.«

Selbstbewusst ist die einzige Eigenschaft, die Sina in Bezug auf die Betrügerin bestätigen kann, was aber nichts zu bedeuten hat. Ihr wahres Gesicht wird sie Sina und ihren Freunden garantiert nicht gezeigt haben. Apropos Gesicht. Dass ihr der Gedanke nicht schon viel eher gekommen ist.

»Elena?«

»Ja?«

»Gibt es eigentlich Fotos von der Frau?«

»Bestimmt.«

Sinas Herz macht einen kleinen Hüpfer. Toll, da könnte sie der Polizei doch nach dem gelungenen Einbruch ein Bild von der Verbrecherin zukommen lassen. Elena wirkt allerdings ein bisschen ratlos, was ihre Frage angeht. »Im Haus, meine ich.«

Elena überlegt und schüttelt schließlich den Kopf. »Komisch. Jetzt wo du sagst, ich nie eines im Haus gesehen. Wenn wir Geld nehmen, wir finden vielleicht auch Fotos.«

»Im Safe? Unwahrscheinlich.«

Aber vielleicht Dokumente, mit denen sie die Kriminellen überführen kann.

Nervös schaut Sina alle paar Sekunden auf ihre Uhr.

»Hab Vertrauen. Wir schaffen das«, ist Elena überzeugt.

Ob es so einfach ist, wird sich zeigen.

∗∗∗

Wenn man sein ganzes Leben auf der Insel verbracht hat, die Jahre der Ausbildung auf dem Festland einmal ausgenommen, kennt man die Insulaner und ihre Gewohnheiten. Bernhard Kutschbauer schimpft mit sich selbst, nicht schon vorher auf den Gedanken gekommen zu sein. Jetzt macht er sich auf den Weg zum Bahnhof. Auf der Bank zwischen dem Fahrkartenschalter und dem Eingang zum Fahrradverleih sitzen jeden Tag zwei alte Borkumer. »Sie lassen den Zug abfahren«, sagen manche scherzhaft und meinen, dass die beiden bei jeder An- und Abfahrt der historischen Inselbahn hier sitzen und alles beobachten. Zwischen den Abfahrtzeiten stärken die beiden sich auf der gegenüberliegenden Seite in der »Seekiste« mit ein bis zwei Bierchen, ehe sie erneut ihren Stammplatz auf der Bank einnehmen. Ihnen entgeht wenig, und sie genießen es, von Touristen nach allem Möglichen gefragt zu werden. Warum die Gäste das tun? Ganz einfach. Die beiden Männer tragen Schirmmützen, die auf die Entfernung wie Polizeimützen aussehen, und Jacken mit uniformähnlichem Schnitt.

Kutschbauer betritt den Bahnhof, geht am Blumenladen, am Café »Lokomotive«, der Inselapotheke, der OLB Bank, dem Spielzeuggeschäft, der Eisdiele und dem Eingang zum Fährfahrkartenverkauf vorbei und macht vor der Sitzbank halt.

»Bernhard, du stehst uns in der Sonne.«

»Macht mal Platz.«

Die alten Herren rücken auseinander und schaffen so gerade genug Raum für einen schmalen Hintern. Kutschbauer quetscht sich dazwischen.

»Was verschafft uns die Ehre?«, wird er von links ange-brummt.

»Fass dich kurz«, hört er von rechts. »Du bringst uns noch in Verruf.«

»Als ob euch das interessieren würde.«

Ein, zwei Minuten lang betrachten sie schweigend die Vor-übergehenden. Der Bahnhof füllt sich. Ein Ping-ping-ping zeigt an, dass jeden Moment ein Zug einfahren wird. Die Fußgänger-ampel springt auf Rot. Dennoch halten sich einige nicht daran und flitzen noch schnell über die Schienen.

»Seht euch das an«, knurrt der Alte rechts von Kutschbauer. »Mutter mit Kind. Die sollte doch als gutes Beispiel vorangehen. Oder eben gerade nicht.«

Schon wird die junge Frau von dem Mann, der den Bahnhof fegt, ausgezählt. Drohend hebt er den Besenstiel und deutet da-mit auf das rote Ampellicht. »Unverschämt«, zischt die Mutter und eilt mit dem Kind an der Hand an ihm vorbei.

»Willst du nicht eingreifen?« Die Frage ist an Kutschbauer gerichtet.

»Ich habe jetzt Wichtigeres zu tun.«

»Die Touristen unterschätzen unsere Kleinbahn.« Der Mann zu seiner Linken hebt die Mütze und kratzt sich die Glatze. »Ist ja noch mal gut gegangen«, sagt er. »Nun erzähl schon, was du von uns willst, Bernhard.« Sein Blick geht in Richtung »Seekiste«. Sicherlich wollen die beiden sich stärken, sobald alle Reisenden eingestiegen sind und der Zug in Richtung Hafen abgedampft ist.

Wie auf Kommando ertönt ein Zischen, eine Trillerpfeife gibt Signal, und die blaue Dampflok zieht an. Sie schauen ihr hinterher, bis der letzte Wagen verschwunden ist.

»Ist euch in letzter Zeit eine besonders gut gekleidete Dame aufgefallen?«

»Bist einsam, mien Jung?«

»Nee. Ist dienstlich. Ich suche nach einer Frau, die für Bor-kum viel zu schick angezogen ist. Eine, die nicht nur zu be-sonderen Anlässen, sondern immer so gekleidet ist.«

»Wann soll die denn da gewesen sein?«

»Sagen wir mal, in den vergangenen vier Wochen. Groß, schlank, blondes Haar. Bekleidet wahrscheinlich mit Rock und Bluse, dazu teure Stilettos.«

Beide Herren nicken. Ja, die haben sie gesehen. Aber nicht nur die. Zuletzt waren einige auffallend gut gekleidete Damen da. Alle groß, schlank und schick.

»Die eine sah aus, als ob sie gleich einen Termin vor Gericht hat«, sagt der Alte, der rechts von Kutschbauer sitzt. Auch er nimmt seine Mütze vom Kopf, legt sie auf seine Oberschenkel und streicht sich beidhändig das wenige Haar nach hinten. »Sie hatte die Haare streng zu einem Knoten gebunden.«

»Ich«, sagt sein Kumpel, »erinnere mich an eine schlanke Rothaarige mit ganz kurzen Haaren. Sie trug ein geblümtes Kleid und einen weißen Hut.«

»Stimmt, der ist ihr fortgeweht, und Michel«, er deutet auf den Mann mit dem Besen, der eben im Eingang zum Fahrradverleih verschwindet, »hat ihn mit dem Fuß gestoppt.«

»Mein Gott, hat die gezetert«, erinnert sich der andere.

Kutschbauer kann es sich vorstellen. Schwere schmutzige Handwerkerstiefel auf hellem Stoff sind nicht geeignet, eine Frau zu entzücken.

»Vorgestern war da eine, die sah aus, als wäre sie in einen Farbtopf gefallen.«

»Oder von ihrem Kind geschminkt worden.«

»Jedenfalls trug sie eine Perücke.« Der Alte vollführt mit beiden Händen eine Wellenbewegung seitlich seines Gesichtes. »Locken bis weit über die Schultern. Und mit einem Po wie diese Sängerin, die auch schauspielert. Wie heißt die noch gleich?«

Keiner der drei kommt auf den Namen, doch Kutschbauer weiß, wer gemeint ist. Sina Fuchs oder ihre Freundin hatte das ausladende Gesäß ebenfalls erwähnt.

»Wenn ich es mir recht überlege«, kommt es von links, »hatten alle Damen den gleichen runden Arsch.«

Die alten Herren kichern und setzen ihre Schirmmützen wieder auf. Sie drängen zum Aufbruch. Die »Seekiste« wartet.

»Weißt du, Bernhard«, der erste Platz neben ihm wird frei, »wir vermuten schon lange, dass es ein und dieselbe Frau ist.«

»Wie kommt ihr darauf?«

Beide fahren mit dem Zeigefinger unter ihrer Nase entlang.

»Sie riechen alle gleich.«

»Hat einer von euch eine Ahnung«, fragt Kutschbauer, »wer sie sein könnte? Oder wo sie wohnt?«

Die Männer schütteln den Kopf, und gleich darauf sitzt Kutschbauer allein auf der Bank.

Als die zwei einige Schritte gegangen sind, wendet sich der eine noch einmal zu ihm um und deutet auf den Taxistand gleich gegenüber.

»Frag da mal nach.«

Das tut er.

Nach der Befragung von fünf Taxifahrern und zwei -fahrerinnen weiß Kutschbauer, dass die Dame in den Bantjedünen Nummer 105 wohnt.

Ein Anruf bei Borkum-Post, dem privaten Briefzusteller auf der Insel, und Kutschbauer hat auch einen Namen.

***

Ungehindert betreten Sina und Elena das Haus. Ihr Weg führt sie geradewegs ins Wohnzimmer. Elenas Hand hat das Möbelstück, in dem der Safe untergebracht ist, noch nicht berührt, da hört sie ein Geräusch. Ihre Augen nehmen einen furchtsamen Ausdruck an.

»Was ist?«, flüstert Sina, die gerade Gummihandschuhe anzieht.

Elena legt den Zeigefinger auf die Lippen und weist mit dem Kopf nach links. Jetzt hört Sina es auch. Jemand versucht, die Haustür zu öffnen. Aber anscheinend nicht mit einem passenden Schlüssel. Dafür dauert es zu lange und klackert zu viel. Es klingt, als wolle sich jemand mit einem Dietrich oder so etwas Zugang verschaffen. Sina hat das schon oft im Fernsehen gesehen. Es scheint aber nicht so einfach zu sein, wie es auf der

Mattscheibe immer aussieht. Klar, es ist ja auch langweilig, wenn so eine Filmszene mehrere Minuten dauert.

Wer könnte das sein, und warum hat die Person sie nicht wenige Sekunden zuvor hineingehen sehen?

Die Versuche an der Haustür geben Elena und ihr die Gelegenheit, zu verschwinden. Sina will zur Terrassentür im hinteren Teil des Grundstücks hinaus, doch ein Schatten huscht draußen über den Boden. Eine zweite Person. Schon macht sie sich an der Terrassentür zu schaffen.

Jetzt sitzen sie in der Falle.

Was mögen das für Leute sein? Sind sie ebenfalls von Tanita reingelegt worden? Oder handelt es sich schlicht und einfach um Einbrecher? Die sind ja so dreist und kommen eher tagsüber als in der Nacht. So wie wir, denkt Sina. Wobei sie ja nur ihr Eigentum zurückhaben will.

»Wir müssen uns verstecken.«

Elena schüttelt den Kopf, eilt in den Flur und öffnet einen Einbauschrank. Mit hastigen Bewegungen nimmt sie einen Staubsauger heraus. Will sie mit dem Staubsaugerfuß den Eindringling niederschlagen? Nein. Sie steckt das Kabelende in die Steckdose und drückt auf den Knopf. Mit lautem Getöse springt das Ding an.

Elena deutet mit dem Zeigefinger auf die Wohnzimmertür und gibt ihr ein Zeichen, laut zu reden. Sina versteht und geht ins Wohnzimmer. »Soll ich schon mal die Fenster putzen?«, ruft sie gegen das Brummen an.

Der Schatten vor der Terrassentür verschwindet. All ihren Mut zusammennehmend geht Sina zur Haustür. Die Hand auf der Klinke, holt sie einmal kräftig Luft, ehe sie die Tür öffnet und hinaustritt. Es ist niemand zu sehen. Kurz überlegt sie, ob sie zur Straße gehen soll, um der Person hinterherzuschauen, lässt es jedoch bleiben.

Ihr Herz schlägt heftig, die Hände zittern. So ein Einbrecherleben ist nichts für sie.

Elena scheint das weniger auszumachen. Na ja. Sie ist ja auch ganz offiziell hier, um zu arbeiten. Der Staubsauger verstummt, und schon stehen beide erneut vor dem Möbel, in dem sich der Safe verbirgt.

Elenas Finger huschen über das Tastenfeld. Es klackt leise.

»Ist er jetzt offen?«

Sie nickt und dreht den Knauf.

Zu zweit in die Nische hinter dem Möbelstück gezwängt, fast Wange an Wange, schauen sie hinein. Wie von Sina befürchtet, liegen dort jede Menge Unterlagen. Ob Kaufverträge, Aktien oder andere Dokumente, Sina wirft keinen Blick darauf, sondern greift beherzt hinein und nimmt den ganzen Stapel heraus. Dahinter liegt, worauf sie gehofft haben. Sechs Stapel Geldscheine, vom Boden des Tresors bis unter die Decke nebeneinander hineingequetscht. Auf den ersten Blick ist schwer zu sagen, wie viel es ist.

Ein knallendes Geräusch lässt Sina erschrocken herumfahren.

Doch es ist nur Elena, die eine Plastiktüte aufgeschüttelt hat und sie ihr hinhält. Sina greift sich die Geldbündel und wirft sie hinein.

»Schnell«, sagt Elena.

Jetzt hat auch Sina es eilig. Alle Vorsätze, sich nur das zu nehmen, worum sie betrogen wurde, sind vergessen. Es fehlt die Zeit, das Geld zu zählen. Und sollten es mehr als sechzigtausend Euro sein, wird Björn vermutlich der Erste sein, der die »Spesen« erwähnen und aufzählen wird, was ihnen in den vergangenen Tagen durch den Betrug alles an Unkosten entstanden ist. Was darüber hinaus übrig bleiben sollte, könnte leicht als Schmerzensgeld abgerechnet werden.

Was einem in so wenigen Sekunden alles durch den Kopf geht. Was, wenn das Geld, das jetzt in der Plastiktüte steckt, die verlorenen sechzigtausend nicht annähernd ersetzt? Sollen sie dann einen dritten Einbruchsversuch starten? Ob Sinas Nerven das aushalten? Alles Gedanken, die im Augenblick fehl am Platz sind. Jetzt gilt es, sofort das Haus zu verlassen.

Während Sina noch rasch den Staubsauger zurück in den Schrank stellt, öffnet Elena schon die Haustür – und stößt mit jemandem zusammen.

»Hoppla, nicht so eilig, meine Dame.«

Sina erkennt Bernhard Kutschbauer an der Stimme. Ihr Herz klopft vor Aufregung. Wenn er sie entdeckt, was soll sie dann sagen? Zum Glück verhindert die offen stehende Einbauschranktür, dass Kutschbauer sie sehen kann. Doch die Tür reicht nicht bis auf den Fußboden. Hoffentlich bemerkt er ihre Füße nicht.

»Guten Tag. Mein Name ist Kutschbauer. Polizeistation Borkum.«

Das ist kaum zu übersehen, er trägt schließlich eine Uniform. Das weiß Sina von ihren letzten Begegnungen, und ein rascher Blick in den Flurspiegel gleich neben der Garderobe bestätigt es ihr. Oh nein. Wenn sie ihn sehen kann, sieht er sie vielleicht auch. Schon schiebt sich Elena dazwischen.

»Polizei?«

»Darf ich fragen, wer Sie sind?«

»Ich?« Sina sieht, wie Elena sich gegen die Brust tippt und einen Schritt auf Kutschbauer zugeht. Der tritt automatisch zurück und ist nun nicht mehr im Spiegel zu erkennen. Die Haustür zieht Elena halb hinter sich zu, seine Sicht ist nun versperrt. »Bin Putzfrau. Chefin nix da.«

»Und wie heißen Sie?«

Elena beginnt auf Polnisch zu fluchen, tritt hinaus, und die Tür fällt hinter ihr ins Schloss.

Leise drückt Sina die Einbauschranktür zu, schleicht zur Haustür und legt ein Ohr ans Türblatt. Ein Murmeln ist zu hören. Dann entfernen sich die Stimmen.

Das war knapp, denkt Sina und lehnt sich mit dem Rücken gegen das Türblatt. Das Herzklopfen will gar nicht aufhören. Dann macht sich ein Lächeln auf ihrem Gesicht breit. Der Inselpolizist ist den Betrügerinnen also auf die Spur gekommen. Als ihr noch etwas anderes einfällt, reißt Sina die Augen weit auf. Elena hat die Plastiktüte mit dem Geld mitgenommen! Bleibt nur zu hoffen, dass Kutschbauer keinen Verdacht schöpft und verlangt, einen Blick hineinwerfen zu dürfen. Wenigstens zehn Minuten sollte sie zudem noch hier warten und sich nicht rühren, falls es Kutschbauer einfallen sollte, eine Runde ums Haus zu drehen.

Immer wieder schaut sie auf ihrem Handy nach, ob von Elena eine Nachricht eingetroffen ist. Nichts. Soll sie bei ihr anrufen? Lieber nicht. Könnte sein, dass Kutschbauer sie mit aufs Revier genommen hat, um Elenas Angaben zu überprüfen.

Das schlechte Gewissen löst Sinas Herzklopfen ab. Was hat sie nur getan? Elena hätte allein niemals den kompletten Tresor leer geräumt. Erst nachdem sie von Sina erfuhr, was für eine Betrügerin ihre Arbeitgeberin in Wirklichkeit ist, hat sie sich bereit erklärt, bei dem Diebstahl mitzumachen. Allein hätte sie sicherlich nur das Geld herausgenommen, das ihr noch zusteht.

Doch kann Sina sich da wirklich sicher sein? Kurz kommt ihr ein mieser Gedanke. Was, wenn Elena genau in diesem Augenblick mit der Tüte voller Geld verschwindet? Sie schüttelt heftig den Kopf. Nur das Schlechte von den Menschen zu denken, wäre ihr noch vor wenigen Wochen niemals in den Sinn gekommen.

Apropos leer geräumt. Sie haben vergessen, die Unterlagen wieder in den Tresor zu legen. Jetzt ist es zu spät, der Safe ist zu, und Sina hat nicht darauf geachtet, welche Kombination Elena eingegeben hat. Sie geht in die Küche, um nach einer weiteren Tüte zu suchen, und entdeckt eine Jutetasche, in die sie die Papiere steckt. Ein zweites Mal eilt sie in die Küche, um mit einem Geschirrtuch Elenas Fingerabdrücke von dem Tastenfeld zu wischen. Danach schiebt sie das Möbelstück wieder an seinen Platz und bringt das Tuch zurück.

Ein Blick auf die Uhr verrät ihr, dass sie lange genug gewartet hat. Es ist Zeit, von hier zu verschwinden.

***

Das Telefon auf dem Rezeptionstresen klingelt. Lucie steht in der offenen Pensionstür und hält ungeduldig Ausschau nach Sina und Elena. Renate Schulte greift nach dem Hörer.

»Pension Krabbe. Was kann ich für Sie tun?«

»Bist du es, Renate?«

»Ja.«

»Hier ist Manfred. Ist dein Mann zu sprechen?«

»Der ist unterwegs. Kann ich ihm etwas ausrichten?«

»Er hat mich doch gefragt … Ach, kann er dir ja selber sagen. Ist jetzt unwichtig. Es gibt Neuigkeiten.«

Es bleibt still in der Leitung.

»Manfred?«

»Ja?«

»Sagst du mir auch, was es Neues gibt?«

»Die Polizei war da.«

Erneutes Schweigen.

»Wo denn, Manfred?« Renate Schultes Herz beginnt zu klopfen. Manfred wohnt in den Bantjedünen 97. Vier Häuser von Nummer 105 entfernt.

»Die Polizei ist bei uns am Haus vorbeigefahren. Ich bin sofort raus und hinterher. Einer der Polizisten klingelte an der Haustür. Du weißt schon, welche. Oder hat Winfried dir nicht gesagt, dass er sich für das Haus 105 interessiert?«

Eher für die Eigentümer, denkt Renate. »Doch, das hat er mir gesagt.«

»Jedenfalls haben sie jemanden mitgenommen.«

»Die Polizei?« Verflucht, Sina und Elena sind erwischt worden.

Beim Stichwort Polizei wirbelt Lucie herum und eilt an Renates Seite. Sie beugt sich über den Tresen, um das Gespräch mitzuhören. Dabei rutscht ein kleiner Ständer mit den Infoheftchen über die Hoch- und Niedrigwasserzeiten gefährlich nahe an den Rand.

»Natürlich die Polizei«, sagt Manfred. »Der Mann hat geklingelt, die Tür wurde von einer Frau geöffnet, sie unterhielten sich, und dann hat er die Frau mitgenommen. So richtig, wie man es aus dem Fernsehen kennt, mit Hand auf dem Kopf beim Einsteigen und so. Aber ohne Handschellen.«

»Welche Frau?« Renate hält Lucie mit der freien Hand auf Abstand.

»Na die, die immer zum Putzen kommt.«

Er spricht von Elena. Aber was ist mit Sina?

»Wann war das?«

»Vor gut einer halben Stunde.«

»Danke für deinen Anruf, Manfred. Ich werde es Winfried sagen. Und liebe Grüße an deine Frau.«

Hastig beendet Renate Schulte das Gespräch.

»Schlechte Nachrichten«, sagt sie zu Lucie und schiebt den Ständer an seinen alten Platz zurück. »Wo sind die anderen?«

»Warten im Frühstückszimmer.«

»Verflucht«, ruft Henning, als Renate ihnen von dem Gespräch berichtet hat. »Was machen wir nun?«

»Keine Ahnung«, ruft Sina, die in diesem Augenblick zur Tür hereinkommt.

»Was ist passiert?« Renate eilt ihr entgegen, nimmt sie in die Arme und drückt sie kurz an sich. »Man hat Elena verhaftet?«

»Dann hat die Polizei sie also mitgenommen?«

»Ja. Ich bekam eben einen Anruf.«

»Von der Polizei?« Sinas entgeisterter Blick spricht Bände. Sie sieht zur Tür, als würde sie erwarten, dass Uniformierte hereinstürmen und sie ebenfalls mitnehmen.

»Keine Panik. Es war nur der Nachbar. Er hat alles gesehen.«

»Was machen wir jetzt? Elena hat das ganze Geld dabei. Wenn sie sie zwingen, die Tüte aufzumachen – oh Gott! Was sollen wir nur tun?«

»Geld zählen.«

Alle fahren erschrocken herum. Elena steht im Frühstücksraum. Ein breites Lächeln im Gesicht und mit einer Plastiktüte in der Hand, die sie jetzt anhebt und schüttelt.

»Ab in die Küche«, bestimmt Renate Schulte. »Da kann uns niemand überraschen.«

***

Noch ehe Kriminalhauptkommissar Focko Busboom auf seinem Weg durch Ostfriesland sein Ziel erreicht hat, klingelt sein Handy. Er drückt den Knopf seiner Freisprechanlage.

»Saathoff.« Erst als er sich meldet, merkt er, dass es sein privates Handy ist. Das andere, extra für diese Aktion angeschaffte steckt in seiner Jackentasche.

»Saathoff? Ich wollte eigentlich Kriminalhauptkommissar –«

»Am Apparat, Kutschbauer. Was gibt es Wichtiges? Ich bin gerade auf dem Weg zum Treffen mit der Maklerin.«

»Deswegen rufe ich an. Ich wollte Ihnen mitteilen, dass unsere Verdächtige definitiv *nicht* auf der Insel ist. Wir können also damit rechnen, dass Ihre und unsere Maklerin tatsächlich ein und dieselbe Person ist.« Kutschbauer gibt eine kurze Zusammenfassung seiner Ermittlungen. »Die Putzfrau meinte, wenn ihre Arbeitgeberin kommt, ruft sie immer vorher an, damit im Haus alles perfekt ist. Sollten Sie sie verpassen, haben wir also eine zweite Option. Wir können sie festnehmen, sobald sie auf die Insel zurückkehrt, und die Geschädigten zu einer Gegenüberstellung einladen.«

»Danke für die Info. Ich bin gleich am Ziel. Ich rufe zurück.«

✳✳✳

»Hundertfünfundzwanzigtausend?« Elena macht große Augen. »Ich so viel Geld noch nie auf Haufen gesehen.«

»Was machen wir jetzt?«

»Das sollten wir in Ruhe mit allen besprechen. Wo ist Cloe?« Renate Schulte hebt einmal kurz die Schultern.

»Hat mich jemand gerufen?« Cloe stößt die Küchentür auf und bleibt abrupt stehen, als ihr Blick auf den Tisch fällt. »Wahnsinn.« Zwölf Stapel zu je zehntausend Euro und ein paar Zerquetschte liegen da. »Ihr habt es geschafft. Wie viel ist es?«

»Hundert…« Sina versagt die Stimme.

»…fünfundzwanzigtausend«, ergänzt Renate Schulte, stopft alles zurück in die Tüte und drückt sie Sina in die Hand. »Wir sollten sofort alle zusammentrommeln und Kriegsrat halten«, bestimmt sie.

»Aber vorher erzählt Elena uns, was die Polizei von ihr wollte.«

»Der fesche Polizist war da?«, fragt Cloe an Sina gewandt. Die nickt mit düsterer Miene.

»Er hätte uns fast erwischt. Er hat Elena mitgenommen. Was ist bei der Polizei passiert?«

»Nicht viel. Wollte wissen, wer ich bin und wann Hauseigentümerin zurückkommt. Und weil meine Papiere zu Hause sind, er mich hat mitgenommen in sein Auto und gefahren vor Wohnungstür, um anzusehen meinen Pass. Ich habe ihm gezeigt Krankenversicherkarte und Verdienstbescheinigung von letzte Jahr. Dann er sich bedankt und ist gegangen.« Elena deutet auf die Plastiktüte. »Zum Glück er nicht reingesehen. Ich schnell weggelegt.«

»Dann weißt du nicht, warum er dort war und wie er die Adresse herausgefunden hat?«

»Der Polizist hat nicht gesagt. Hätte ich ihn fragen sollen?«

»Bloß nicht«, sagen Sina und Cloe gleichzeitig.

***

Kriminalhauptkommissar Focko Busboom braucht keine fünfundvierzig Minuten, bis er sein Ziel erreicht. Das Haus, für das er sich angeblich interessiert, scheint aus den sechziger Jahren des zwanzigsten Jahrhunderts zu stammen. Langsam fährt er dran vorbei, wendet bei der nächsten Möglichkeit und hält dann auf der gegenüberliegenden Straßenseite. Fünf Minuten lang betrachtet er das Gebäude. Der Besitzer scheint es sorgsam gepflegt zu haben. Das Dach und die Fenster wirken neu. Die Haustür ist im ostfriesischen Stil und sieht auf die Ferne ebenfalls neu aus.

Jemand klopft an die Scheibe auf der Beifahrerseite. Erschrocken fährt Busboom zusammen. Eine Frau, etwa Mitte vierzig, sehr elegant, gibt ihm ein Zeichen. Busboom drückt einen Knopf, und die Scheibe fährt herunter.

»Herr Adrian Saathoff?«

Busboom nickt. Es war zu erwarten, dass sie ihn überprüft. Doch wie hat sie den Vornamen seines Schwagers herausbekommen, der seit einigen Jahren im Süden Italiens lebt?

»Frau Eilers-Hohenfels?«

»Die bin ich. Sie sind überaus pünktlich, Herr Saathoff«, sagt sie und deutet auf das Haus. Busboom nickt, fährt die Fensterscheibe wieder hoch und steigt aus. Mitten auf der Straße schütteln sie sich die Hand. Hier ist wenig Verkehr.

»Eine schöne, ruhige Gegend«, erklärt sie, als habe sie seine Gedanken erraten. »Wollen wir?« Sie macht eine einladende Handbewegung in Richtung der Haustür.

Noch ehe sie den Eingang erreicht haben, blickt vom Nachbargrundstück jemand herüber. Schnell sieht Busboom auf seine Füße, um kein Ansprechen zu provozieren. Wenn der sich jetzt einmischt, kann die Aktion den Bach runtergehen.

Kim Eilers-Hohenfels – den Namen hat seine Kollegin recherchiert und keinen Treffer erzielt –, reagiert recht gelassen. Sie winkt hinüber, als kenne sie den Nachbarn bereits. Der winkt zurück und verschwindet in seinem Haus.

»I nostri vicini sono persone educate«, sagt sie, und Busboom bricht der kalte Schweiß aus. Er hat keine Ahnung, was sie gesagt hat. Aber offenbar weiß sie, dass Adrian in Italien lebt. Die Dame scheint gut vernetzt zu sein und nichts dem Zufall zu überlassen. Sie will ihn testen, und er ist kurz davor durchzufallen. Was soll er sagen? Einfach nicken, den Kopf schütteln, eine belanglose Antwort geben? Sein Puls steigt, alles hat er erwartet, nur das nicht. Jetzt können ein paar italienische Wörter die ganze Aktion zu Fall bringen. Scheiße.

Da hört er ein Piepen. Sein Handy? Kann nicht sein. Wer außer der Betrügerin sollte ihn darauf anrufen? Seine Kollegen haben Anweisung erhalten, ihn nur im äußersten Notfall zu kontaktieren. Er kann sich nicht vorstellen, dass der jetzt schon eingetreten sein soll. Also die Komplizin. Aber warum sollte die ihn anrufen? Er schwitzt. Spätestens jetzt muss er reagieren.

»Wollen Sie nicht …?« Sie deutet auf sein Handgelenk.

»Was?« Das Wort kommt krächzend über seine Lippen.

»Ihre Uhr. Sie piept.«

Busboom atmet auf, er ist gerettet. Die Uhr hatte er ganz vergessen. Er trägt sie auch erst seit gestern. Auf Wunsch seiner

Frau und auf Anraten seines Arztes. Mit Bluthochdruck sei nicht zu spaßen, hatte der gesagt. Tragen Sie das Ding ein paar Tage, dann sehen wir weiter.

Jetzt hat ihn sein hoher Blutdruck angesichts der brenzligen Situation gerettet. Umständlich fummelt er an dem Ding herum. »Ich habe das Gerät noch nicht lang«, murmelt er und drückt darauf herum.

»Darf ich Ihnen helfen?« Ohne seine Antwort abzuwarten, ergreift sie sein Handgelenk, und schon verstummt das Piepen. »Meine Mutter hat auch so ein Ding. Sie sind nervös, Herr Saathoff.« Sie lächelt ihn an, und Busboom kann nur hoffen, dass die Uhr nicht gleich wieder Alarm schlägt. »Es ist doch nur eine simple Hausbesichtigung. Kein Grund zur Aufregung.« Sie lässt ihn los, kramt in ihrer Handtasche und holt einen Schlüssel heraus. Das Metall glänzt in der Sonne, es ist also weder abgegriffen noch angestoßen. Ein Indiz dafür, dass der Schlüssel funkelnagelneu ist. »Wollen wir?«

Die Tür schwingt auf, sie weist einladend in den Hausflur und lässt ihm den Vortritt.

Also dann, auf zur Hausbesichtigung. Wenn sie jetzt nur nicht wieder mit irgendetwas Italienischem anfängt.

Tut sie. »Gira a sinistra.«

Gott sei Dank, das hat er verstanden. Dank Gesches Kontaktlinsenaufbewahrungsdose, die er jeden Morgen auf der Waschbeckenablage liegen sieht. Auf den Deckeln steht »sinistra« und »destra« damit die Linsen nicht verwechselt werden. Also links. Dort liegt die Küche. Sie wirkt erst beim zweiten Hinsehen bewohnt und riecht noch nach Möbelhaus.

Heimlich befreit er sich von dem Pulsmesser, steckt ihn in die Hosentasche und tritt ein.

✳✳✳

»Und? Wie ist es gelaufen? Ist etwas dabei herausgekommen?« Kutschbauer hatte auf Busbooms Anruf gewartet, ist ungeduldig geworden und hat dann selbst zum Telefonhörer gegriffen.

»Ich denke, wir sind auf der richtigen Spur. Ich habe das Haus besichtigt. Die Frau war sehr gut über mich beziehungsweise meine Legende informiert. Fast wäre ich über eine Winzigkeit gestolpert, weil ich zu wenig Italienisch kann.« Kutschbauer erfährt alles über das Treffen.

»Und wie sah sie aus? Passt die Beschreibung auf sie?«

»Figur und Größe stimmen. Ein Tattoo konnte ich nicht erkennen, sie trug eine schwarze Hose mit Stöckelschuhen. Dunkelbraune Locken bis über die Schultern, möglicherweise eine Perücke. Meine Frau wüsste das mit Sicherheit, ich kann nur raten. Sie hatte einen auffallend großen Leberfleck auf der Wange. Der zieht sofort die Blicke an. Ein Merkmal, das man nicht vergessen kann. Ist vermutlich falsch. Auffällige blaue Brille. Ich habe versucht zu durchschauen, ob es wirklich optische Gläser sind, aber keine Chance.«

»Angewachsene Ohrläppchen?«

»Das war unter den Haaren leider nicht zu erkennen. Aber sie hat schmale Lippen und gezupfte, nachgemalte Augenbrauen.«

»Wie Hunderte andere Frauen auch.«

»Das Haus ist sehr schön, ruhige Gegend, und für den Preis, für den sie es anbietet, recht billig, aber das interessiert uns nicht, oder?« Eine rhetorische Frage.

»Wie geht es jetzt weiter?«

»Sie meinen, ob sie mir ein Angebot gemacht hat?«

»Hat sie?«

»Nein. Sie sagte, sie ruft mich wieder an. Doch ich hege den Verdacht …«

»Ja?«

»Ich glaube, sie hat Lunte gerochen.«

»Mist. Vielleicht kommen wir ja auf andere Weise weiter. Ich habe da etwas erfahren, das uns eventuell helfen kann.« Kutschbauer berichtet, was er auf der Insel herausgefunden hat. »Ich bin an der Frau dran. Amtsgericht, Stadtkasse und der ganze Kram. Ich melde mich wieder.«

Sein erster Anruf geht an die Liegenschaftsverwaltung und schon eine halbe Stunde später weiß Kutschbauer Bescheid. Das Haus Bantjedünen 105 gehört einem Gerhard Schubert aus Bielefeld. Den kann er erreichen und erfährt, dass das Haus für ein Jahr vermietet ist. Die Miete wurde im Voraus und in bar bezahlt. Letzteres gestand Herr Schubert erst nach mehrmaliger Nachfrage. Er hat demnach keine Kontoverbindung von seiner Mieterin, aber natürlich einen Namen. Den gibt er Kutschbauer durch, ebenso die Anschrift, unter der die Dame vorher gewohnt hat. »Es ist doch alles in Ordnung mit meinem Haus?«

»Wie lange waren Sie denn nicht mehr dort?«

»Seit ich es vermietet habe. Das ist jetzt fast zehn Monate her.«

»Von außen sah alles okay aus.« Kutschbauer hat die Angaben notiert. »Danke. Ich melde mich wieder.« Er legt auf und ruft sofort das Einwohnermeldeamt an.

»Die Frau hat Nerven wie Drahtseile«, vermutet Dakota Wagner ein wenig später, »wenn sie den Mut hat, den Wohnsitz unter falschem Namen bei der Gemeindeverwaltung anzumelden.«

»Tu mir den Gefallen und geh hin. Lass dir die Unterlagen zeigen. Vorherige Adresse, Passnummer und so weiter. Ich will wissen, wer sie wirklich ist«, bittet Kutschbauer im Wissen, dass es für eine Trickbetrügerin ein Leichtes sein dürfte, beim Amt gefälschte Unterlagen vorzulegen. Aber einen Versuch ist es wert.

Jetzt setzt er seine ganze Hoffnung darauf, dass Focko Busboom etwas erreichen wird.

✳✳✳

»Elena und ich waren erfolgreich, aber das wisst ihr ja bereits. Wir haben unser Geld zurück.«

»Plus Dividende.«

»Was Cloe damit sagen will: Wir haben mehr Geld im Tresor

gefunden, als sie von uns gestohlen haben und«, Sina legt eine Hand auf die Plastiktüte, »als uns zusteht.«

»Na, ich weiß nicht. Ein wenig Schmerzensgeld sollte schon drin sein, oder? Was meint ihr?«

»Damit du aus falschen Gucci-Handtaschen echte machen kannst?«

»Björn, lass Cloe in Ruhe«, sagt Rebecca ernst und schaut ihren Mann kurz an. Der nickt und lächelt schief.

»Wie viel ist es denn genau?« Alle Blicke sind auf die Tüte gerichtet.

»Hundertfünfundzwanzigtausend.«

»Dann mal ran an die Kanonen. Zeig her.« Björn beugt sich vor, greift die Tüte, nimmt mit Banderolen versehene und lose Geldstapel heraus und schichtet sie fein säuberlich nebeneinander vor sich auf. Er nickt zufrieden, schaut Sina an und schiebt den Haufen zu ihr hinüber. »Dann verteil mal.«

Für Björn und Rebecca zählt Sina acht Fünfhunderter ab.

»Ich dachte, die wären schon längst aus dem Verkehr gezogen.« Lucie stupst Henning an. »Ich möchte lieber keine lila Scheine.«

»Schatz, das ist vollkommen egal. Wir zahlen es doch sowieso wieder auf unser Konto ein.«

»Und die Bank nimmt die zurück?«

»Solange welche im Umlauf sind«, sagt Björn, »müssen die das sogar.«

Lucie greift nach einem Schein und hält ihn gegen das Licht. »Na, hoffentlich ist das keine Fälschung.«

»Wollt ihr andere?«, fragt Sina. »Wir haben reichlich von den Grünen.«

»Ist schon okay.« Björn verstaut das Geld in seiner Jackeninnentasche.

Henning und Lucie bekommen ihre insgesamt vierzehntausend Euro in Hundertern. Lucie steckt die Scheine sofort in ihre Handtasche, legt die Tasche auf ihren Schoß und hält sie mit beiden Händen fest. Auch Cloe möchte lieber grüne statt lila Scheine haben. Sie fächert die Banknoten auf, wedelt kurz damit vor ihrer Nase herum, schiebt sie zusammen, küsst den oberen und legt sie dann in ihre Louis-Vuitton-Tasche.

Für Wolfgang, der im Theater zu tun hat, packt Sina dreitausend und für Liam, der ebenfalls nicht hier sein kann, zweitausend Euro in einen Umschlag. Sie schreibt die Namen darauf und legt sie beiseite. Auf einen weiteren Umschlag schreibt Sina »Meins« und steckt dreißigtausend Euro hinein. Weitere fünftausend kommen in einen Umschlag, auf dem »Mama und Papa« steht.

Die übrig gebliebenen Scheine werden schweigend betrachtet. Lucie schnieft und holt statt eines Taschentuches eine Tüte mit Bonbons aus ihrer Tasche. Sie bietet den anderen die Süßigkeit an, doch alle schütteln den Kopf.

Erst als Lucies Geknister aufhört, räuspert sich Elena. »Ich bekommen noch Lohn für zwei Monate.«

Sina zählt die Summe in Elenas offene Hand.

»Danke, Sina. Ich denke, ich jetzt kann ganze Tag in Pension Krabbe arbeiten.« Sie schaut fragend zu den Schultes hinüber.

»Das würde uns freuen«, sagt Renate Schulte und wechselt einen schnellen Blick mit ihrem Ehemann. Der formt mit den Lippen ein Wort: später.

»Was ist jetzt mit dem Rest? Wir haben gerade mal die Hälfte der Beute verteilt.« Cloe rutscht auf ihrem Stuhl ein wenig weiter vor.

»Die Entscheidung liegt bei Sina und Elena. Es ist ihr Diebesgut.«

»Was für ein garstiges Wort«, sagt Lucie.

»Elena?« Sina schaut zu Elena hinüber. Die zuckt mit den Schultern.

»So viel Geld, das nicht mir gehört – nein. Ich kann nicht schlafen.«

»Das meine ich auch.« Sina ist erleichtert. »Wir übergeben es der Polizei.«

»Bist du verrückt?«, rufen Cloe und Björn wie aus einem Mund. Wenigstens in diesem einen Punkt sind sie mal einer Meinung.

»Wenn du das machst, wirst du sagen müssen, woher du es hast.«

»Dann wirf es doch einfach in den Briefkasten«, meint Lucie. »Auf diese Weise wissen die nicht, woher es stammt.«

»Das müssen sie aber, wir wollen doch alle«, sagt Cloe, »dass die beiden blöden Weiber hinter Gitter kommen.«

»Dann packt das Geld zu den Pässen – und ab damit.« Elena klatscht zweimal in die Hände, als wolle sie Dreck von ihren Handflächen streichen.

»Was für Pässe?«

»Ach, Björn, das habe ich in der Aufregung mit dem vielen Geld ganz vergessen zu erzählen. Die und einen Schwung Papiere haben wir noch mitgehen lassen.« Sina greift hinter sich und nimmt die Baumwolltasche mit dem Logo der Borkumer Reederei, die sie in der Küche der Maklerin gefunden hat, von der Stuhllehne. Sie greift hinein und lässt fünf Reisepässe neben den Geldstapel fallen. »Ich habe sie mir angesehen, aber … Ihr wisst schon.« Sie kann auf Fotos selten jemanden wiedererkennen.

Die Pässe gehen reihum.

»Sehr gute Fälschungen«, meint Björn.

»Woher willst du wissen, dass sie gefälscht sind?«, fragt Lucie.

»Weil, mein Schatz«, Henning streichelt kurz ihre Hand, »niemand fünf echte Pässe mit unterschiedlichen Namen haben kann.«

»Da liegst du falsch.« Cloe hat alle fünf Pässe aufgeschlagen vor sich hingelegt.

»Natürlich nicht, Henning hat vollkommen recht«, sagt Björn. Cloe ignoriert ihn.

»Die drei hier«, sie schiebt die passenden zusammen, »gehören Tanita. Und die hier«, sie legt die Hand auf die beiden anderen, »unserer lieben Notarin.«

Erneut machen die Pässe die Runde, bis jeder seine Bestätigung hinsichtlich der Personen auf den Fotos abgegeben hat. Sina muss sich darauf verlassen, dass ihre Freunde die Wahrheit sagen. Sie greift erneut in die Tasche. »Und dann habe ich noch das.«

Ein paar Schnellhefter und etliche dünne Akten landen auf dem Tisch.

»Vorsicht«, mahnt Lucie und stapelt die umgekippten Geldscheine wieder aufeinander.

In den kommenden Minuten sehen sich alle die Papiere genauer an. Björn und Henning stoßen ab und zu einen leisen Pfiff aus.

»Verkaufsurkunden, Grundbuchauszüge, Expertisen für Häuser und Grundstücke und vieles mehr. Ob die echt sind oder …«

»Die sind garantiert gefälscht«, wirft Cloe ein.

»… nicht, entscheidet am besten die Polizei. Wir sollten alles zusammen bei dem Polizisten abgeben, der Sinas Anzeige aufgenommen hat«, sagt Henning.

»Aber anonym.«

Ja, da sind sich alle einig.

»Nur sind da jetzt nicht nur die Fingerabdrücke von den beiden Betrügerinnen drauf«, gibt Winfried Schulte zu bedenken, »sondern auch die von uns allen.«

»Scheiß drauf«, meint Cloe. »Dann ist das eben so. Hauptsache, die Weiber kommen hinter Schloss und Riegel.«

»Außerdem«, sagt Lucie, »hat ja wohl noch keiner von uns seine Fingerabdrücke bei der Polizei abgeben müssen, oder?«

Gut, denkt Sina, dass Liam nicht hier ist. Ein bisschen wundert sie sich allerdings über den betont unschuldig dreinblickenden Winfried.

»Ist gut. So machen wir das.« Sie verstaut Geld und Unterlagen wieder in dem Baumwollsack mit den Schiffen drauf.

»Solltest du nicht einen anonymen Brief dazulegen?«, fragt Lucie. »Damit die Polizei weiß, um was es geht?«

»Die werden keinen Anstoß brauchen. Schließlich sind sie bereits auf der richtigen Spur.« Sina nickt Elena zu. Die nickt zurück.

»Sina!«, sagt Elena, als die beiden einen Augenblick allein

sind. Sie sieht besorgt aus. »Wir machen das erst nach bisschen warten.«

»Warum nicht gleich?«

»Ich habe komisches Gefühl.« Sie fasst sich mit bittender Miene ans Herz. »Lass uns abwarten.«

FÜNFZEHN

Cloe, Björn, Rebecca, Lucie und Henning nehmen am kommenden Morgen das erste Schiff. Henning hat versprochen, den Eltern, Wolfgang und Liam das Geld zurückzugeben, denn Sina will noch auf der Insel bleiben. Erstens müssen noch das Geld, die falschen Pässe und die Unterlagen bei der Polizei abgegeben werden. Zweitens haben die Eheleute Schulte um ein Gespräch unter sechs Augen gebeten.

»Sina, wir müssen mit Ihnen sprechen.«

Ein Satz, der in den meisten Fällen Unangenehmes vermuten lässt und bei dem es einem heiß und kalt den Rücken runterläuft. Jetzt wird sie vor die Tür gesetzt.

Doch es kommt anders.

»Wie wäre es, Sina, wenn Sie bleiben?«

»Sie meinen, ich kann die kommenden Tage noch bei Ihnen wohnen?«

»Nein. Wir hoffen, dass Sie für immer bleiben. Winfried und ich, wir haben uns das gut überlegt. Wenn alles glattgelaufen wäre und wir die Pension tatsächlich an Sie verkauft hätten, würden Sie jetzt bei der Bank Zinsen und Tilgung zahlen. Stattdessen geben Sie das Geld uns. Natürlich verlangen wir nicht so viel, wie Sie an die Bank zahlen müssten, da kommen wir Ihnen entgegen.«

Sina versteht nicht sofort, was Renate meint.

»Du drückst dich aber umständlich aus, Renate«, sagt Winfried. »Sie, Sina, zahlen für die Pension eine Pacht – an uns. Kind, Sie haben doch jetzt keine Arbeit mehr, und aus Ihrer Wohnung in Leer müssen Sie auch bald raus. Darum dachten wir, Sie übernehmen, wie Sie es ursprünglich geplant hatten, die Pension Krabbe.«

Sina weiß nicht, was sie sagen soll.

»Sie wird schon wieder ganz blass, Renate. Mädchen, setzen Sie sich hin. Ich hole Ihnen einen Schnaps.«

»Bring gleich drei Gläser mit«, sagt Renate Schulte. »Ich bin sicher, wir werden gleich auf unsere Zukunft anstoßen.«

»Sie meinen« – bei Sina ist endlich der Groschen gefallen –, »Sie vermieten mir die Pension?«

»Genau. Sie wissen ja schon, wie alles läuft. Die Krabbe ist bei Ihnen in guten Händen. Winfried und ich bleiben noch ein paar Wochen hier und erledigen alles. Den ganzen Schriftkram, Sie wissen schon. Dann ziehen wir zu unserer Tochter.«

»Und wenn es uns dort nicht gefällt«, Winfried kommt mit einer Flasche Sanddornschnaps und drei Gläsern zurück, »können wir ja jederzeit zurück.«

»Winfried, mach ihr keine Angst. Nicht dass sie meint, sie hat dann auch noch uns beide an der Backe. Nein, Sina, keine Bange. Sollte es uns wider Erwarten nicht gefallen, in Neuseeland zu leben, kommen wir auf die Insel zurück. Aber arbeiten wollen wir beide dann nicht mehr. Schauen Sie mal, Winfried ist schon fast im Rentenalter, und ich bin auch nicht mehr die Jüngste. Ich wäre froh«, sie macht eine raumgreifende Bewegung, »wenn ich diese Verantwortung in Zukunft nicht mehr tragen müsste.«

»Jetzt weint sie, Renate.« Winfried klingt vorwurfsvoll.

»Das sind Freudentränen, stimmt's?«

Sina kann nur nicken, nach dem Schnaps greifen und mit ihnen anstoßen.

»Auf die neue Besitzerin der Pension Krabbe!«

∗∗∗

»Habe ich schon gute Nachricht gehört.« Elena lächelt etwas verkniffen. Gefällt ihr nicht, dass Sina jetzt doch ihre Chefin bleibt?

»Ist das nicht toll?«

»Schön für dich und mich, aber sonst nichts toll.«

»Was meinst du?«

Elena klopft auf ihr Herz. »Polizei war bei mir.«

»Mist. Was wollten sie?«

»Sollte reinlassen Beamte ins Haus von Tanita. Fragen nach Tresor. Aber keine Angst, haben nicht geöffnet, auch nicht versucht. Wollten nur nehmen Fingerabdrücke.«

Sina schlägt erschrocken die Hand vor den Mund und überlegt. Nein, sie werden dort weder von ihr noch von ihren Freunden irgendwelche Abdrücke finden. Sie alle trugen während des Einbruchs Handschuhe. Dann denkt sie an den zweiten Besuch im Haus Bantjedünen 105. Sie hatte Gummihandschuhe an, Elena jedoch nicht. Was nicht weiter schlimm ist, sie ist schließlich die Putzfrau, und Elenas Abdrücke auf der Tastatur hat Sina abgewischt. Das sagt sie ihr.

»Das gut«, meint Elena. »Aber da ist noch was. Habe ich wegen Geld gute Riecher gehabt. War heute Morgen mit Jakub, meine Mann, bei Bank. Wollte Geld einzahlen. Habe ich gewartet, weil mein Jakub so lange braucht, um ausfüllen Formular. Da ich höre, wie Mann an Schalter von Kasse wedelt mit eine Geldschein und sagt, das ist falsches Geld.«

»Falschgeld?«

Elena nickt.

»Und du glaubst …«

Elena schnauft. »Ist möglich.«

»Nein, das kann nicht sein. Keiner von uns hat doch von dem Geld der Betrügerin etwas ausgegeben.«

Elena wirkt schuldbewusst.

»Was?«

»Habe ich gestern noch von meine Geld eingekauft.«

Da ist es wieder, das Gefühl. Eine bittere Flüssigkeit steigt in Sinas Kehle. Sekundenlang verharrt sie in der Erwartung, dass jeden Moment alles um sie herum zusammenbricht. Ihr wird übel. Sie hat nicht die Kraft, das Ganze noch einmal durchzustehen.

Nur krächzend kommen ihr die nächsten drei Wörter über die Lippen. »Was passierte dann?«

»Habe ich Schuhe für Jakub bezahlt und –«

»Das meine ich nicht. Was passierte in der Bank? Was tat der Kassierer?«

»Hat gesagt, muss melden bei Polizei und Geld gibt es nicht zurück.«

»Und dann?«

»Sind Jakub und ich gegangen. Haben lieber kein Geld auf Konto eingezahlt.«

»Verfluchte Scheiße.« Sina wird gleichzeitig heiß und kalt. Ihre Stirn wird feucht, im Rücken fröstelt sie.

Alles Falschgeld? Jetzt geht der gleiche Mist von vorn los. Sie schuldet ihren Liebsten dreißigtausend Euro, und es wird Jahre dauern, Pensionsbesitzerin oder nicht, es zurückzuzahlen.

***

Focko Busboom schaut seit fast vierundzwanzig Stunden nahezu ununterbrochen auf das Handy. Einmal ist er sogar mitten in der Nacht aufgewacht und aufgestanden, um nachzusehen, ob ein Anruf oder wenigstens eine Nachricht eingegangen ist. Nichts.

Er hat es versaut. Die Betrügerin ist nicht auf ihn hereingefallen. Woran es lag? Wer weiß? Es gibt viele Möglichkeiten. Seine falsche Reaktion auf die italienischen Wörter oder der Instinkt, durch den Kriminelle einen Polizisten manchmal drei Meilen gegen den Wind riechen können. Oder sie ist ihm hinterhergefahren, nachdem sie sich verabschiedet hatten. Er hatte allerdings mehrmals in den Rückspiegel geschaut und keinen Verfolger entdecken können. Woran es auch gelegen haben mag, die Spur ist jetzt kalt.

Bleibt nur zu hoffen, dass der Kollege auf der Insel mehr Glück gehabt hat.

»Habe ich nicht«, sagt Kutschbauer am Telefon. »All unsere Recherchen verlaufen im Sand. Wir waren im Haus einer Frau Wagner-Lichtenfels, auf die die Beschreibung der Maklerin passte. Der Hauseigentümer hat es uns erlaubt. Dort haben wir drei verschiedene Fingerabdrücke genommen und sie mit denen, die uns vorlagen, verglichen. Ein Abdruck stammt von der Putzfrau. Die anderen beiden sind ein Treffer. Sie passen hervorragend zu denen auf den Unterlagen, mit denen Frau Fuchs hereingelegt worden ist. Doch was bringt uns das, wenn wir nicht wissen, zu wem sie gehören?«

»Wir bleiben weiter am Ball«, sagt Busboom. Es klingt entmutigt, es ärgert ihn, versagt zu haben. Da tröstet der Gedanke an seine hundertprozentige Aufklärungsquote bei Tötungsdelikten wenig. Lustlos nimmt er die unterbrochenen Recherchen zu den gestohlenen Segelbooten wieder auf.

✳✳✳

»Wie«, Sina greift nach Elenas Arm, »sah der Geldschein aus?«

Eine letzte Hoffnung.

»Welcher Schein?«

»Der, mit dem der Kassierer in der Bank gewedelt hat.« Nur nicht grün oder lila, denkt Sina. Bitte, jede andere Farbe, nur nicht die.

»Blau«, sagt Elena. »Er war blau, das weiß ich ganz genau.«

✳✳✳

»Busboom.«

»Kutschbauer hier. Es gibt eine Wende im Fall. Jemand hat, leider anonym, einige Unterlagen, fünf Reisepässe und ziemlich viel Geld bei uns abgegeben. Die Pässe sind auf die Namen Kai Winter, Luca Herbst, Tanita Heide-Bruchsal, Susanne Möller und Gabriele Müller ausgestellt. Namen, die uns aus unserem und vergleichbaren Betrugsfällen bekannt sind. Was die Dokumente angeht, ist eines besonders interessant. Denn es ist vordatiert. Ein Kaufvertrag über ein Einfamilienhaus auf Juist. Der Deal soll in drei Tagen über die Bühne gehen. Ich maile Ihnen alles zu. Vielleicht sollten Sie dort auf die beiden Frauen warten.«

»Ich denke nicht, dass sie kommen werden.«

»Warum?«

»Sie müssten vorher nach Borkum reisen, um die Unterlagen zu holen. Dabei würden sie feststellen, dass sie futsch sind.«

»Dann müssen wir es hier machen. Die Putzfrau wird uns reinlassen. Wir deponieren die Unterlagen und das Geld im Haus, und wenn sie kommt, schnappen wir zu.«

»Wissen Sie denn, wo alles gelegen hat?«

»Ich vermute mal, im Safe. Denn den haben wir gefunden.«

»Und auch geöffnet?«

»Nein.«

»Mal angenommen, die Papiere lagen wirklich im Safe und nicht in irgendeiner Schublade. Wie wollen Sie ihn öffnen, und woher wollen Sie wissen, wie alles anzuordnen ist? Geld vorne, Pässe hinten oder umgekehrt? Die Frau ist misstrauisch, das sieht man daran, wie sie mich überprüft hat. Sie wird sofort bemerken, dass jemand in ihrem Haus gewesen ist.«

»Das ist dann aber hoffentlich egal, weil die Geschädigten die beiden Frauen ja identifizieren können. Wir nehmen sie auf jeden Fall fest. Wir bewachen das Haus.«

»Tun Sie das, Kutschbauer. Ich kümmere mich sicherheitshalber um den Termin auf Juist. Wäre ja möglich, dass die Damen Kopien auf ihrem Laptop haben. Die könnten sie überall ausdrucken.«

»Viel Erfolg.«

Kutschbauer legt auf und wählt die Nummer von Sina Fuchs.

»Frau Fuchs? Bernhard Kutschbauer. Ich habe eine gute Nachricht für Sie. Treffen wir uns in einer Stunde hier in meinem Büro?«

Die Stunde vergeht schleppend, er kann es kaum erwarten, Sina Fuchs wiederzusehen.

Und da ist sie auch schon. Auf die Minute pünktlich, wie er es selbst nur selten ist.

»Bitte nehmen Sie doch Platz. Wie gesagt, ich habe gute Nachrichten.«

Sina wirkt wenig begeistert. Er hatte Jubel erwartet. Oder wenigstens einen erwartungsvollen Gesichtsausdruck.

»Wir«, er deutet auf sich, »die Polizei, sind guter Dinge, die Trickbetrügerinnen schon bald festnehmen zu können.« Er berichtet, was sie herausgefunden haben und dass ihnen Kommissar Zufall zu Hilfe gekommen ist, indem ihnen Unterlagen und eine bestimmte Summe Geld anonym zugestellt wurden.

Freude sieht anders aus. Kutschbauer ist enttäuscht. Erwartet sie vielleicht, dass er ihre verlorenen sechzigtausend Euro auf seinen Schreibtisch legt und sie das Geld gleich mitnehmen kann? Aber so einfach ist das leider nicht. Um ihre Hoffnung nicht zu trüben, lässt er durchblicken, dass sie das Geld vermutlich schon bald zurückbekommen wird.

Noch immer zeigt sie keine Reaktion. Also lehnt er sich ein bisschen mehr aus dem Fenster, obgleich die Entscheidung nicht bei ihm, sondern bei Gericht liegt. »Sobald wir Fingerabdrücke von Ihnen auf den Scheinen entdecken, ist das Geld so gut wie sicher Ihres.«

Sina Fuchs verschränkt die Arme vor dem Bauch. Der Gedanke scheint sie zu entsetzen.

»Und damit das auch wirklich schnell geht, möchte ich Sie jetzt erkennungsdienstlich erfassen.« Er bedeutet ihr mit der Hand, dass sie aufstehen möge. »Der Raum ist gleich nebenan.«

✳✳✳

»*Was* hast du?«, ruft Cloe ins Handy. »Und? Wie sehen sie aus, deine Finger? Sind sie ganz blau?«

»Die Zeiten, in denen man jeden einzelnen Finger auf ein Stempelkissen setzen musste, sind vorbei. Heutzutage haben sie dafür ein elektronisches Gerät. Da legst du nacheinander jede einzelne Fingerkuppe drauf – und fertig.« Sina hält ihre Hände vor die Handykamera, sodass Cloe es auf ihrem Display sehen kann.

»Hat er dich dazu gezwungen? Dein Polizist?«

»Er ist nicht *mein* Polizist.«

»Würde aber gut zu dir passen. Also, hat er?«

»Indirekt. Ich konnte nicht ablehnen. Er meint es ja nur gut. Er sagt, wenn meine Abdrücke auf den Geldscheinen sind, ist bewiesen, dass es meine sind, und ich bekomme sie zurück.«

»Geil. Dann haben wir mit dem Segen der Polizei ordentlich

verdient. Sag schon, musstest du dich auch mit so einem Schild vor dem Bauch vor eine Wand mit einer Größenskala setzen?« Cloe tut, als halte sie sich ein Schild vor die Brust, schaut Sina einen Moment mit starr aufgerissenen Augen an. Dann wendet sie sich nach links.

»Sei nicht albern, Cloe. Ich bin doch keine Verbrecherin.«

»Ach nein?«

»Du weißt, wie ich es meine.«

»Und wie sieht es mit deinen biometrischen Daten aus?«

»Wo hast du das denn her?«

»Aus dem Internet. Nun sag schon, musstest du den Mund aufmachen und ›Aaah‹ sagen?« Cloe tut, als stochere sie sich mit etwas im Mund herum.

»Quatsch. Er wollte nur meine Fingerabdrücke.«

»Das reicht auch. Jetzt sitzen wir ganz schön in der Patsche. Warum ist keiner von uns auf die Idee gekommen, die Scheine abzuwischen?«

»Jammern hilft nicht. Sag mir lieber, was wir tun sollen.«

»Abwarten. Im Zweifelsfall gestehst du, dass du mit Elena im Haus warst. Als Tanitas Putzfrau darf sie da ja rein. Dabei habt ihr ganz zufällig das Geld und die Pässe herumliegen sehen und, weil der Besitz kaum legal sein kann, alles bei der Polizei abgegeben. Was ja nicht einmal gelogen ist.«

»Er wird wissen wollen, warum ich das dann vorhin nicht gesagt habe.«

»Du bist halt wegen dieser ganzen Betrugsgeschichte noch immer völlig verwirrt.« Cloe drückt theatralisch den Hand-rücken gegen ihre Stirn und macht ein leidendes Gesicht.

»Der hält mich für bekloppt.«

»Tut er nicht. So wie der dich angeschaut hat, glaubt der dir jeden Mist.«

»Ach ja?«

»Tu nicht so scheinheilig. Auch als Gesichtsblinde wird dir das aufgefallen sein. – Ha!« Cloe hebt den Zeigefinger. »Wusste ich's doch. Du wirst ja ganz rot.«

Wo sie recht hat, hat sie recht.

»Anderes Thema«, sagt Cloe. »Weißt du, Sina, jetzt, da du die Pension doch noch übernehmen kannst, holt dich dein altes Problem wieder ein.«

»Was meinst du?« Als ob sie nicht schon genug Probleme hätte.

»Krieg nicht gleich Panik. Eines, von dem du sagtest, du würdest dir eine Lösung dafür einfallen lassen.«

»Ich weiß nicht, wovon du sprichst.«

»Du musst dir überlegen, wie du die Masse an Gästen in deiner Pension voneinander unterscheiden kannst.«

»Da fällt mir sicherlich etwas ein. Oder vielleicht hat Elena eine Idee. Sie kennt ein paar gute Tricks, und manche sind einfacher, als man denkt.«

»Zum Beispiel?«

»Zum Beispiel die Frage, was man gegen Gäste unternehmen kann, die sich, ohne zu zahlen, aus dem Staub machen.«

»Zechpreller?«

»Genau die.«

»Und was macht man da?«

»Ganz einfach. Man geht zur Polizei und zeigt sie an.«

Sina und Cloe lachen.

»Schöne Gelegenheit, den hübschen Polizisten zu besuchen.«

»Na danke. Es gibt weniger tragische Gründe, ihn zu treffen.«

»Ha, erwischt. Du willst ihn wiedersehen. Das finde ich toll. Was hast du heute noch vor?«

»Das Gartentor quietscht noch immer, ich werde es ölen.«

»Wie langweilig. Apropos, Sina, ich habe mir da was überlegt. Ich werde mich ebenfalls verändern.«

»Soso.«

»Ja. Ich mache mich auch selbstständig. Erstens habe ich dann mehr Freizeit, um dir gelegentlich in der Pension helfen zu können, und zweitens macht mir mein Job schon lange keinen Spaß mehr.« Cloe befingert ihre silbernen Ohrringe.

»Du willst keine Floristin mehr sein?«

»Nein.«

»Willst du etwas mit Kunst machen?«

»Auch nicht.«

»Na, was dann?«

»Aber nicht lachen.«

»Würde mir im Traum nicht einfallen.«

»Weißt du, unsere Ermittlungen, als wir die Leute befragt haben, ich in jedem Geschäft gewesen bin und dann der Einbruch und das alles – dieses Kribbeln im Bauch … Das hat mich auf eine Idee gebracht.«

»Nun rück schon raus mit der Sprache.«

»Ich werde Detektivin.«

✳✳✳

Zwei Tage später klopft Dakota Wagner an die Bürotür des Kollegen Bernhard Kutschbauer.

»Hast du sie schon angerufen?«

»Nein.«

»Du hast sie also noch nicht gefragt, wie die Abdrücke auf die Geldscheine *und* die falschen Pässe kommen?«

»Nein.«

»Aber das wirst du noch, oder? Sonst mache ich das.«

»Nein, lass nur. Ich kümmere mich darum.« Er gibt ihr mit der Hand Zeichen, dass sie verschwinden soll.

Dakota zaubert ein Lächeln auf ihr Gesicht, das man fast als diabolisch bezeichnen könnte. »Und wenn du dich später mit ihr verabredest, ich meine, so ganz privat, und der Fall abgeschlossen ist, dann denk bitte an mich. Sie könnte doch ihre schicke Freundin mitbringen, und wir machen uns einen schönen Abend zu viert.«

»Raus.«

»Einen Versuch war es wert.« Dakota schließt die Tür, und Kutschbauer greift zum Telefon.

»Guten Morgen, Frau Fuchs.«

»Guten Morgen, Herr Kutschbauer.«

»Woher wissen Sie, dass ich es bin?«

»Ich habe Sie an der Stimme erkannt.«

»Frau Fuchs, ich habe eine schlechte, eine gute und noch eine schlechte Nachricht für Sie. Welche möchten Sie zuerst hören?«

Am anderen Ende der Leitung atmet Sina Fuchs laut aus und schweigt.

»Dann fang ich mit einer der schlechten an. Wir haben die Spur verloren. Die Betrügerinnen müssen Lunte gerochen haben.« Er berichtet ihr von Kriminalhauptkommissar Busbooms Bemühungen, die beiden auf frischer Tat zu ertappen. »Das ist leider schiefgegangen.« Auch der Versuch, sie auf Juist zu überführen, ist gescheitert. »Da sind sie erst gar nicht aufgetaucht. Genau wie hier auf Borkum. Aber wir sind dennoch guter Dinge. Wir überwachen das Haus und hoffen, dass die Frauen zurückkommen. Alles in allem ist es nur eine Frage der Zeit, bis wir sie erwischen. Und jetzt kommt die gute Nachricht. In ein paar Tagen können Sie Ihr Geld bei mir abholen.«

Kutschbauer wartet auf eine Reaktion. Ein Jubelschrei, Worte des Dankes oder wenigstens ein »Das freut mich aber« wäre schön.

Nichts.

»Ich melde mich bei Ihnen, sobald es freigegeben ist.«

Schweigen.

»Sina? Sind Sie noch da?«

»Ja, Herr Kutschbauer. Ich will es nicht haben.«

»Das Geld? Das müssen Sie mir erklären.«

»Ja, das werde ich. Und wie lautet die dritte Nachricht?«

Kutschbauer stutzt. Die dritte? »Ähm.« Er muss sich räuspern. »Wir haben Ihre Fingerabdrücke auf den gefälschten Pässen gefunden, die uns zusammen mit dem Geld zugespielt wurden. Können Sie mir das erklären?«

»Kann ich. Ich muss Ihnen einiges beichten.«

Auf die Erklärung ist er gespannt. Es ist ihm schleierhaft, wie sie den beiden Betrügerinnen auf die Spur gekommen ist. Denn dass sie mehr über die falsche Maklerin weiß, als sie bisher angegeben hat, ist offensichtlich. Das beweist schon allein die Tatsache, dass Sina Fuchs und die Putzfrau sich kennen.

Von seinen Tanten Dini und Maria, die mal wieder den »Inselfunk« der Borkumer, also die Gerüchteküche zu seinem Fall, »abgehört« haben, weiß er, dass diese Elena auch in der Pension Krabbe den Putzlappen schwingt. Er fühlt sich von Sina hintergangen, weil sie kein Wort darüber verloren hatte. Nun, in dreißig Minuten wird er hoffentlich alles erfahren. Auf jeden Fall wünscht er sich eine harmlose Erklärung, wie ihre Fingerabdrücke auf Geld und Pässe gelangten.

Er seufzt. »Kommen Sie in mein Büro.«

»Nein, nicht ins Büro. In einer halben Stunde im Café am Bahnhof.«

Ob ein neutraler Ort ihr die Beichte leichter machen wird? Vermutlich ja. Auf jeden Fall ist es persönlicher als in seinem Büro. Kutschbauer lächelt und freut sich auf das Treffen. Das ist schon fast wie ein Rendezvous – oder zumindest der erste Schritt dahin.

Sein Herz schlägt ein klein wenig schneller. »Gern«, sagt er, obwohl ihm klar ist, dass eine offizielle Aussage im Polizeirevier dennoch folgen muss. Das hat den Vorteil, sie ein weiteres Mal zu sehen. »In dreißig Minuten. Ich werde pünktlich dort sein.«

Ocke Aukes
KLAASOHM
Broschur, 192 Seiten
ISBN 978-3-95451-056-6

*»Ocke Aukes weiß, wie die Insulaner auf Deutschlands nordwest-
lichstem Eiland ticken. Es ist, als wäre man mittendrin im Insel-
geschehen. Ein klasse Krimi für den Strandkorb im heißen Sommer
ebenso wie für düstere, kalte Winterabende – lesen Sie ihn am
besten gleich jetzt!«* Borkumer Echo

Ocke Aukes
TOD AUF BORKUM
Broschur, 224 Seiten
ISBN 978-3-7408-0038-3

*»Der Krimi von Ocke Aukes lebt wieder von den Gegensätzen –
Inselidylle und Verbrechen. Ein Buch zum Schmökern auf dem
Sofa oder im Strandkorb.«* Cuxhavener Nachrichten

*»Ein unterhaltsamer Inselkrimi, der mit viel Lokalkolorit und einer
Prise Humor Lust auf eine Reise nach Borkum macht.«*
Echo vom Alpenrand

www.emons-verlag.de

Ocke Aukes
BORKUM-ZAUBER
Broschur, 240 Seiten
ISBN 978-3-7408-0394-0

»Die Insulanerin Ocke Aukes weiß, wie es auf dem Eiland zugeht, und bringt ihren Einheimischenvorteil in den Krimi ein.«
Borkumer Zeitung

»Neben Krimispannung sorgt daher viel norddeutscher Charme für beste Sommerunterhaltung. Tipp: Am besten auf Borkum im Strandkorb lesen!« Reise Magazin

www.emons-verlag.de

Ocke Aukes
BORKUMER BRANDUNG
Broschur, 224 Seiten
ISBN 978-3-7408-0765-8

Im Dykhus auf Borkum wird eine Tote gefunden – genau unter dem Pottwalskelett. Schnell ist klar, dass die junge Frau ermordet wurde, und Kommissar Busboom kann sich auch denken, warum: In ihrem Besitz finden sich Landkarten, alte Dokumente und Koordinaten. War sie auf der Suche nach dem legendären Schatz von Störtebeker, der in den Woldedünen vergraben sein soll? Hatte sie ihn gar gefunden? Busboom muss den Fall lösen, bevor ganz Borkum ins Schatzsuchfieber verfällt.

www.emons-verlag.de